千年至美莫如诗

李元洛 著

中国 友谊出版公司

晴空一鹤排云上，
便引诗情到碧霄。

英雄交响曲
——《观沧海》

> 东临碣石，以观沧海。
>
> 水何澹澹，山岛竦峙。
>
> 树木丛生，百草丰茂。
>
> 秋风萧瑟，洪波涌起。
>
> 日月之行，若出其中。
>
> 星汉灿烂，若出其里。
>
> 幸甚至哉，歌以咏志。

　　大自然的万千景观，早在古老的《诗经》和《楚辞》中就陆续出场了，但那些景观或者只是引发诗兴的触媒，或者只是诗的整体中的旁衬。等到曹操的《观沧海》出世，中国才有了真正意义上的完整的风景抒情诗。中国的海岸线虽长，但以海洋为题材的诗作尤其是佳作不多，这大约是因为中国毕竟是以农耕为主的内陆国家吧。曹操的《观沧海》，不仅是我国古典诗歌史上最早的以海洋为审美对象的风景诗，而且是继《诗经》之后的四言诗的千古绝唱。

　　曹操，字孟德，小字阿瞒，沛国谯县（今安徽亳州）人，生于东汉桓帝永寿元年（155 年），卒于献帝延康元年（220 年），时年 65 岁。他是杰出的政治家、军事家、文学家，"乱世霸主"与"文坛雄杰"，或者说他是"英雄"与"文雄"一身而二任。在汉末那群雄并起的乱世，他先后消灭了吕布、袁术、袁绍、刘表等地方军阀，统一了北方，官至汉丞相，封魏王，后来其子曹丕称帝，他被追谥为魏武帝。因为尊刘尊汉的封建正统观念作祟，宋代以后的小说、戏曲乃至民间的说书人，都将他描绘为一个大奸臣，直到鲁迅作《魏晋风度及文章与药及酒之关系》一文才为他翻了案，鲁迅论定"其实，曹操是一个很有本事的人，至少是一个英雄"。与此同时，曹操又是"建安文学"的代表人物与领袖，"建安"是汉末献帝刘协的年号，指196年至220年这一历史时期。活跃于这一时期的"三曹"与"七子"，就是曹操、曹丕、曹植三父子，以及孔融、陈琳、王粲、徐干、阮瑀、应场、刘桢七人。建安文坛以七子为羽翼，以曹氏父子为领袖，而曹操以其政治地位与创作实绩，理所当然地成了领袖中的核心，名垂后世，光耀千古。

建安十二年（207年），袁绍之子袁尚、袁谭勾结乌桓（又称乌丸，居住于辽西与河北东北部的少数民族）蹋顿部落南侵掳掠，曹操这年率师北征，大胜，于当年秋冬之际班师，路经碣石山而登临远眺，写下了千古绝唱《观沧海》。《观沧海》是《步出夏门行》组诗中的一首，《步出夏门行》是汉乐府旧题。"夏门"为洛阳西北城门，汉称夏门，魏晋称大夏门，曹操以旧题写新辞，班师途中共作四诗，后人为它们加上小题目，即《观沧海》《冬十月》《土不同》《龟虽寿》。四首诗后面均有"幸甚至哉，歌以咏志"之语，系配乐歌唱时乐师所加，并无实际意义。

这首诗，前三句是实写，描绘登上碣石山所见的景象，是诗的高潮来临之前的浪头。后三句是虚写，是气魄雄张前无古人的想象，是诗的高潮所掀起的九级浪。"东临碣石，以观沧海"，"碣石"即"碣石山"，在河北昌黎县西北，为燕山余脉，主峰仙台顶海拔695米，有巨石矗立山顶，故称"碣石"，秦皇汉武均于此登眺。诗人首先点明了登眺的地点和眺望的对象，这是大气包举的总写，笼罩全诗的起笔。接笔则由远景而近景，"水何澹澹，山岛竦峙"，由动荡不定的海波到立足观眺的高耸的山岛，动中有静。复由近景而局部与细部的小景，"树木丛生，百草丰茂"，一笔写丛生的树木，一笔写丰茂的百草，静中有动。诗人此行乃得胜回朝的班师，他胸中洋溢的是扫平群雄统一天下的豪情壮志，所谓"登山则情满于山，观海则意溢于海"（刘勰《文心雕龙》），于是"秋风萧瑟，洪波涌起"，以萧瑟的秋风点明时令，以波涛汹涌的洪波描绘海浪。全诗在如此陡作转折之后，诗人的情感也愈加激越昂扬，他的想象也振羽而飞，上天而下海，气吞山海而囊括宇宙："日月之行，若出其中。星汉灿烂，若出其里。""其中"与"其里"为同义复词，指大海之中。太阳、月亮与银河，这是天地间最壮美的物体了，但在诗人浪漫之至的想象中，日月好像是在海中升落运行，垂天接海的银河仿佛是从海中涌现闪耀。这种前无古人后亦难有来者的沧海意象，既是年已52岁的老诗人的杰出创造，也充分表现了作为政治家、军事家的曹操的胜概豪情。联想到他随后所作的《龟虽寿》中的"老骥伏枥，志在千里。烈士暮年，壮心不已"的豪语，虽然后者为直抒胸臆，前者系借景抒情，但二者有异曲同工之妙。

曹操一生横槊赋诗，挥鞭作赋，今尚存诗二十余首，其风格刚劲雄浑，沉郁苍凉，宋人敖器之《诗评》就称其诗"如幽燕老将，气韵沉雄"。他的诗，均以乐府旧题写当时新事，以四言诗成就最高。《观沧海》《龟虽寿》《短歌行二首》等篇，就是《诗经》之后沉寂多年的四言诗的伟构华章，也是一阕令读者心血如沸的"英雄交响曲"。

曹操，夺得了包括中国诗歌在内的中国文学史上的好几个第一：他是"建安文学"这一文学史上最早的文学团体与流派的创建者与领导者；他流传至今的诗作23首，全为古题乐府，是以乐府古题写新时事新题材的创始人；他是中国古代山水诗的开创者与奠基者，他是《诗经》诞生1300年之后将四言诗发扬光大的传承人。——即使没有这些履历与贡献，而只有一首震古烁今的《观沧海》，他也是可以对抗时间而不朽的！

诗中的"华彩"

——《滕王阁诗》

滕王高阁临江渚，佩玉鸣鸾罢歌舞。

画栋朝飞南浦云，珠帘暮卷西山雨。

闲云潭影日悠悠，物换星移几度秋。

阁中帝子今何在？槛外长江空自流。

"华"，它的重要本义之一就是光彩、光辉、文采。与文字和文学有关的称美之辞，就有"华翰""华章""华编""华赡""华辞"等。音乐中有所谓"华彩乐段"，我这里要说的，是诗中的"华彩"。

我国最早的诗歌总集《诗经》，由于它所反映的社会生活还处于比较原始的状态，诗歌本身也还属于草创时期，而且它的诞生地是淳朴厚重的北方，从文学地理学而言是所谓"北方文学"，因此，它的风格总的说来是浑厚朴茂的。但是，它也有一些颇具华彩的段落和篇章，如《关雎》，如《汉广》，如《硕人》，如《蒹葭》，如《月出》。《桃夭》之"桃之夭夭，灼灼其华。之子于归，宜其室家"，以盛开的桃花比喻新嫁娘之青春貌美，亦兴亦比，在《诗经》中吹奏的是一支颇为欢愉华美的乐曲。

以屈原的作品为代表的《楚辞》，由于社会生活较前丰富多样以及神话传说的采用和文学本身的进展，加之《楚辞》已经是文化修养相当高的个人创作，而不像《诗经》大都是民间的无名氏的作品，同时，从地域而论它是所谓"南方文学"，因此，它的基本风格是浪漫绚丽的。"曾枝剡棘，圆果抟兮。青黄杂糅，文章烂兮。"（《橘颂》）"朝发轫于天津兮，夕余至乎西极。凤皇翼其承旂兮，高翱翔之翼翼。……屯余车其千乘兮，齐玉轪而并驰。驾八龙之蜿蜿兮，载云旗之委蛇。"（《离骚》）"吉日兮辰良，穆将愉兮上皇。抚长剑兮玉珥，璆锵鸣兮琳琅。"（《九歌·东皇太一》）屈原的这些作品，不就都闪耀着夺目的光华与异彩吗？

在唐代诗歌中，诗章的华彩具有令人惊叹之美的，最突出的是张若虚、王昌龄、王维、李白、杜甫、岑参、白居易、李商隐、李贺和杜牧。然而，我们却不能忘了在他们之前的先锋，那"初唐四杰"之一的王勃。在唐诗蔚为盛大的园林之前，当陈子昂还来不及在唐诗苑中的幽州台上登高一唱，张若虚还来不及在长江之边婉转长吟他的《春江花月夜》之时，年轻的王勃已有开创之功。王勃在诗史上的地位和贡献，此处不必赘述，我们暂且只去领略他作品中的华彩，如附在名闻遐迩的《滕王阁序》之尾的七言古诗《滕王阁诗》：

> 滕王高阁临江渚，佩玉鸣鸾罢歌舞。
> 画栋朝飞南浦云，珠帘暮卷西山雨。
> 闲云潭影日悠悠，物换星移几度秋。
> 阁中帝子今何在？槛外长江空自流。

王勃（650 或 649 年—676 年），字子安，原籍太原祁县，移居绛州龙门（今山西河津）。他是隋末大儒王通之孙，早慧而笃学，才高气盛，仕途坎坷。其父王福畤为雍州司户参军，受其累而贬为交趾（今越南北部）令。这位天不假年的诗国天才，当他去交趾探望其父返回渡海时，不幸溺水而亡，年方 27 岁。《滕王阁序》与《滕王阁诗》的写作时间，历来论者分为对峙的两方：一方认为是他 14 岁时去江西省父途经南昌时的作品；一方认为是上元二年（675 年）去交趾省父途经南昌而作。而根据序中的"童子何知，躬逢盛饯""勃，三尺微命，一介书生"的自序以及其他佐证，当以前说为是。即使判为逝世之前所作，也仍然是早熟早慧的天才手笔。对王勃的诗文，前人之述备矣。杜甫美之为"不废江河万古流"（《戏为六绝句·其二》），韩愈"壮其文辞"（《新修滕王阁记》），李商隐赞叹其"王杨落笔得良朋"（《漫成五章·其一》）。除此之外，元代辛文房《唐才子传》称其"属文绮丽"，明代杨慎《丹铅总录》誉其为"云中俊鹘"，同时代人张逊业《校正王勃集序》称赞他"富丽径捷，称罕一时"，清代编撰的《四库全书》也说他"文章巨丽，为四杰之冠"。这些评论，角度与措辞也许有所不同，但都有意无意地指出了王勃作品富有华彩。

所谓的华彩，内容上是健康积极的思想感情所迸射的光辉，语言上是高华宏丽的文字所焕发的异彩。总之，是一种有骨力的华彩，而不是单纯指语言外在形态上的华词丽句，更不是指没有内在生命力的雕红刻翠虚华矫饰之词。

王勃这首七古，前四句切定滕王阁本身落笔，"滕王高阁临江渚"，从远距离勾画赣江边的滕王阁的大观，颇有"上出重霄，下临无地"（《滕王阁序》）之概，这是写形，写现在；"佩玉鸣鸾罢歌舞"，写人走车行，过去的歌舞盛会已成陈迹，这是写声，写往昔。"画栋朝飞南浦云，珠帘暮卷西山雨"，将阁中的"画栋""珠帘"与远处的"南浦""西山"联系起来，时空阔大，气象雄张，虽然仍是写阁，但却有了平面上的立体感和广远的空间感。"朝""暮"是表时间的词，流光箭驶，时不待人，于是后四句很自然地过渡到对楼外风光的描绘，特别是对由楼而生发的感悟作集中的抒发。滕王阁本是唐高祖李渊之第二十二子李元婴所建，李元婴被封滕王，曾任洪州（今江西南昌）都督。至都督阎伯屿重修此阁，已过去几十年的岁月了。"闲云潭影日悠悠，物换星移几度秋"，王勃登楼远眺，俯仰今昔，自然不免感慨丛生。大江流日夜，阁可重修而帝子安在？"阁中帝子今何在？槛外长江空自流"，一个问句中神情摇曳，一个"空"字里意蕴无穷，表现了一种深邃的历史感与浑茫的宇宙感。

一般说来，凭吊之作常不免气象衰飒，意绪感伤，而王勃这首诗却大笔濡染，意象堂堂而光彩焕焕，显示了一种积极进取、有所作为而不使年华空度的精神。这种华彩，是骨力遒劲的华彩，是我们所赞美的有生命力的华彩。唐代是中国封建社会也是中国历史上的青春时代，充满青春活力与创造精神是这一时代的特征。王勃此诗不仅是唐代的"少年精神"的充分表现，同时也是后来为人所艳称的"盛唐气象"的先声。盛唐的崔颢与李白写黄鹤楼，前者有"白云千载空悠悠"之辞，后者有"唯见长江天际流"之句，不仅文字，甚至韵脚与《滕王阁诗》都有相似之处，正因为王勃之作是盛唐之音的前奏，后来的他们自然都感应了这位天才的脉跳。

明代陆时雍《诗镜总论》中一段话颇堪玩味："王勃高华，杨炯雄厚，照邻清藻，宾王坦易。子安其最杰乎？调入初唐，时带六朝锦色。"王勃诗作的"高华"风格，当然包括我们所说的"华彩"。他的"高华"，他的"调入初唐，时带六朝锦色"，我以为有时代和文学的原因。就时代而言，初唐是中国封建社会的上升时期，高扬的时代精神要求杰出的诗人担当起与齐梁以来颓靡诗风作斗争的任务，因此，四杰的诗章"词旨华靡，固沿陈、隋之遗，翩翩意象，老境超然胜之"（王世贞《艺苑卮言》）；从文学发展的历史来看，唐代是个大一统的时代，魏晋南北朝以来四百年分裂的局面结束了，南方文学的清新婉丽和北方文学的刚健率真结合起来，一炉而炼，去短扬长，自然就使有唐一代的诗国天空大放异彩，而王勃的诗作，就是天边所闪耀的明丽灿烂的霞光。

真正杰出的作品是与日长新的，而被时间所遗忘的是那些赝品和次品。金代布衣高永，就曾写过一首《大江东去·滕王阁》："闲登高阁，叹兴亡，满目风烟尘土。画栋珠帘当日事，不见朝云暮雨。秋水长天，落霞孤鹜，千载名如故。长空澹澹，去鸿嘹唳谁数。　　遥忆才子当年，如椽健笔，坐上题佳句。物换星移知几度，遗恨西山南浦。往事无凭，昔人安在，何处寻歌舞。长江东注，为谁流尽千古？"这首词，囊栝王勃所作的滕王阁之序与诗，抒写的正是后人对诗人的高华之作的纪念。而香港学者、诗人黄国彬在《从一首诗说起》一文中说："《滕王阁》是一首妙绝千古繁富浓缩的好诗。透过这首诗，我们可以看到中国古诗的某些特点；透过这首诗，现代诗人可以知道他们为什么要师事古代大诗人，接受他们的启发。"（《从蓍草到贝叶》，香港诗风社，1976年。）学贯中西的学者黄维樑，是香港学界的"二黄"之一，有多部文学与诗学著作行世，他在《唐诗的现代意义》一文中再三强调："很多向巴黎、伦敦取经的现代诗人，不知道唐代长安原来有诗歌艺术的至宝。唐诗的内容，十分丰富；用现代的眼光看一千多年前的诗篇，往往有'科学性'的发现。至于唐诗所表达的感情和思想，更有普遍性和永恒性。"（《中国文学纵横论》，台湾东大图书股份有限公司，1988年。）王勃的诗也正是如此。是的，在唐代诗国的天穹，王勃是一道绚丽的早霞，他的光华是灿烂不灭的。王勃之后的李贺也是同一年龄夭逝，而英国的名诗人济慈只有26岁，雪莱也只有29岁。1837年2月，37岁的俄国大诗人普希金为捍卫自己的名誉与尊严，在决斗中受重伤去世。24岁的莱蒙托夫愤然而作《诗人之死》一诗，其中有句是"稀有的天才火炬般熄灭，壮丽的花冠也已经凋残！"；三年之后，这位名诗人也死于如同谋杀的决斗，年方27岁，高尔基后来曾不胜惋惜地说他"是一首未唱完的歌"。我想，匆匆来去的王勃不也是一首未唱完的歌吗？在我的《万遍千回梦里惊——唐诗之旅》（中国青年出版社，2013年）一书中，收有《走向盛唐》一文，就是我对那位千古文章未尽才的短命才子长长的纪念。

"典型瞬间"与"期待视野"
——《回乡偶书》

> 少小离家老大回，乡音无改鬓毛衰。
>
> 儿童相见不相识，笑问客从何处来？

　　盛唐初期的贺知章，不仅有识人的慧眼，在诗史上传为佳话，而且有写诗的灵心，留下了传世之篇。

　　这位晚号"四明狂客"的诗人，生于显庆四年（659年），卒于天宝三载（744年），字季真，越州永兴（今浙江杭州萧山区）人，早年移居山阴（今浙江绍兴）。他年轻时即以文辞名世，与张旭、包融、张若虚合称"吴中四士"，性情旷达豪放，喜欢饮酒，善草隶，又与李白、张旭、崔宗之等人合称"饮中八仙"，被杜甫写入《饮中八仙歌》一诗之中。由于张说的荐举，他入丽正殿修书，后迁太子宾客，授秘书监，故世称贺监。李白《对酒忆贺监》诗说："四明有狂客，风流贺季真。长安一相见，呼我谪仙人。昔好杯中物，翻为松下尘。金龟换酒处，却忆泪沾巾！"诗前有小序写道："太子宾客贺公，于长安紫极宫一见余，呼余为谪仙人，因解金龟换酒为乐。殁后对酒，怅然有怀，而作是诗。"贺知章一见风尘中的布衣李白，就惊呼为"谪仙"，不愧是巨眼识千里驹的伯乐。他留下来的二十首诗作中，绝句清新自然，时出巧思，颇有为后世所传诵的篇章，如《咏柳》："碧玉妆成一树高，万条垂下绿丝绦。不知细叶谁裁出？二月春风似剪刀。"咏春柳而比喻新奇，炼字尖新，诗情隽永。"昔我往矣，杨柳依依。今我来思，雨雪霏霏"，早在《诗经·小雅·采薇》之中，杨柳就已经出场了，加之"留""柳"谐音，古人送别时多请杨柳做证，故中国古代咏柳之诗不胜枚举。但如果要对这一题材之诗评比高下，虽然佳作如林，贺知章这一木秀于林之作，不说夺冠也当名列前茅。至于《回乡偶书》，更是为人们所称道：

> 少小离家老大回，乡音无改鬓毛衰。
> 儿童相见不相识，笑问客从何处来？

　　天宝三载（744年）正月，诗人86岁时，因老病请求还乡。这首诗，就是他回到故里后的作品，也是他逝世前的绝笔之作。（"衰"读 cuī，减退之意，与"回""来"在"平水韵"中同属灰韵。）宋代范晞文《对床夜语》说，"张籍云：'长因送人处，忆得别家时。'卢象《还家诗》云：'小弟更孩幼，归来不相识。'贺知章云：'儿童相见不相识，笑问客从何处来？'语益换而益佳，善脱胎者宜参之"。明代唐汝询《唐诗解》认为："摹写久客之感，最为真切。"虽然张籍在贺知章逝世后约二十年方才出生，贺知章也不一定读过与他同时期的卢象的诗，但前人从不同的方面对这首诗之渊源的品评，还是可以参考的。这里，我却想从"典型瞬间"的角度，去分析这位"知章骑马似乘船，眼花落井水底眠"（杜甫《饮中八仙歌》）的诗人，去探究这首诗成功的秘密。

　　陆机在《文赋》中说："观古今于须臾，抚四海于一瞬。"诗歌创作特别是抒情诗创作，要以不全求全，从有限中见无限，在简约的文字中包含丰富而引人联想的生活与思想感情，就必须选择"须臾"与"一瞬"来描绘，这种"须臾"与"一瞬"，我们可以称之为"典型瞬间"。摄影艺术和绘画艺术表现生活的主要艺术手段，就是捕捉与提炼典型的瞬间。它们不可能像小说、戏剧、电影那样对生活与运动中的事物做比较连贯和完整的反映与表现，而只能发现、捕捉和定格生活与事物之最富于表现力的瞬间。在这一方面，抒情诗的艺术表现手段，和摄影艺术以及绘画艺术有相似之处，虽然前者是时间艺术，后两者是空间艺术。

优秀的抒情诗典型瞬间的提炼和表现，常常具有以下两个特点：一是不去笨拙地叙述事件或情态的前因后果，即全过程；二是不费力难讨好地去表现事件或情态的"顶点"，而是着重表现将临顶点之前的"须臾"，即高潮即来之前的"一瞬"。这样的"典型瞬间"，既包含了它所产生的"过去"，也暗示了它会发展的"将来"，同时，它本身就富于概括力。因此，这种"典型瞬间"具有调动读者想象的刺激性，它有深度也有广度。与这一特点相联系，成功的"典型瞬间"，不仅能够引发读者对这一瞬间本身的想象，也必然能够引发读者对过去的"追溯"和对未来的"期待"。一百多年前的英国诗人兼学者柯勒律治有《关于莎士比亚的演讲》一文，他论述莎氏剧作的特点，第一条就是"期待胜于惊讶"，他说："就像以我们猛然看见流星时的感觉与守望太阳在预定的时刻上升时的感觉作个比较，惊讶比期待要低得多。"我无法和柯勒律治去争论"惊讶"对于艺术品的美学价值，绝美的东西总是能引起观赏者"惊讶"的美感，但确实可以说，不能引人"追溯"，特别是不能引人"期待"的诗作，在艺术上很难说是一首好诗。

贺知章的《回乡偶书》之所以经久不衰，除了在内涵上表达了生命的短促感与人生的沧桑感这种普遍和永恒之人性经验以外，在很大程度上就是得力于"典型瞬间"的成功捕捉并作了出色的艺术表现。诗人离别家乡在他中进士的37岁之前，天宝三载（744年）86岁始致仕回乡，其中相隔整整半个世纪。"少小离家老大回，乡音无改鬓毛衰"，这两句全是运用矛盾语，"少小离家"与"老大回"，"乡音无改"与"鬓毛衰"，虽然分别概括了几十年的漫长光阴和诗人垂垂老矣的近些年来的变化，时间的跨越幅度很大，人生的沧桑之感也包容得颇为深广，但是，它却不是时间的长度的铺展，而是刚刚"回乡"的顷刻的自我回顾与写照。"儿童相见不相识，笑问客从何处来？"这里，故乡的儿童相见而不相识，正是诗人漫长的生活历程中的一个短暂片刻，而"笑问客从何处来"，则更只是这相见瞬间的一句问话而已。然而，微尘中见大千，纳须弥于芥子，弹指之间去来今，诗人回乡之前由"少小"而至"老大"的几十年间的往事，儿童"笑问"之后诗人的应答以及其他后续之情事，诗中却没有一字提及，它只写到高潮与顶点之前的"笑问客从何处来"，即戛然而止。可是，诗人却设置了联想的线索，规定了想象的范围，留下了引人"期待"的悬念，强烈地刺激读者以想象去补充和丰富诗的形象。

德国18世纪的文艺批评家莱辛，在其名著《拉奥孔》中提出艺术家描绘人物的表情要有节度，不宜"选取情节发展中的顶点"，要着力表现的是高潮来临之前的"顷刻"。贺知章的《回乡偶书》，不正是如此吗？《回乡偶书》本来有两首，其二是："离别家乡岁月多，近来人事半消磨。惟有门前镜湖水，春风不改旧时波。"这首诗也算不错，尤其是后两句，然而它却不如前一首流传广远，此中道理值得深思。

西方现代美学理论中有所谓"审美期待""期待视野"之说，是由20世纪的德国文论家、接受美学的创始人尧斯（又译姚斯）所提出的。他认为文学的历史是读者与作品交互作用的历史，作品要为读者提供审美创造活动的天地与可能性，读者在阅读的审美活动中，也具有审美创造的希冀与期望。他山之石，可以攻玉。唐诗中善于撷取、提炼"典型瞬间"的诗作不少，它们激发读者的期待，召唤读者去积极地参与作品的再创造。如卢纶的《逢病军人》："行多有病住无粮，万里还乡未到乡。蓬鬓哀吟古城下，不堪秋气入金疮。"如张仲素《春闺思》："袅袅城边柳，青青陌上桑。提笼忘采叶，昨夜梦渔阳。"都莫不如此。而贾岛的"松下问童子，言师采药去。只在此山中，云深不知处"（《寻隐者不遇》），似乎更多地继承了贺知章的诗艺而又有所发展。从这里可以看到,古典诗歌中有丰富的艺术积累等待着我们去认识,去作"纵的继承"并予以推陈出新。新诗作者如果对古典诗歌的优秀传统一无所知或知之不多,而高叫"反传统",一味鼓吹"横的移植",不是等于"藏金于室而自甘冻饿",即丢掉金饭碗去讨饭吗?

独立苍茫自咏诗

——《登幽州台歌》

前不见古人，后不见来者。

念天地之悠悠，独怆然而涕下！

初唐，是封建历史上的黄金时代大唐王朝的开始，也是中国古典诗歌黄金王朝的序幕。当前台的帷幕刚刚拉开，闪亮登场的便是被美称为"初唐四杰"的王勃、杨炯、卢照邻和骆宾王，稍后便是韩愈在《荐士》一诗中盛赞的"国朝盛文章，子昂始高蹈"的陈子昂。

陈子昂，字伯玉，梓州射洪（今四川射洪）人，唐高宗显庆四年（659年）生。出身于庶族地主家庭的他，少年时"以豪家子驰侠使气"（卢藏用《陈氏别传》），至18岁仍不知读书。有一次去乡校听到琅琅书声大受触动，于是"慨然立志"而"谢绝门客"，发愤攻读，几年内遍览诸子百家，诗文大进，而且立志达则兼济天下，报效国家。文明元年（684年）陈子昂中进士，拜为麟台正字（秘书省典司图籍），后补右卫胄曹参军，30岁时迁为右拾遗（中书省谏官）。他从政的十余年，正值武则天执政之时。他敢于揭发暴虐贪婪的苛政，反对酷吏与淫刑，不满于对外的穷兵黩武，所以不但不得重用，反遭当权的皇亲国戚武三思之流迫害打击而锒铛入狱。

武则天万岁通天元年（696年），契丹攻陷营州（今辽宁朝阳），出狱不久的陈子昂出于报国热情，为建安王武攸宜的参谋随军北讨契丹。武攸宜指挥无能，唐军屡战屡败，陈子昂多次进谏且愿为前锋，武攸宜不仅不予采纳，反而将其贬为军曹。陈子昂悲愤莫名，除在《感遇》诗中抒情寄慨之外，还写了传诵千古的《登幽州台歌》。

《楚辞·九辩》说："憭慄兮若在远行，登山临水兮送将归。"《荀子·劝学》有云："吾尝跂而望矣，不如登高之博见也。"陈子昂的《登幽州台歌》是一首"登临诗"，也就是登高望远抒写怀抱之诗。幽州台，又名燕台、蓟丘、贤士台、招贤台，即蓟北楼，故址在今北京市西南，是燕昭王时期修筑的上置千金以招揽英才贤士的黄金台。陈子昂登临此台，慨然而歌。此诗《陈伯玉集》不载，载于他的友人卢藏用所撰《陈氏别传》，后为《全唐诗》收录，题为《登幽州台歌》，遂传唱至今。

此诗以"前不见古人，后不见来者"（"者"读 zhā，与末句最后一字"下"xià 押韵）的五言对仗句式领起。"古人"，指战国时代能招纳才俊的燕昭王之类的人物已不能见，此为实指；"来者"，指重视才俊的后来的人，即使有也不及见，此为虚写。"前"，是时间的过去式；"后"，是时间的未来式。它们分别与"古人"和"来者"相应，加之"不见"的重复使用，便在时间与空间所构成的辽阔苍茫的背景之前，突出了抒情主人公的孤独者与苦闷者的形象，抒发了他怀才不遇的愤懑与悲哀。怀才不遇是封建时代的士人或者说读书人的普遍遭逢与感受，陈子昂仅仅是如此抒写，也能引起"萧条异代不同时"的读者之共鸣。但是，不朽的诗篇之所以不朽，往往是因为作者能将个人的感受提升，并创造出一种具有普遍意义、普世价值的艺术情境，陈子昂此诗正是如此。

"惟天地之无穷兮，哀人生之长勤。往者余弗及兮，来者吾不闻"（《楚辞·远游》），"去者余不及，来者吾不留"（阮籍《咏怀》其三十二）。陈子昂诗的前两句从前人的诗句脱胎而出，但更具有贤士不遇的社会意义和悲剧色彩。"念天地之悠悠，独怆然而涕下"，后两句拔地飞升，别开高远地臻于永恒的境界。"悠悠"，乃无穷无尽之意；"怆然"，为悲伤凄凉之貌；"天地"，为高天厚地的宇宙之形。诗人由个人而人生，由小我而世界，由当下而宇宙，由一己的得失之情而扩大提升到对生命与宇宙关系之探究，表现了强烈的生命意识与博大的宇宙意识，以及有限与无限的对比所生发的悲剧精神。古往今来的诗人与哲人，大都对生命之短暂渺小和宇宙之永恒博大感到惶恐与惊惧，对生命的意义与价值从没有停止过探究与追问，陈子昂的《登幽州台歌》就是这样。他由伤时感遇而悲天悯人，由个人的朝花夕拾而宇宙的地久天长，创造的是一个具有普遍意义的诗的世界，让世世代代的读者凛然而思，憬然而悟"什么才是有价值的人生"。被誉为"近代欧美四大哲人"之一的英国哲学家罗素，对《登幽州台歌》颇为推崇，曾说"前此人类尚未梦见过此诗境界"。西方人读此诗尚且有如此感悟，这不是大可令我们深长思之吗？

前面已经提到，此诗深受《楚辞·远游》篇的影响，应该补充说明的是，作为一首古体诗，它在句法上运用的也是长短参差的楚辞体句式。前两句是音调急促的五字句，后两句是中有虚字的喟叹有情的六字句，读来更觉抑扬顿挫，韵味深长。杜甫《乐游园歌》说："独立苍茫自咏诗。"这，也可以说正是提倡汉魏风骨、反对齐梁以来浮艳诗风、开启一代唐音的陈子昂的写照。

大小相形　巨细反衬
——《望洞庭湖赠张丞相》

八月湖水平，涵虚混太清。

气蒸云梦泽，波撼岳阳城。

欲济无舟楫，端居耻圣明。

坐观垂钓者，徒有羡鱼情。

　　江南三大名楼之一的岳阳楼，乃天下之壮观，诗人之胜域，游客之福地。今人从左侧的坡道拾级而上，可见道门两侧立柱上，镌刻有书写过《岳阳楼记》的清人张照的联语："南极潇湘千里月，北通巫峡万重山。"而在古代，岳阳楼两侧大书的是两副诗联，其一是杜甫《登岳阳楼》的"吴楚东南坼，乾坤日夜浮"，另一联则是孟浩然的"气蒸云梦泽，波撼岳阳城"。它们是何年何月高书于其上的呢？元人方回在《瀛奎律髓》中选录并提及孟浩然之诗，说："予登岳阳楼，此诗大书左序[1]毬门[2]壁间，右书杜诗，后人自不敢复题也。"即使从元代算起，这一景观至少在八百年前就闪亮登场了。

　　孟浩然与杜甫的上述诗句，是壮哉洞庭的诗的注册商标，纵然有诗胆大如天的后人敢于复题，如刘长卿有"叠浪浮元气，中流没太阳"之句，元稹有"驾浪沉西日，吞空接曙河"之语，许棠有"四顾疑无地，中流忽有山"

1　序：中堂两旁的门叫序，左序即左门。
2　毬门：圆形门，"毬"通"球"。

之词，但都无法"颠覆"前贤。且不要说诗圣杜甫的大作了，孟浩然之诗也是高居众生的心头不可取代，千百年来风雨不动安如山。

　　湖北襄阳人氏孟浩然，是盛唐时代的山水田园诗派的代表人物，与王维齐名而号称"王孟"。唐玄宗开元二十一年（733 年），张九龄为相，孟浩然希求援引，作《望洞庭湖赠张丞相》。这一作品是所谓"干谒诗"，唐代的文士常呈献自己的诗文请求有力者援引，但它的巨大的知名度，绝不是因为后半首中希望当权者引荐的寓意巧妙自然而不卑不亢，不像是某些想往上爬的小人低声下气人格卑劣，而是因为前四句确实不同凡响。如果没有前四句永恒性的轰动效应，这首诗很可能就会在历史的长河里消失得无影无踪，连泡沫都没有一个。

　　这首诗的前四句之所以成为千古绝唱，其主要的艺术奥秘就是大小相形，巨细相衬。在诗歌创作中，既要有如椽大笔写出大的境界（大景），也要有精细的笔墨写出小的景观（小景）。一味粗豪，就会空无依傍，大而无当；一味工细，则易流于琐屑，格局狭窄。只有概括"大"而刻画"细"，大中取小，小中见大，才会大而不空，小而不碎。尤其是要创造出壮阔雄浑的意境，更非单一的"大景"所能奏效，而必须注意以"小景"去衬托。如王维的"大漠孤烟直，长河落日圆"（《使至塞上》），如杜甫的"群山万壑赴荆门，生长明妃尚有村"（《咏怀古迹》），如余光中咏汉代的名将李广："两千年的风沙吹过去／一个铿锵的名字留下来"（《飞将军》），如洛夫写唐代名诗人李贺"哦！好瘦好瘦的一位书生／瘦得／犹如一支精致的狼毫／你那宽大的蓝布衫，随风／涌起千顷波涛"（《与李贺共饮》），均是如此。而孟浩然此诗，就是艺术上的大小结合，点面相映的典范之作。

　　孟浩然首先写俯视所见，接着写仰视所感。"八月湖水平"的境界本来不能称小，但和"涵虚混太清"相较，前者景小而后者景大，因"太清"就是"天宇"之意，这样大小交融，巨细映照，视觉艺术效果就十分强烈。

诗人如此起笔已是不同凡俗了，但他觉得还不足以为洞庭写照传神，于是百炼精金，化为颔联光芒四射的诗句。古代有二泽，江北为"云"，江南为"梦"，颔联的出句着眼于"云梦泽"这一个浩浩荡荡的平面，一个"蒸"字，诉之于视觉，写足了洞庭的浩瀚风神与雄伟气派；颔联的对句落笔于一个相对狭小的实体"岳阳城"，一个"撼"字，不但诉之于听觉，也因"通感"手法的运用而诉之于触觉，补足了洞庭湖摇山撼岳的巨大力量。出句写"气"，对句写"力"，前者景大而后者景小，大小反衬，相辅相成。大因小而神气充塞，小因大而精神飞动，构成了一幅大小相形而多姿多彩的可以传之千古的图画。后来者写洞庭虽然不乏好句佳篇，但从大气魄大手笔而言，只有杜甫一人才能与孟浩然分庭抗礼甚至后来居上。

以上所述主要是从艺术着眼，如果从精神境界而言，孟浩然此诗前半首之"大"与后半首之"小"也构成了强烈的反差。虽然他的"乞仕"无可厚非，古语说"若济巨川，用汝作舟楫""临渊羡鱼，不如退而结网""舟楫""垂钓"之类的暗喻也和前面一"水"相牵，堪称水到渠成，艺术上相当自然；但是前半首的壮阔雄浑和后半首的狭小局促，总令我感到不太协调，好像一位歌手唱同一首歌却前后跑了调。原来20世纪之初发现的甘肃敦煌石窟抄本中，它却题为《洞庭湖作》，只有前面四行，"波撼"作"波动"，首句的句律是"仄仄平仄平"，是一首不讲究平仄的古体绝句。我想，敦煌抄本所录应该是此诗的原始版本，而且可能是孟浩然年轻气盛时之作，系纯粹的写景抒情诗，后来为了得到张九龄的援引，他便顺水推舟，由四句而扩张为八句，由绝句而蔓衍为律诗，由写景诗变化为干谒诗，由《洞庭湖作》而乃题为《望洞庭湖赠张丞相》。真相究竟如何，当然最好去问作者本人，如果他拒不作答，那就只好去问洞庭湖的千古涛声了。

动静对映　情深谊长
——《过故人庄》

故人具鸡黍，邀我至田家。

绿树村边合，青山郭外斜。

开轩面场圃，把酒话桑麻。

待到重阳日，还来就菊花。

　　唐代诗歌争奇斗艳，流派纷呈，其中的山水诗派（或名田园诗派）的掌门人，就是王维与孟浩然，世称"王孟"。

　　孟浩然（689年—740年），襄州襄阳（今湖北襄阳）人，后人尊称为"孟襄阳"。傲岸不谐的李白有一首五律送给他："吾爱孟夫子，风流天下闻。红颜弃轩冕，白首卧松云。醉月频中圣，迷花不事君。高山安可仰，徒此揖清芬。"（《赠孟浩然》）杜甫不仅在《遣兴》一诗中说，"吾怜孟浩然，裋褐即长夜。赋诗何必多，往往凌鲍谢"，而且在《解闷》一诗中又再次致意，"复忆襄阳孟浩然，清诗句句尽堪传"。王维除为孟浩然画像并绘《襄阳吟诗图》外，还有《哭孟浩然》一诗悼念："故人不可见，江水日东流。借问襄阳老，江山空蔡州。"孟浩然在唐代这几位大诗人心目中的地位，由此可见。

　　《过故人庄》是孟浩然的五律名篇，曾入选清人蘅塘退士孙洙的《唐诗三百首》。它表现了身居乡野的友人邀约款待的深情厚谊，也展示了动静对映的诗的艺术。

动静对映的艺术，在我国最早的诗歌总集《诗经》里，就已经初露光彩了。《小雅·车攻》描绘了这样的场面："萧萧马鸣，悠悠旆旌。"诗句动静对映，极饶情致，千余年后，唐代大诗人杜甫的"落日照大旗，马鸣风萧萧"即是从这里吸取了出蓝之美的灵感。诗歌，长于抒写事物的动态，诗人也往往着意化美为媚，"媚"，就是动态的美，也就是尽量将静态叙述的形象，化为动态演示的动作性形象。"新丰美酒斗十千，咸阳游侠多少年。相逢意气为君饮，系马高楼垂柳边！"王维的《少年行》写人物动态已然是神情毕现了，但杜甫的同名之作似乎更胜一筹："马上谁家白面郎，临阶下马坐人床。不通姓字粗豪甚，指点银瓶索酒尝！"原因就在于杜甫的写生妙笔，更生动地表现了事物的动态，更传神地表达了人物的意态神情。宋代兼擅文学的科学家沈括在《梦溪笔谈》中说："古人诗有'风定花犹落'之句，以谓无人能对。王荆公以对'鸟鸣山更幽'。'鸟鸣山更幽'本宋王籍诗。元对'蝉噪林逾静，鸟鸣山更幽'，上下句只是一意；'风定花犹落，鸟鸣山更幽'，则上句乃静中有动，下句动中有静。"

《过故人庄》，是孟浩然隐居在襄阳附近鹿门山时的作品。诗题是《过故人庄》，"过"为动词，即"访问""拜访"之意。诗人从造访之初写起，最终写到重阳再会的后约。全诗整体呈现的是动态性的艺术结构，然而，诗人为了使全诗不至单调而具有多样之美，在全诗的主体部分——中间两联着重运用了动静对照的艺术手段。

"绿树村边合，青山郭外斜"，以静为主，静中有动。诗人所造访的故人村庄，周围都是葱郁成荫的绿树，这是静景，也是远景，而句尾的"合"字，显然是一个动态性的意象，它使静态的绿树，有了跃动的姿态和生命。"郭"，外城，"郭外"即城外，从村庄往远处瞭望，隐隐的青山横卧在城郭的外边，这是远景，也是静景；而句尾的"斜"字，是形容词而兼动词，这样，就使静态的青山有了生动的气韵。在对故人庄的周围环境做了一番布置和描写之后，"开轩面场圃，把酒话桑麻"则主要是登堂入室后的动态性描写。"轩"，此处指长廊或小室的窗槛，陶渊明《饮酒》有"啸傲东轩下"之语，杜甫《夏夜叹》有"开轩纳微凉"之辞。禾场、菜园和桑麻之类固然是静态的，但占据全诗画面中心的却是开轩面对、把酒欢谈的活跃情态，而且那些静态的事物都成为主客对话时流动的话题了。主客尽欢，由今日而他日，由现实而未来，"待到重阳日，还来就菊花"，全诗就在预设和期待中收束，留给读者以联想的广阔余地。

对于诗中的两联，诗人们一般都是采取情景分写的写法，孟浩然此诗是全部写景，然而却不显堆砌和单调，这就得力于动静对映、远近配合。明代学者兼诗人杨慎在《升庵诗话》中说："孟集有'待到重阳日，还来就菊花'一句，刻本脱一'就'字，有拟补者，或作'醉'，或作'赏'，或作'泛'，或作'对'，皆不同。后得善本，是'就'字，乃知其妙。""就"字义有多解，此处为"归""趋""从"之意，杨慎认为"就"字较其他字为妙，不知读者诸君以为如何？

春天的歌手
——《次北固山下》

王湾

客路青山外，行舟绿水前。

潮平两岸阔，风正一帆悬。

海日生残夜，江春入旧年。

乡书何处达？归雁洛阳边。

如同百川之奔赴大海，百花之朝向太阳，不分肤色和国籍，世上的芸芸众生都向往和喜爱春天，而诗人更是春天的歌手。

18世纪与19世纪之交的英国名诗人布莱克，他在《致春天》一诗中直抒胸臆："人们载歌载舞欢呼你的莅临，啊，春天！"而中国古代诗人对春天的赞颂，更可以汇成一阕宏大的合唱。盛唐之初的诗人王湾的《次北固山下》，就是大合唱中动人的一曲。

王湾，洛阳（今河南洛阳）人，生卒不详。先天年间（712年—713年）进士及第，先官荥阳主簿，后调洛阳尉。他词翰早著、文辞华美，为时人所称誉，是开元时也即初盛唐之交的名诗人。他的诗，绝大部分都遗失在岁月的风尘中，《全唐诗》中仅存十首。诗创作并非韩信将兵，多多益善，产量高而质量也高可谓万不得一，一个诗人有几首甚至只有一首诗流传后世，也应该说是不负此生了。王湾现存诗作多不出色，只《次北固山下》一诗独秀，有如一颗千秋照眼的珍珠。唐人殷璠所编的诗选本《河岳英灵集》就曾选录此诗。他说"诗人已来，少有此句。张燕公手题政事堂，每示能文，令为楷式"。"张燕公"即曾为丞相、封燕国公,与许国公的苏颋并称"燕许大手笔"的张说。他眼高手也高,曾手书王湾此诗高张于自己办公室的素壁之上,作为模仿效法的范文,这种待遇绝非一般的作者可以得到,可见此诗确有其不同凡响之处。

"北固山",在江苏省镇江市北长江沿岸,三面临水,与金山、焦山合称"京口三山"。南宋大词人辛弃疾《永遇乐——京口北固亭怀古》即咏此地。"次",为中途停歇或客旅小住之意,如"旅次"即是。王湾终年往来吴楚之间,多有著述,此诗当是这一时期远离故乡作客江南时的作品。时间是冬已尽而春将来,地点是北固山下的江边,全诗抒写的是诗人江行途中的所见所感所思。"客路青山外,行舟绿水前",首联用对仗法,句式为对偶句。"客路"点明作客他乡,与结尾之"乡书"遥相呼应,使全诗成为一个结构严谨的美学整体;"青山"点明题目中泊舟的北固山,而"外"字则说明前程尚远,现在只是小驻行舟而已,于是题目中的"次"字也有了着落。如果说出句是写大景和远景,那么对句则是写小景与近景,笔墨由长远的旅程与浩荡的江面,缩小到近在眼前诗人所乘的江边一叶客舟。颔联对仗工丽,所取之景同样是大小映衬,构成了一幅万里长江图,有如今日电影中的特写镜头。前面的"青山绿水"已暗伏一个未曾明说的"春"字了,"潮平"可见春潮之浩浩荡荡,"两岸阔"进一步补足了春潮之阔,此句描绘的是一个阔大的平面,重点写"潮"。"风正"既是写风乃顺风,也系和风,所以才能"一帆悬",也就是一帆高张,御风而行,此句描绘的是一个狭小的立体,重点写"帆"。这一宏阔的颔联,的确不是寻常笔墨,后来杜甫《旅夜书怀》中的名句"星垂平野阔,月涌大江流",不知是不是从这里得到过启发,在如此铺垫之后,便逼出了全诗既精光四射复含意深长的两句:"海日生残夜,江春入旧年。"殷璠所赞的"诗人已来,少有此句"说的正是这一联。明代诗论家胡应麟的《诗薮》美之曰"盛唐句",而唐代末年诗人郑谷自编诗集三卷，作《卷末偶题三首》，其一乃是："一卷疏芜一百篇，名成未敢暂忘筌。何如海日生残夜，一句能令万古传。"此颔联之所以传诵古今，是因为诗人写出夜色尚未全残，朝日已然要从海平面上喷薄而出；旧年尚未终了，春天已然透露了即将来临的消息。这既是对欣欣向荣的春天的讴歌，也是对已经来临的盛唐时代精神的反映，所以胡应麟称之为"盛唐句"，因为这种青春奋发的诗句，在中唐尤其是晚唐就难得一见了。还要特为拈出的是，此联是所谓的"倒装句"，循规蹈矩地平铺直叙，本应为"残夜生海日，旧年入江春"，现在一经倒装，句法变平顺为逆折，变直白为峭劲，如同急滩上翻滚的回流，好似悬崖边劲舞的苍松，更觉动人心魄。结尾一联，借用"鸿雁传书"的典故，原典见之于《汉书·苏武传》："天子射上林中，得雁，足有系帛书，言武等在某泽中。"此联抒写的是人所共有的客思乡愁，"乡书"与"洛阳"则照应开篇之"客路"，一线贯穿，结构完整。

此诗有两种版本，《河岳英灵集》题为《江南意》："南国多新意，东行伺早天。潮平两岸失，风正数帆悬。海日生残夜，江春入旧年。从来观气象，惟向此中偏。"此诗不及长期流行传诵的《次北固山下》，《全唐诗》也只是将它作为后者的附录。至于为何一诗二题而且字句多有不同，这恐怕只能乘特快列车从时间隧道直驶唐朝，去面询王湾本人了。

以萧飒之景写豪迈之情
——《别董大二首·其一》

千里黄云白日曛，北风吹雁雪纷纷。

莫愁前路无知己，天下谁人不识君？

大历三年（768 年）正月，流寓四川八年已经 56 岁的杜甫自夔州乘船出峡，然而战乱未息，道路不宁，他无法返回河南故乡，只得掉船南下，由湖北而飘徙湖南。在两湖境内他仍写了许多诗作，其中就有《江汉》和《泊岳阳城下》。

江汉，就是指长江与汉水之间及其附近的地区，杜甫当时漂泊于湖北江陵、公安等地，故其诗就以《江汉》为题："江汉思归客，乾坤一腐儒。片云天共远，永夜月同孤。落日心犹壮，秋风病欲苏。古来存老马，不必取长途。"当年冬天十二月，他由江汉辗转而至湖南岳阳，千古名篇《登岳阳楼》是人所熟知的了，在此诗之前，他还写了一首初来乍到的《泊岳阳城下》："江国逾千里，山城近百层。岸风翻夕浪，舟雪洒塞灯。留滞才难尽，艰危气益增。图南未可料，变化有鲲鹏。"诗人已届暮年，贫病交迫，异乡漂泊，国事蜩螗，但他在萧瑟的秋风中，在既是指垂暮也是写实景的落日里，却不但说自己病体复苏，而且还说自己壮心不已；他在朔雪飘飘的冬天，在前路茫茫的孤舟之上，不但说自己在艰危的处境中意气更加昂扬，而且还要以展翅的鲲鹏自期自许。这，就是以萧飒之景写豪迈之情，相反相成，愈相反就愈见警策和具有打动人的力量。不过，在杜甫之前，高适早在《别董大》一诗中就这样抒发过自己的怀抱了。

高适（约 700 年—765 年），字达夫，渤海蓨（tiáo）县（治所在今河北景县）人，少年时家境萧条，不拘小节而有大志。年方弱冠西去长安而一无所成，原以为可以"举头望君门，屈指取公卿"（《别韦参军》），不料铩羽而归，只得离开京城而东游梁宋并在宋城（今河南商丘）定居。开元二十三年（735 年），复至长安应制举，制举是唐代科举形式之一种，由皇帝下诏不定期地举行特别考试，以求非常之才，他名落孙山只得又回到宋城。之后他一度北游燕赵，因体验了东北边塞将士的生活，写出了杰出的七言歌行《燕歌行》。天宝三年（744 年），高适在开封幸遇同样江湖漂泊的两位天才李白与杜甫，三大诗人意气相投，临时结盟而同游梁宋齐鲁。三年之后的冬天，已经 47 岁的高适在宋州遇到了董庭兰，一个是失落而茫然的浪游才子，一个是失意而怆然的音乐高手，同是天涯沦落人，他们一见如故而同病相怜而低弹高唱。分手之时大雪纷飞日色昏沉，秀才人情纸半张，高适写了《别董大》二首相赠，其一堪称明月之珠，夜光之璧：

千里黄云白日曛，北风吹雁雪纷纷。
莫愁前路无知己，天下谁人不识君？

董庭兰何许人也？他是陇西人，盛唐时著名的音乐大师，杰出的古琴与胡笳演奏家，诗人李颀《听董大弹胡笳弄兼寄语房给事》，就是对他的高超琴艺的传神写照。唐人喜以同祖父或同曾祖父的兄弟排行称呼对方，董庭兰在诸兄弟中排行第一，故称"董大"。房琯系唐朝的一代名相，董庭兰曾是他的门客，房琯因故被贬出京之后，董庭兰也离开了帝都长安，在宋州和困居于此的高适萍水相逢，高适送别董大的诗原有两首，后一首是："六翮飘飖私自怜，一离京洛十余年。丈夫贫贱应未足，今日相逢无酒钱。"

从此诗自诉贫困看来，高适当时的景况和今日的贫困户大约相去不远。如果高适送行只有艺术上勉强及格的此诗，那也就不足道哉了，幸亏他还有前一首堪称千古名作，也正因为有了前一首，未能后来居上的一首也有了它的另类价值：证明高适于困厄中仍具有不向命运低头与屈服的豪情壮志。

《别董大》的前两句，描绘的是一幅阔大的萧瑟的冬日图景。"曛"，昏暗之意，并非傍晚；"黄云"，阳光照射的冬云呈暗黄之色。暗黄的云，昏暗的太阳，归飞的大雁，纷飞的雪花，这是诉之视觉的视觉意象；北风呼啸之声，雁行的嘹唳之声，这是诉之听觉的意象；斯时斯地的自然景观，只能引起人们情绪低落的心理和生理反应，何况是离人告别之时？然而，殊不知这正是诗人以萧瑟之景，抒发和反衬他的豪迈之情，表现有为之士的积极向上的精神世界。诗的后两句描绘的是两人话别的特写镜头，与前两句构成大景和小景的映照。诗人在笔锋一转之后，留给我们的是"莫愁前路无知己，天下谁人不识君"的千古不磨的警句！清代诗人和思想家王夫之在《姜斋诗话》中曾说："以乐景写哀，以哀景写乐，一倍增其哀乐。"高适此诗，让我们领略到的，正是类似的相反相成的艺术辩证法。

杜甫虽在前述诗作中亦有豪句，但他毕竟已届衰朽残年，三年后就在湘江北去的风雨舟中去世。而高适字达夫，人如其名也如其诗，由于他的才能与机缘，他在安史之乱中初露头角，此后青云直上，最后封渤海县侯。值得一提的是，他任川西节度使时，多次接济了流落成都穷愁潦倒的杜甫，并未像古今许多人一样对故人"一阔脸就变"（鲁迅语）。更值得大书的并非他的官衔，而是他的诗歌创作成就，他是唐代"边塞诗派"的开创者与掌门人，与岑参并称"高岑"。天下谁人不识君？照我看来，这一荣衔比渤海县侯光荣和重要得多了。

乡愁与明月
——《峨眉山月歌》

李白

峨眉山月半轮秋，影入平羌江水流。
夜发清溪向三峡，思君不见下渝州！

　　中国古典诗歌中的那一轮明月，是从《诗经·陈风·月出》篇升起的。"月出皎兮，佼人僚兮。舒窈纠兮，劳心悄兮"，它圆在汉魏六朝的城郭之上，在刘宋谢庄的《月赋》、齐梁沈约的《八咏诗·登台望秋月》、北周庾信的《舟中望月》等诗中，洒落过它纯美的清辉，而后在从初唐到晚唐的许许多多的诗篇里流光溢彩，汇成了多彩多姿的月意象与月世界。在唐代的"月光晚会"中，诗人们争先恐后登场演唱，李白，是其中最杰出的歌手。

　　李白流传至今的诗约有千首，与月有关的将近四百篇，月光照亮了他差不多百分之四十的作品。"小时不识月，呼作白玉盘。又疑瑶台镜，飞在青云端"（《古朗月行》），他小时候就是一位铁杆"追月族"，除了上述比喻，如"天镜""圆光"之类对月的不同称呼，在他的作品中大约有五百种之多。而他专门咏月的最早的作品，则是在故乡四川写的七绝《峨眉山月歌》。

　　李白出生之地虽有争论，但他身为蜀人却无异议。其故里为唐代剑南道绵州（巴西郡）昌隆县（后避玄宗之讳改为昌明县），五代以后复改为彰明县（今并入江油市）。彰明县原有乡名"清廉"，后改为"青莲"，即李白之故里。开元十二年（724年）春，时当23岁的李白离开家乡四川，外面的世界多精彩，他意图远赴大唐的政治与文化中心，实现自己宏大的建功立业的政治抱负，这既是他在辞乡之诗《别匡山》中所说的"莫怪无心恋清境，已将书剑许明时"，也是他后来所作的《上安州裴长史书》中的自白："以为士生则桑弧蓬矢，射乎四方，故知大丈夫必有四方之志。乃仗剑去国，辞亲远游。"《峨眉山月歌》，就是他在去辞蜀国之际，向家乡所作的情深意切的告别辞。

"峨眉山月"，是李白诗中出现得最早的月意象，也是他心中的故乡的象征。山月而谓之"半轮秋"，说明他月夜江行正是初七、初八的月半圆时，"半轮"即半边、半个之意，也就是上弦月，"半轮"比"一轮"更富诗意，它既表现了青山吐月的优美意境，也深层地暗示了诗人离乡时不无遗憾的惆怅之情，而"秋"字虽系因首句入韵而倒置句末，但这一表时令的虚有的名词与"半轮"这一表实有的数量词组合在一起，更觉空灵蕴藉，诗味悠长。"平羌江"，即今之青衣江，源出芦山县北，东南流经雅安、洪雅、夹江等县，至乐山会大渡河而入岷江。诗人所写是月下江行的动景，平羌江江水奔流，照耀着离人的峨眉山月的月影倒映在江水之中，波光粼粼，月光也在随着水光流动。诗的首句写山月，是高远之景，次句则是写江月，是低平之景，上下交辉，在布局上颇见匠心，构成的是一个深远而开阔的艺术世界。"夜发清溪向三峡"，点明月夜江行、登舟解缆的地点以及行船的方向。"清溪"，即清溪驿，也即嘉州（治所即今四川乐山）附近之板桥驿，宋代称平羌驿。"三峡"，此处当指长江三峡，而非嘉州境内之平羌峡、背峨峡与犁头峡，因长江三峡是诗人"仗剑去国，辞亲远游"的必经之道。"渝州"，唐时属剑南道，即今之重庆市。"君"一语双关，暗指故乡的亲友，明指峨眉的明月。明人唐汝询《唐诗解》说："'君'者，指月而言。清溪、三峡之间，天狭如线，即半轮亦不复可睹矣。"清人沈德潜《唐诗别裁》也表示同意："月在清溪三峡之间，半轮亦不复见矣。'君'字即指月。"因为舟行渐远，时间与地形变化，峨眉山月已不可复见，而只能在直下渝州的诗人思念之中了。"思君不见下渝州"，"君"与开篇之"峨眉山月"首尾环合，全诗同结句而构成了一个完美的艺术整体，而且有余不尽。

此诗在艺术上的最大特色，就是整整二十八字之中，竟然叠用了多个地名而仍然气韵生动，诗意盎然，而绝无板滞之弊。前人与后人都很难达到这种出神入化之境，故历来被称为千秋绝调。明人早有见及此，王世贞《艺苑卮言》说："此是太白佳境。然二十八字中，有峨眉山、平羌江、清溪、三峡、渝州，使后人为之，不胜痕迹矣。益见此老炉锤之妙。"王世懋《艺圃撷余》也说："如太白《峨眉山月歌》，四句入地名者五，然古今目为绝唱，殊不厌重。"杜甫后来的《闻官军收河南河北》一诗，"即从巴峡穿巫峡，便下襄阳向洛阳"，两句流水对中连用四个地名，也是大诗人的手笔，但却是律诗而非绝句。

李白出川之后直到61岁于安徽当涂去世，之间从未回过家乡，但千古名篇《静夜思》曾说"举头望明月，低头思故乡"。他晚年作《峨眉山月歌送蜀僧宴入中京》，开篇就是"我在巴东三峡时，西看明月忆峨眉。月出峨眉照沧海，与人万里长相随"，可见故乡于他是心中藏之，何日忘之啊！

下游的巨浪
——《宣州谢朓楼饯别校书叔云》

弃我去者，昨日之日不可留；

乱我心者，今日之日多烦忧。

长风万里送秋雁，对此可以酣高楼。

蓬莱文章建安骨，中间小谢又清发。

俱怀逸兴壮思飞，欲上青天览明月。

抽刀断水水更流，举杯消愁愁更愁。

人生在世不称意，明朝散发弄扁舟！

《宣州谢朓楼饯别校书叔云》一诗，是李白后期诗作中的名篇。如果说李白的生命与诗创作是一条奔腾的大江，那么，这首诗就是下游轰然而起的一个巨浪。

天宝十二载（753年）秋，已过知天命之年的李白，应他在宣州当长史的本家兄弟李昭之邀，从河南梁园（今河南商丘东南，一作河南开封东南）南下安徽宣城，在此逗留了约半年时间，次年春又应友人之约往游金陵。其间他写了不少诗篇，《宣州谢朓楼饯别校书叔云》是其中最杰出的一首。诗人谢朓，南齐人，字玄晖，与诗人谢灵运同族，人称"小谢"，曾任宣城太守，所以世人又称之为"谢宣城"。李白虽然傲岸不驯，对谢朓却颇为仰慕，"解道澄江净如练，令人长忆谢玄晖"，他诗中多次提到这位前贤，其遗愿甚至提到死后要葬于谢朓曾卜居的安徽当涂的青山。他南下宣城，原因之一大约也是要寻觅重温谢朓的流风余韵吧？

　　谢朓楼，又称谢公楼、谢朓北楼，在今宣城市内陵阳山上，李白在此楼饯别职务为秘书省校书郎的族叔李云。此诗一题《陪侍御叔华登楼歌》，见于宋代以来许多版本的李白诗集，北宋李昉所编辑之《文苑英华》亦作此题，今日不少学者表示认同。"侍御叔华"，即监察御史李华，他以文章著名，收录于《古文观止》中的《吊古战场文》，就是其代表作。他居官刚直不阿，为奸相杨国忠所排挤，很可能是以监察御史身份出按州县时，与李白相遇于宣城。当然，理解与领略此诗的关键不在饯别对象是谁，而在于李白写作此诗时个人的生活轨迹，以及时代的主要背景。

　　天宝三载（744 年），李白被唐玄宗"赐金还山"而离开了长安，济苍生安社稷的宏伟抱负无从实现，只得又一次漫游江海。八年之后的天宝十一载（752 年），51 岁的他有幽州之行，原本是想弃文就武，到边塞寻找立功报国的机会，看到的却是受玄宗之宠而坐大的安禄山的反状，唐王朝被蒙在鼓中，浑然不知。此时，他的生命已经进入了晚年，不仅一事无成，而且报国无门，回天乏术，可想而知其忧愁苦闷更甚于往日。有如急水汪洋停滞回旋于崇山峻岭之间，一旦遇到千仞悬崖，便飞泻而成掣电惊雷的瀑布。李白的这首七言古诗，正是如此。

　　从开篇之"弃我去者"至"对此可以酣高楼"，为诗的第一层。"弃我去者，昨日之日不可留；乱我心者，今日之日多烦忧"，诗之发端，是各十一字的对偶句，在章法结构上是惊风骤雨，破空而来，在感情脉络上却是后果前因。"昨日"，既指自己的大好年华，也指唐朝的大好时光；"今日"，既指自己的当下岁月，也指唐朝的好景不长。"弃"，可见诗人的惋惜与愤懑；"乱"，可见诗人的苦闷与忧愁。"长风万里送秋雁，对此可以酣高楼"，何以解忧？唯有杜康。诗人点明与友人相聚的时令是秋天，饯别的地点是当年谢朓所建的高楼。如此点明题目，且引发下文，这种豪横之笔，除了李太白这种超一流高手，谁还能一技在手？

从"蓬莱文章建安骨"至"欲上青天览明月"为诗的第二层。"蓬莱"，原指海上神山，传说仙府之幽经秘录均藏于此，东汉时就以此指国家藏书之处，故"蓬莱文章"指汉代的包括司马迁、司马相如等人在内的文章。"建安"，乃东汉末年汉献帝的年号，其时曹操父子与王粲等七人领文坛风骚，他们的诗作直面现实，辞情刚健，后人誉之为"建安风骨"。李白所饯别的是心意相投的文人朋友，何况又是在以前代优秀诗人命名的高楼之上，所以不免俯仰古今，丽辞泉涌而壮思云飞。"览"，通"揽"，摘取之意，诗人赞美前贤意兴超逸豪放，直欲飞身青天而揽取明月，这是浪漫主义的奇思，不也寄托了诗人自己的梦想吗？

最后四句为诗的第三层。"不称意"即不合意、不得意；"散发"，抛弃冠冕而隐居；"扁舟"，小舟。《史记·货殖列传》："范蠡既雪会稽之耻……乃乘扁舟浮于江湖。"诗人本来神交古人，想象飞腾，但药能医假病，酒不解真愁，他只能从醉乡中回到现实，以"抽刀断水"之喻，比自己之忧从中来，不可断绝，以只得学范蠡之浮游五湖来收束全诗，留下不绝的余音。当代名诗人余光中在《寻李白》中写道："在所有的诗里你都预言 / 会突然水遁，或许就在明天 / 只扁舟破浪，乱发当风 / ——而今，你果然失了踪。"当代诗人的歌唱，正是千年后对李白和他的诗歌的回响。

构思婉曲　别开一枝
——《闻王昌龄左迁龙标遥有此寄》

　　杨花落尽子规啼，闻道龙标过五溪。
　　我寄愁心与明月，随风直到夜郎西！

　　唐朝，是我国古典诗歌的黄金时代。对于唐诗的成就，鲁迅 1934 年 12 月 20 日在致杨霁云的信中曾说："我以为一切好诗，到唐已被做完。此后倘非能翻出如来掌心之'齐天大圣'，大可不必动手。"（《鲁迅书信集》）鲁迅此语虽然未免绝对，唐代以后历代乃至当今，仍然有许多好诗，并非"一切"，更非"做完"，但他对唐诗的高度肯定，却无可非议。在鲁迅所说的好诗中，自然应该包括抒写友情的篇什。那些咏唱真挚情谊的诗歌，在姹紫嫣红开遍的唐诗百花园里，确实是风采独具的一枝。

　　中华民族是一个崇尚友道、珍重友谊的民族。除了"良友""密友""益友""挚友""契友"等称谓之外，我们的先人还将登山临水的称为"逸友"，将奇文共欣赏的称为"雅友"，将直言规谏的称为"诤友"，将品德端正的称为"畏友"，将处事正直的称为"义友"，将可共生死的称为"死友"。李白一生留下了许多名篇，其中抒写真挚的友情，从一个侧面反映他所处的社会和时代，是他的诗作的重要内容之一。这里，且让我们欣赏他的《闻王昌龄左迁龙标遥有此寄》。

杨花落尽子规啼，闻道龙标过五溪。

我寄愁心与明月，随风直到夜郎西！

王昌龄，这位盛唐诗坛风华绝代的歌手，擅长七绝，当时就有"诗家天子王江宁"的美誉。明代杨慎称赞道："龙标绝句，无一篇不佳。"（《升庵诗话》）明人王世贞《艺苑厄言》也把他和李白相提并论："七言绝句，少伯与太白争胜毫厘，俱是神品。"他和李白同是才华横溢的诗人，在封建时代又同是坎坷不遇，这大约就是他们建立深挚友谊的基础吧？他们曾在岳阳初识，后来于长安再见，李白曾作《同王昌龄送族弟襄归桂阳二首》。天宝八载（749 年），任职江宁（今江苏南京）丞的王昌龄被贬为龙标尉，在唐代，龙标县是僻远荒凉的南荒之地，穷山恶水的贬谪之乡，年近五十浪迹江南的李白听到故人的这一不幸消息，就写了上述之诗。

李白现存绝句一百五十余篇，在盛唐诸家中，他是这一体裁的作品存世最多的一位。当年在巴陵，王昌龄和他分别时作的是一首七绝《巴陵送李十二》："摇曳巴陵洲渚分，清江传语便风闻。山长不见秋城色，日暮蒹葭空水云。"李白现在"遥有此寄"的，也是一首七绝。开篇两句紧扣题目，点明时令，以景寄情。杨花本是飘摇无着之物，杨花已经落完，时令自然已是好景不长撩人愁思的晚春时节。子规一名杜鹃鸟，以啼声悲切、动人愁肠而见称，李白在《蜀道难》中就有过"又闻子规啼夜月，愁空山"之句。而五溪，即今湖南省与贵州省交界处的辰溪、酉溪、巫溪、武溪、沅溪。在高明的诗人笔下，景无虚设，写景即是写情，他因友人被贬边荒而引起的担心与悬念，从中曲曲传出。

如果说，前面两句的抒情还是含而不露的话，那么，后两句就是诗人的直抒胸臆了。诗人遥望南荒，满怀思念而又无由可达，于是便张开想象的彩翼，将一颗愁心寄托给明月，让自己的心和明月一起，随着浩浩天风，一直照耀到友人被贬谪的地方。（诗中所指"夜郎"，在今湖南省怀化市沅陵、辰溪县境，由龙标县分置而出，为唐代三个"夜郎县"之一，其他两处在今贵州省遵义市桐梓县。"龙标"在沅陵、辰溪县西南，故诗云"随风直到夜郎西"。有人因为诗中有"夜郎"二字，妄断为李白晚年咏王昌龄流放贵州夜郎之作，大谬。）这里，诗人虽然点明了"愁"字，但构思却巧妙深曲，无怪乎清人施补华在《岘佣说诗》中要推许这首诗"深得一'婉'字诀"了。总之，这首诗不仅表现了友人间的绵邈深情，恻恻动人，也反映了封建时代伟大诗人的悲惨遭遇。李白在对友人的深挚慰藉之中，难道不也寄寓了自己身世遭逢的深沉感喟吗？

一位尊重前贤而不数典忘祖的诗人，必然会尊重、继承和发扬传统，予传统以创造性的转化，使传统生生不已也新新不已，绝不至于尚不知传统为何物，便装扮出一副"叛逆"的勇士的姿态，好像以前的诗歌史都是一片空白，诗运要从他开始。这种诗作者，似乎也可说"代不乏人"，尤以20世纪70年代末至80年代某些唯西方现代派诗歌马首是瞻的诗作者为最。但是，一位真正尊重传统而有才华的诗人，必然也不会死守前人的遗产，以为传统是不可发展的凝固物，而顶礼膜拜，而亦步亦趋，不敢越雷池一步。在艺术上，李白这首诗除了构思婉曲之外，还突出地显示了他既善于继承又长于创造的艺术功力，因而它在诗国里才可以说是别开一枝，风华独具。

"我寄愁心与明月，随风直到夜郎西"，是清新俊逸匪夷所思的妙句，也是李白这首诗的灵魂。它固然是诗人强烈的挚情的结晶，同时也是继承与创造缔结的良缘。在李白之前，许多诗人就曾写月、写风以寄寓相思之情，曹植有"明月照高楼，流光正徘徊。……愿为西南风，长逝入君怀"（《七哀》）之句，鲍照有"三五二八时，千里与君同"（《玩月城西门廨中》）之词，那可谓是"远传统"，满腹经纶的李白，不会不熟悉他们的这些篇章。即以离李白较近的初唐与盛唐之交而论，至少有两位诗人的有关作品也不会不给他以极大的影响，那可说是"近传统"：一是张若虚的《春江花月夜》，那"此时相望不相闻，愿逐月华流照君"的诗句，一定挑动过李白敏感的心弦；一是张九龄的《赋得自君之出矣》，"自君之出矣，不复理残机。思君如满月，夜夜减清辉"，张九龄不同凡俗的妙构，也该当挑战过李白的诗心吧？从"我寄愁心与明月，随风直到夜郎西"中，确实可以感到前人诗作对李白的启发，以及他在启发之后的创新。我们看到即使天才如李白，也不可能割断他与传统的脐带，不可能生下来的第一声啼哭就是一首好诗。然而，李白的诗又并不是他人的重复，更不是前人的回声，而是语意一新的佳构，是充满生机活力与艺术的新颖感的创造。

南北朝时的庾信《华林园马射赋》中之"落花与芝盖同飞，杨柳共春旗一色"，曾经是王勃《滕王阁序》中的名句"落霞与孤鹜齐飞，秋水共长天一色"的先河。而当代名诗人郭小川《祝酒歌》中的"且饮酒，莫停杯！七杯酒，豪情与大雪齐飞；十杯酒，红心和朝日同辉"，也是对王勃之文与李白"将进酒，杯莫停"之句的推陈出新的化用。王维《蓝田山石门精舍》中的"遥爱云木秀，初疑路不同。安知清流转，忽与前山通"，也曾经是陆游《游山西村》中的"山重水复疑无路，柳暗花明又一村"名句的先导。而当代名诗人贺敬之《放声歌唱》中的"五月——麦浪。八月——海浪。桃花——南方。雪花——北方"，也是远承了中国古典诗歌中如清人方东树《昭昧詹言》中所云之"语不接而意接"的艺术，如南宋蒋捷的《虞美人·听雨》（少年听雨歌楼上），如元人马致远的《天净沙·秋思》（枯藤老树昏鸦），如元人虞集的《风入松·寄柯敬仲》（杏花春雨江南）。在发展新诗的问题上，目空一切高谈阔论，否定传统而全盘效法西方现代派的人，不是出于无知就是出于偏见，或者无知与偏见兼而有之，而李白既继承传统又勇于创新，既珍爱先辈留下的家园，又敢于开拓新的疆土，这，可以做我们当代新旧体诗作者的永不过时的典范。

壮游的典礼
——《渡荆门送别》

渡远荆门外，来从楚国游。

山随平野尽，江入大荒流。

月下飞天镜，云山结海楼。

仍怜故乡水，万里送行舟。

典礼，原为制度与礼仪，后来引申指某种隆重的仪式，如军事上的阅兵典礼，学校里的开学和毕业典礼，纪念性建筑的开工与落成典礼，等等。我借用这一名词，径行称李白的《渡荆门送别》一诗是他一生的"壮游的典礼"，想他会欣然同意吧？

著名诗人余光中在《寻李白》中说过："至今成谜是你的籍贯／陇西或山东，青莲乡或碎叶城／不如归去归哪个故乡？"李白身世如谜，但现在一般认为其祖籍为陇西成纪（今甘肃静宁县西南），先祖因故迁居中亚碎叶（今吉尔吉斯斯坦境内托克马克城），李白于武后元年（701年）降生此处。5岁时随父亲李客迁居绵州昌隆（今四川江油）青莲乡。在24岁之前，李白在蜀中读书习剑，行游访学，24岁始"仗剑去国，辞亲远游"。虽然终其一生写了许多怀乡之作，烫痛历代许多读者嘴唇的《静夜思》即其中之一，但他却不知何故始终没有回过故乡，这个谜团，现在也已无法请他解答了。

李白在《春夜宴诸从弟桃李园序》开篇就说："夫天地者，万物之逆旅也。"人生不满百，在某种意义上就是一次旅行，何况李白"一生好入名山游"，本来就是一位不逊于明代徐霞客的大旅行家，更何况他有志不伸、坎坷不遇，一辈子东漂西泊。他年轻时怀抱强烈的建功立业的愿望，对未来充满早霞丽日般的美好憧憬，离开多山的蜀国，奔出层峦叠嶂的三峡，一望无垠的平野摊开在他的眼帘。故乡在后面，他乡在眼前，人生的征程与壮游于斯开始，于是，他笔舞墨歌，写下《渡荆门送别》一诗，有如庆贺与纪念的典礼。

北魏郦道元《水经注》说："江水束楚荆门、虎牙之间。"荆门山，在湖北宜都市西北、长江之南，虎牙山在江北，隔水相峙。此地为楚国西南之门户，也是楚蜀交界之处。全诗开篇即顺势破题，亦称"开口咬题"，也就是从题目与题面写起，"荆门"点明送别地点，"渡远"交代舟行之来龙，"楚国游"则预示远游之去脉。一出荆门，蜀地的莽莽群山便宣告集体失踪，入眼的是浩阔的原野与浩荡的江流，诗的颔联正是写舟行长江之上所见的尽景：一句咏"山"之有尽，一句叹"江"之无穷，而"平野"与"大荒"之阔大景象，表现的也正是青年李白的壮志与豪情。南北朝时齐朝谢朓《暂使下都夜发新林至京邑赠西府同僚》有"大江流日夜"之句，但景仰他的李白之"江入大荒流"却有出蓝之美。杜甫《旅夜书怀》有"星垂平野阔，月涌大江流"之壮语，心仪李白的杜甫不知是否从他的"山随平野尽，江入大荒流"取过经？李杜的佳句前后辉映，惹得后代许多诗评家虽想评点高下却好不为难。

在颔联描状昼景之后，颈联继之抒写了夜景。一写水中之"月"，一绘天上之"云"。李白对"月"情有独钟，他现存之诗约有千首，将近百分之四十的作品写到月亮，是痴迷的"追月族"。此诗第五句将倒映水中的月轮喻为从九霄空降的"天镜"，是他诗中五百个左右对月的比喻中的一个。第六句则由下而上，由水中之月而天边之云，云气因为光线的折射而变换成城市与楼台。诗人在抒写极目远望中的景象之后，尾联收束上面六句，并由远而近，进一步点明题目中的"送别"。清代诗话家沈德潜在《唐诗别裁》中曾说："诗中无送别意，题中二字可删。"李白是诗坛的顶尖级国手，他怎么会文不对题？或者说题目有"送别"二字而作品却离题万里，留下重大的失误让后生晚辈去"斧正"？在李白的心中，故乡是中心藏之，何日忘之，尤其是初出蜀地，单枪匹马出来闯世界，对故乡更是频频回首，充满眷眷之情。他移情于物地拟人，"怜"为"爱"之意，将可爱的"故乡水"想象为可亲的"送行人"。"仍怜故乡水，万里送行舟"，水亦有情，"万里"与首句的"远"遥相呼应，其中的"送"字可谓诗眼，这不就既明白又含蓄地表现了"送别"的题旨吗？

　　如果以武林喻诗坛，李白是超一流的武林高手，乃宗师级人物，十八般武艺无一不精，古体诗与绝句更是他的独门绝技。相较而言，律诗似乎是他的弱项，他的性格喜欢更为自由的天马行空的艺术，而不耐烦束缚颇多的规行矩步。然而，即使如此，他的七律有《登金陵凤凰台》《鹦鹉洲》等超凡脱俗之作，五律的名章俊句则更多，如"狂风吹我心，西挂咸阳树"之《金乡送韦八之西京》，"浮云游子意，落日故人情"之《送友人》，"山从人面起，云傍马头生"之《送友人入蜀》，"雁引愁心去，山衔好月来"之《与夏十二登岳阳楼》等。上述这首《渡荆门送别》，不仅是李白壮游的典礼之作，也是他五律的代表之篇。我所收藏的唐诗宋词演唱磁带碟片之中，就有歌唱家引吭高歌的这一首。每当乐声乍起，歌韵初扬，我早就心醉神驰，仿佛已经穿越千年的时空隧道，和李白在荆门的长江上把臂同舟并游了。

友谊地久天长

——《送友人》

青山横北郭，白水绕东城。

此地一为别，孤蓬万里征。

浮云游子意，落日故人情。

挥手自兹去，萧萧班马鸣。

中国人重视友情。"岂曰无衣？与子同袍。王于兴师，修我戈矛。与子同仇。"早在《诗经·秦风·无衣》篇中，就有对于友谊或者说战友之谊的歌唱了。军人相称曰"同袍"，相互之间的友情名为"袍泽之谊"，一致对付共同的敌人叫作"同仇敌忾"，这些词语其源就出自《无衣》。在中国古典诗歌中，咏唱友情的篇章如恒河沙数，其中不乏至今仍动人情肠的作品。李白就有许多抒写友情之诗，《送友人》即其中的一首。

开元二十五年（737年），李白36岁。十年前他在湖北安陆娶故相许圉师之孙女为妻，作为倒插门的女婿，虽然其间也曾外出游历，求取功名，但他基本上是生活在岳家的故里。当代研究李白的专家安旗在《李太白别传》中，称之为"酒隐安陆，蹉跎十年"。次年春天，李白出游南阳（又名南都，即今河南省南阳市），作有《南都行》《南阳送客》等诗。因为诗人有如此游踪，加之南阳城东有水名"白水"，今称"白河"，他有一首诗就题为《游南阳白水登石激作》，而在另一首《忆崔郎中宗之游南阳遗吾孔子琴抚之潸然感旧》中，也有"忆与崔宗之，白水弄秋月"之句；而且南阳城北有山名"独山"，所以李白的《送友人》一诗，可以推断为写于南阳。至于送别的友人为谁，有人认为就是他的好友崔宗之（崔宗之是前宰相崔日用之子，杜甫《饮中八仙歌》中的人物），但也不必过于坐实，因为此诗所营造的是一种普遍性的情境，提供给欣赏者的是广阔的想象空间，读者不必拘泥或探求具体的人事。

李白喜爱交游。上至将相王侯，中至文坛名士，下至百姓平民，他的诗文中指名道姓者就有四百多人，颇有"座上客常满，樽中酒不空"之概。他最重情谊而又天性潇洒豪放，所以他的送别诗尤其是早中期之作，其特色就是情真意挚而意兴飞扬，不喜抒缠绵悱恻的悲苦情，不屑作扭摆弄姿的儿女态。"故人西辞黄鹤楼，烟花三月下扬州。孤帆远影碧空尽，唯见长江天际流"，他28岁时送40岁的年长友人孟浩然，其《黄鹤楼送孟浩然之广陵》一诗，不就是如此吗？中年时游安徽泾县，"李白乘舟将欲行，忽闻岸上踏歌声。桃花潭水深千尺，不及汪伦送我情"，他的《赠汪伦》也是一派天机云锦，一汪潭水深情。他的《送友人》同样如此。不过，前者的体裁是他所最擅长的七言绝句，后者则是他不耐束缚而写得不是很多的五言律诗。

首联十字，共包括四个地名与方位。"青山"是指南阳城北之独山，"白水"是指南阳东城之白河。"北郭"即北城之外，古时内城曰城，外城曰郭。这是一联工整的对句，此为地名与方位相对，但有"青"与"白"的形容词色彩对照，有"横"与"绕"的动词一线贯穿，虽然整饬却不板滞，有生意盎然飞动流走之妙。它不但点明了送别的地点，而且暗寓了诗人的行踪，在背景的点染中扩大了诗的境界。次联的"为别"即"作别"之意，点明题目中的"送"字，而"孤蓬"即孤单的蓬草，以比喻状写友人的远游。杜甫后来在《赠李白》一诗中，也说"秋来相顾尚飘蓬，未就丹砂愧葛洪"，运用的也是"蓬"这一传统的诗歌意象。这一联并非对仗而是一气流转的散行，应视为诗人为更自由地表达心中的情思的破格。"浮云游子意，落日故人情"，是诗中的也是传诵千年引用千载的佳句。游子之意，飘若浮云，故人之情，唯悲落日。浮云是流动不居的，落日是依回留恋的，所以清人王琦注《李太白集》时说："浮云一往而无定迹，故以比游子之意；落日衔山而不遽去，故以比故人之情。"从这里，也可见不可缺少的比喻在诗中的妙用。"班马"为离群之马，《诗经·小雅·车攻》有句云"萧萧马鸣，悠悠旌旗"，诗人巧用于结尾，不仅在用典中加深了全诗的历史文化意蕴，而且手挥五弦，目送飞鸿，也使全诗有了悠然不尽之余音。

"旧日朋友岂能相忘？让我们同声歌唱友谊地久天长"，灯下品诗，独酌千古，恍兮惚兮中，我最终以苏格兰民歌《友谊地久天长》之题做了这篇小文的题目。

月光下的独舞
——《月下独酌》

李白

花间一壶酒，独酌无相亲。

举杯邀明月，对影成三人。

月既不解饮，影徒随我身。

暂伴月将影，行乐须及春。

我歌月徘徊，我舞影零乱。

醒时同交欢，醉后各分散。

永结无情游，相期邈云汉。

唐代不仅是中国诗歌的黄金时代，也是文学艺术全面繁荣的时代。书法，被称为"纸上的舞蹈"，而举手投足都风吹衣袂飘飘举的舞蹈，也被许多唐代诗人记录留影在他们的诗篇之中。李白，是中国诗史上少有的伟大诗人，同时，他也是另类意义上的杰出舞蹈家。他的《月下独酌》，写的就是月光之下醇酒之中他的单人独舞。

李白与月结下的是不解之缘。人称李白"明月魄""玻璃魂"，在中国诗人之中，没有人比李白于月更情有独钟的了，没有人比李白咏月更多姿多彩的了。在他现存的近千首诗中，有月光照耀的共三百八十二首，约占他诗作总数的百分之四十；而他诗作中如"金魄""圆光""瑶台镜""白玉盘"等对月的专门美称，也多达五百个。李白爱月，也嗜酒，他的诗作写到饮酒的约有一百七十首，约占全部作品的百分之二十。杜甫在《饮中八仙歌》中说："李白斗酒诗百篇。"晚唐诗人郑谷《读李白集》更将美酒、明月与诗歌三者合一来赞美李白："何事文星与酒星，一时钟在李先生。高吟大醉三千首，留著人间伴月明。"

李白饮酒的方式，有两人的对饮，如"两人对酌山花开，一杯一杯复一杯。我醉欲眠卿且去，明朝有意抱琴来"（《山中与幽人对酌》）；有三人聚饮，如"岑夫子，丹丘生，将进酒，杯莫停。与君歌一曲，请君为我倾耳听"（《将进酒》）；有多人群饮，如"风吹柳花满店香，吴姬压酒劝客尝。金陵子弟来相送，欲行不行各尽觞"（《金陵酒肆送别》）。李白《赠内》诗写道："三百六十日，日日醉如泥。"估计他自斟自酌的"独饮"之时也不少，其五古《月下独酌》就是代表。

《月下独酌》是组诗，总共四首。宋蜀本此诗题下注曰"长安"，乃写作地点。诗的写作时间，研究者一般认为是天宝四载（745年）的春天，即李白被唐玄宗"赐金还山"之前。天宝元年（742年）秋，由于他人的推荐和自己的名气，41岁的李白接到唐玄宗李隆基的诏书来到长安，进入宫廷，充任翰林供奉。怀抱济国安邦的青云之志的布衣李白，一厢情愿地以为可以实现自己的宏图伟抱了，开始也曾踌躇满志，意气风发，著名的《清平调》三首就是写于这一时期。然而，唐玄宗始终只是把他作为一名文学侍从之臣，也就是御用文人，吟风弄月，点缀升平，并没有授予实际的官职和给予政治上的重用，这与李白的抱负与希望相差太远。同时，"谗惑英主心，恩疏佞臣计"（《答高仙人兼呈权顾二侯》），"君王虽爱蛾眉好，无奈宫中妒杀人"（《玉壶吟》）是李白这一时期的境况写照。可能是玄宗的驸马、翰林学士张垍及高力士、杨贵妃等人的谗言诋毁，李白在长安宫中的处境就更加艰难，内心也愈加郁闷，于是只好对月兴叹，借酒浇愁。月是解忧的清凉方，酒是诗的催发剂，于是我们就读到了《月下独酌》这传诵千古的诗章。

月下独酌，幻出三人，全诗飞扬的是奇幻的联想与想象，充分表现了李白诗的浪漫主义特色。"花间一壶酒",是布景也是道具,"独酌无相亲",点明题目中的"独酌"。在酒精的催化之下,诗人想象飞腾:"举杯邀明月,对影成三人。"明月于焉出场,题目中的"月下"有了着落,而"三人"也即月与影的拟人化,既说明一时已没有独酌的孤寂,也自然地展开了随后的想象和描写。"徒",只、但之意;"将",与、共之意。"月既不解饮"至"醉后各分散"八句,是全诗的主体部分,愈是写月与影和诗人"醒时同交欢"的热烈场景,愈是反衬出诗人内心的孤独、苦闷与寂寞。"无情游",月与影实际上均无感情,不解人事。邈,遥远。云汉,高空、银河。"永结无情游,相期邈云汉",诗人由地下而天上,由人间而宇宙,想象自己羽化飞仙,和明月永以为好,相约相会在永恒的九天之上。如此收束全诗,想象虽然天马行空,抒情却仍然扣紧题旨。

清人沈德潜《唐诗别裁》说此诗"脱口而出,纯乎天籁",我要说虽是天籁,但遣词造句也可见大匠之心。诗中"影"字四见,"月"字四出,且安排在诗句中各不相同的位置,铿锵和鸣而又错落有致,不就是匠心独运而颇具大珠小珠落玉盘的音乐之美吗?

第一个九级浪
——《行路难三首·其一》

金樽清酒斗十千，玉盘珍羞直万钱。

停杯投箸不能食，拔剑四顾心茫然。

欲渡黄河冰塞川，将登太行雪满山。

闲来垂钓碧溪上，忽复乘舟梦日边。

行路难！行路难！多歧路，今安在？

长风破浪会有时，直挂云帆济沧海！

　　李白的诗歌，是一条波翻浪涌的浩荡的大江，他的《行路难三首》，是大江中的第一个九级浪。

　　这一九级浪轰然而至，究竟起于何时，历来有两种说法。一种认为写于天宝三载（744年），诗人被唐玄宗赐金还山放浪江湖之时；一种认为作于开元十九年（731年）春，李白初入长安后因壮志不酬复离开长安而远游之时，此时诗人已趋而立之年。我取后一种说法。《行路难》是组诗，题下共有三首，虽然失望与希望交织，沦落与奋起同奏，但其主旋律还是昂扬奋发的，对未来仍然充满信心，因为诗人只是仕途初挫，他还正当三十而立的好时光，来日方长。而《行路难三首·其二》一开篇就说"大道如青天，我独不得出"，篇中历述他在长安的种种困境，这与他天宝元年（742年）被唐玄宗召入长安供奉翰林的上苑风光颇不相符。如果这一组诗作于天宝三载，其时李白已经40多岁，作为超一流的伟大诗人，他的诗创作的第一个高潮来得未免过于迟迟了。

开元十二年（724年）春天，李白"仗剑去国，辞亲远游"，离开四川闯荡大唐的江湖，希图仕宦而至将相，实现自己安邦定国的宏大政治抱负。开元十八年（730年）春夏之间，他由寄居的湖北安陆启程，来到长安，希冀有一跃龙门的机会。君门九重，历时一年，其间既无慧眼爱才的权力在握者援引，又备受他人如宰相张说之子当朝驸马张垍的冷遇，李白愤而离开伤心之地长安，作《行路难》组诗。

《行路难》，乃乐府旧题，宋人郭茂倩编《乐府诗集》列于"杂曲歌辞"，并引《乐府解题》云："《行路难》，备言世路艰难及离别悲伤之意。"今存最早的这一旧题的诗作，是南朝鲍照的《拟行路难》十八首，对李白颇有影响。在李白之前，唐诗人卢照邻、崔颢等人均有同题诗作，但均不如李白之作洪波涌起、江声浩荡。

此诗的题材是七古，即七言古诗。因为诗人内心郁闷，情绪愤激，同时仍百折不挠地与不公的社会与命运抗争，具有强大的自信与自强的精神，所以全诗在艺术结构上呈现出百步九折、波澜动荡的特色。正如元人杨载《诗法家数》论李白的七古时所说："如江海之波，一波未平，一波复起；又如兵家之阵，方以为正，又复为奇，方以为奇，忽复见正。出入变化，不可纪极。"如果按照现在英美新批评对字词与结构的精分细析，全诗的开合动宕由四个层次或者说四道波澜构成。"金樽美酒斗十千，玉盘珍羞直万钱。停杯投箸不能食，拔剑四顾心茫然"，这是第一道波澜。"金樽"说酒杯之精美华贵，"斗"为古代盛酒之容器。曹植《名都篇》云："归来宴平乐，美酒斗十千。"李白《将进酒》云："陈王昔时宴平乐，斗酒十千恣欢谑。""斗十千"形容美酒昂贵，如今日之茅台、五粮液然。"羞"为"馐"的本字，"珍羞"，珍贵的山珍海味也。"直"同"值"，"万钱"则与"十千"相对成文。诗人开篇极力夸饰美酒美食，然而盛筵当前，却停杯投箸（zhù，筷子）而罢席，拔剑四望内心迷茫不知何去何从。其间之"停""投""拔""顾"四个动词所描状的动作，既表现了落魄英豪的外在形象，也传达了他内心激烈的矛盾冲突。

"欲渡黄河冰塞川，将登太行雪满山。闲来垂钓碧溪上，忽复乘舟梦日边"，这是第二道波澜。如同"停杯""拔剑"之句是从鲍照《行路难》之"对案不能食，拔剑击柱长叹息"化出，"欲渡""将登"两句，也和鲍照《舞鹤赋》的"冰塞长河，雪满群山"有某种血缘关系，只是后出转精，李白有出蓝之美。我要特为拈出的是，"欲渡"而"黄河冰塞川"，"将登"而"太行雪满山"，一句之中极具转折跌宕，遥启了后来顾况《悲歌》的诗思："我欲升天天隔霄，我欲渡水水无桥。我欲上山山路险，我欲汲井井泉遥。"走投无路，诗人想到隐居，学未遇周文王之吕尚在磻溪（今陕西宝鸡东）垂钓，然而他又心有不甘：伊尹未得商汤聘请之前，曾梦见乘船经过日月之旁，自己也会如此吧？

"行路难，行路难！多歧路，今安在？"这是第三道波澜，诗句也由较为舒缓的七言一变而为急促的五言，繁音促节，扼腕叹息与彷徨询问兼而有之。最后两句是第四道波澜也是全诗的最高潮。南朝梁沈约《宋书·宗悫传》："悫年少时，（叔父）炳问其志。悫曰：'愿乘长风，破万里浪！'"诗人化用典故，提炼出千古不磨的励志警句，成为历代有志者的座右铭。

在初入长安之前，李白已有一些名篇佳句，但组诗《行路难》才是他第一个撼人心魄的潮头，宣告了他诗创作应具有的大家气象。

少年的名篇
——《桃源行》

渔舟逐水爱山春，两岸桃花夹古津。

坐看红树不知远，行尽青溪不见人。

山口潜行始隈隩，山开旷望旋平陆。

遥看一处攒云树，近入千家散花竹。

樵客初传汉姓名，居人未改秦衣服。

居人共住武陵源，还从物外起田园。

月明松下房栊静，日出云中鸡犬喧。

惊闻俗客争来集，竞引还家问都邑。

平明闾巷扫花开，薄暮渔樵乘水入。

初因避地去人间，及至成仙遂不还。

峡里谁知有人事，世中遥望空云山。

不疑灵境难闻见，尘心未尽思乡县。

出洞无论隔山水，辞家终拟长游衍。

自谓经过旧不迷，安知峰壑今来变。

当时只记入山深，青溪几度到云林？

春来遍是桃花水，不辨仙源何处寻！

唐代不少诗人都有外号。最著名的如李白称为"诗仙"，虎鼓瑟兮鸾回车，
仙之人兮列如麻；杜甫被誉为"诗圣"，少陵只为苍生苦，赢得乾坤不尽愁；

王维号"诗佛"，一生几许伤心事，不向空门何处销；刘禹锡美为"诗豪"，凌空一鹤排云上，便引诗情到碧霄；李贺挽为"诗鬼"，冷翠烛，劳光彩，西陵下，风吹雨。"诗仙"使人爱，"诗圣"使人敬，"诗豪"使人喜，"诗鬼"使人悲。而"诗佛"呢？那就令人既羡且慕了。

王维（701？年—761年），是盛唐时杰出的诗人、画家和音乐家。他祖籍太原祁县（今山西祁县东南），其父迁居蒲州（今山西永济），蒲州在华山之东，遂为河东人。除他之外，唐诗人中另外两位"王"姓大名家王勃和王之涣都是山西人，可谓地灵人杰，极一时之盛。王维令人羡慕的是少年得志，他本来极具才华，如传世名作"独在异乡为异客，每逢佳节倍思亲。遥知兄弟登高处，遍插茱萸少一人"（《九月九日忆山东兄弟》）就是他17岁时初次离开家乡客居长安时的作品，少年的试笔之作，竟成了千古绝唱。加之岐王李范这些当权派慧眼识人，开元九年（721年）他年方弱冠就成了进士，其后虽遭贬谪，但仕途大体上比较顺利，不像同时代的王昌龄、杜甫等人那样命运坎坷。尤其是安史之乱中他和一些官员于长安被俘并被迫接受了伪职，后来唐玄宗与唐肃宗秋后算账，王维因为当时服药佯为痢疾，即吃哑药装作不能说话，并私下写了"万户伤心生野烟，百官何日再朝天。秋槐叶落空宫里，凝碧池头奏管弦"（《凝碧池》）一诗，不仅免于清算，而且责授太子中允，和他以前所任"给事中"（正五品上阶）相当，后来还迁给事中之职，终尚书右丞，故世称"王右丞"。所以有人说诗虽不可以疗饥，但有时竟然还可以救命。当然，最令人欣羡的还是王维在诗歌创作上的成就和影响。

王维是唐代山水田园诗派的领军人物，与孟浩然一起并称"王孟"。除了"大漠孤烟直，长河落日圆"（《使至塞上》），"一身转战三千里，一剑曾当百万师"（《老将行》）等其他边塞诗篇什，他还有大量的讴歌山水田园的秀句华章。它们是忙碌浮躁的现代人灵魂的避难所，读来不仅可齿颊生香，而且能心肺如洗。作为此类作品的先声，他 19 岁时所作的《桃源行》就是如此。虽然和《九月九日忆山东兄弟》一样，同样只能称是他青春年少时的啼声初试，然而初日芙蓉，自有它动人的风韵，置于唐宋以来众多咏桃源的佳作之中，仍然一枝秀出，光彩夺目。

这首诗，虽然以桃源为"仙境"，和陶渊明原来的意旨略有不同，表现了王维以庄园别业取代原始乡村的士大夫趣味，但全诗大体上还是演绎陶渊明所描绘的乌托邦。我以为，王维此诗胜过陶渊明的《桃花源诗》，可以与陶渊明的散文《桃花源记》比美，的确不愧是少年名作。

在体裁上，此诗是七言古诗，简称"七古"，唐人又称为"长句"，属于古体诗的范畴。唐代诗人所写的古体诗，常常冠以"歌""行"的字样，此诗也冠以汉魏南北朝乐府诗题所常用的名称"行"，分为五段，有起调，有转节，有收结，首呼尾应而天球不琢，构成了一个完美的艺术整体。苏轼曾称道王维之作诗中有画、画中有诗，此诗也是这样，读者细加体味，可见王维这位南宗山水画的开创者，将构图、线条、色彩、明暗这些绘画要素融入诗中，使诗情与画意交融无间。不独此也，中国诗歌与音乐早就结下了不解之缘，跳的是手牵手的双人舞，而王维又是高明的音乐家，他的作品自然富于音乐的听觉美感。例如全诗两句或三句一韵，随情转韵，总共七韵，如同花开花落，有似珠走泉流，不仅具有绘画美，而且具有音乐美。在语言的安排驱遣方面，句式骈散结合，多用对偶句，其《老将行》如此，此诗之"坐看红树不知远"与"行尽青溪不见人""峡里谁知有人事"与"世中遥望空云山""自谓经过旧不迷"与"安知峰壑今来变"等等，首尾贯串，于散行的回风舞雪之中，平添一番典雅凝重之美。

李白与草书大家张旭是王维的同时代人，李白出川后寄寓湖北安陆时，写过别有寄托的《山中问答》一诗："问余何事栖碧山？笑而不答心自闲。桃花流水窅然去，别有天地非人间。"张旭更直接作有《桃花溪》诗："隐隐飞桥隔野烟，石矶西畔问渔船。桃花尽日随流水，洞在清溪何处边？"
它们都是清新悠永的绝句，可以和少年王维的《桃源行》对读。

　　基督教有"伊甸园"，佛教有"净土"，道教有"蓬莱仙境"，"桃花源"
本是身处乱世的陶渊明的理想国。因《桃花源记》中有"武陵人捕鱼为业"
之语，今日常德市桃源县西南有一处山水即以"桃花源"为名，唐诗人多
所吟咏，遂成名胜。多年前的一个阳春三月我曾往游，并作《春到桃花源》
一文。桃花源外，已是没有古典的现代，车马交驰的公路代替了桃花溪水，
鳞次栉比的宾馆和度假村取代了竹篱茅舍；然而，桃花源里，桃花却仍然
犹如陶渊明的游记里和王维的诗句中描摹的那般，桃之夭夭，灼灼盛开。

千古名篇　盛唐气象
——《使至塞上》

王维

单车欲问边，属国过居延。

征蓬出汉塞，归雁入胡天。

大漠孤烟直，长河落日圆。

萧关逢候骑，都护在燕然。

　　唐代是中国封建社会的黄金时代，也是中国诗歌的黄金时代。唐代诗歌诗派纷呈，各炫异彩，盛唐奠定的边塞诗派即其中之一。

　　边塞诗派的掌门人和主将，当然应推高适、岑参、王昌龄、李颀等人，但李白、杜甫这样的超一流高手也曾兴致勃勃地前来客串扬威，分别写出《关山月》、前后《出塞》等诗篇，连药罐子整日不离手的李贺，也曾抱病耀武，写出"黑云压城城欲摧，甲光向日金鳞开"那样的名句。还有一位诗人不应遗忘或遗漏，那就是山水田园诗派的教主王维，他在抒写那些清幽绝尘的山水田园诗的同时，也曾亮出他的强弓劲弩，弓弦响处，支支白羽都命中边塞诗那箭靶的红心。

　　开元二十五年（737 年），吐蕃进攻唐之属国小勃律，河西节度使崔希逸于青海大败之。这年初夏，36 岁的王维奉命以监察御史的身份，出使河西节度府所在地凉州（治所在姑臧县，今甘肃武威），并留任河西节度判官。生活是文学创作的源泉，王维年轻时就有对边塞生活的间接体验，21 岁就曾作"汉兵大呼一当百，虏骑相看哭且愁"的《燕支行》，曾在今日西安市西北秦之咸阳汉之渭城观赏一位将军狩猎，写有《观猎》一诗："风劲角弓鸣，将军猎渭城。草枯鹰眼疾，雪尽马蹄轻。忽过新丰市，还归细柳营。回看射雕处，千里暮云平。"还有包括"一身能擘两雕弧，虏骑千重只似无。偏坐金鞍调白羽，纷纷射杀五单于"在内的《少年行》四首，那都是王维早期的边塞诗，或者说是他的边塞诗系列的前奏与先声。

前奏既终，主导的乐曲就要轰然奏响了，那就是《出塞作》《凉州赛神》《陇西行》《陇头吟》等篇章，但首先敲击我们耳鼓的是《使至塞上》。李陵在《答苏武书》中说："足下昔以单车之使，适万乘之虏。""单车"本指一辆车，但后来指使者之车，不能拘泥于一辆之解，或云轻车简从，不带随从。"问边"，观察军情，慰问边防。"属国"有二解，一是汉代官名，即"典属国"的简称，管理民族交往之事，大约相当于今日民族事务委员会及其负责人；一解为"附属国"，即归附中原的境外国家，《汉书·武帝纪》颜师古注："凡言属国者，存其国号而属汉朝，故曰属国。"此诗中的"属国"当为第二解，指归附唐朝的西域各国。"居延"，即居延塞，在今内蒙古自治区额济纳旗，汉于此置居延县治，名居延城；王维另有《送韦评事》诗云："欲逐将军取右贤，沙场走马向居延。"此旗之北尚有"居延海"；唐诗人胡曾《咏史诗·居延》有"漠漠平沙际碧天，问人云此是居延"之句。"过"，乃超越、远过之意。首联的上句，诗人说自己衔王命而出使西部边塞，下句则极言夸赞唐朝疆域的辽阔，国力的强盛，意为居延虽远，但唐朝的属国与声威更在居延之外。"征蓬"，随风飘飞的蓬草；"汉塞"，以汉代唐，指唐王朝的边塞。"出汉塞"点明题目中"至塞上"之"至"，行踪已到边境。"胡天"，指西北游牧民族所居之区域；"归雁"乃北飞之雁。征蓬与归雁，既是比况自己的行踪，也是途中所见景象，是一箭双雕之笔。

全诗至此，气象已自不凡，但颈联更是后来居上，精光四射，有如钱塘江潮，前面浮光跃金、波翻浪涌，随后汹涌澎湃的九级浪轰然而至。"孤烟"

有三解：一说为古代边防报警时烧狼粪为烽火的"狼烟"；一说为唐代边防镇戍间相隔约三十里，每日初夜放烟，谓之"平安火"；一说为沙漠中裊烟沙而直上的"旋风"。杜甫《夕烽》有云："夕烽来不近，每日报平安。"唐代边防本有"平安火"，何况王维此行是去宣慰获胜将士，边境安宁，所以此诗中的"孤烟"当指"平安火"。"长河"，一说指黄河，一说指流经凉州以北沙漠的石羊河。我意诗人此去，必经黄河，只有黄河才可有"长河"之誉，且与大漠之"大"门当户对，相映生辉。在这一联中，上句的构图是一根横线上加一根垂"直"线，下句的构图则是两条曲线的端点加一个"圆"形。此联写穷边荒漠，但景物如画，气象雄张，表现了诗人开阔豪迈的胸怀，也显示了昂扬奋发的盛唐精神，所以成了千年来读者与诗家赞不绝口的名句。"萧关"，唐属原州，在今宁夏固原南；"候骑"，巡逻侦察的骑兵；"都护"，唐代于西北边地所设之高级军事机构都护府，首长为都护使，此处指河西节度使；"燕然"，今蒙古国境内之杭爱山，汉代车骑将军窦宪率军出击匈奴，登燕然刻石记功而班师，此诗中"燕然"代指前线，既指对吐蕃之战的胜利，也表达了对前方将士特别是指挥官的赞美。

　　千古名篇，盛唐气象，这就是以山水田园诗著称的王维的另类边塞诗《使至塞上》。

画境与禅心
——《竹里馆》

独坐幽篁里，弹琴复长啸。

深林人不知，明月来相照。

　　唐代诗人如繁星丽天，除了李白与杜甫这种灿烂的北斗星，王维，应该是其中最为明亮的一颗，或者说最为明亮者之一。不然中国诗史上就不会流传李白"诗仙"、杜甫"诗圣"与王维"诗佛"的美称。他们三人，宛如盛唐诗坛的三驾马车。

　　王维少时就名动京师，开元九年（721年）年方弱冠即举进士，任太乐丞。他虽一度锐意仕进，但宦海沉浮，40岁以后便常居于终南山与辋川别墅，亦官亦隐。天宝十五载（756年），安禄山攻陷长安，王维被俘，被迫受伪职，他装哑病而不赴朝，并作诗曰："万户伤心生野烟，百官何日再朝天。秋槐叶落空宫里，凝碧池头奏管弦。"安史乱平，至德二载（757年）陷贼官三等定罪，身为高级干部的王维之弟王缙恳请削己刑部侍郎之职为兄赎罪，加之上述之诗为肃宗李亨所称许，遂免罪，以后还官至尚书右丞，世称"王右丞"。王维因受母亲影响，早年即信奉佛教，世事沧桑，晚年更笃志奉佛，退朝之后即焚香独坐以禅诵为事。

　　王维是盛唐时代多才多艺的大家。他精于音乐、书法，在绘画方面也是大师级的人物，明代书画家董其昌就推崇他为南宗山水画的开山者。王维的书画作品至今已渺矣无存，他死后不久，唐代宗李豫命其弟王缙搜集遗文，编成《王维集》十卷，今存诗近四百首。王维之诗题材广泛，兼善各体，风格多样，诸如即景记事、宦游行旅、送别赠答、咏史怀古、山水田园等几方面，他都有许多永不生锈的诗篇，千年传诵。"渭城朝雨浥轻尘，客舍青青柳色新。劝君更尽一杯酒，西出阳关无故人"（《送元二使安西》），"红豆生南国，春来发几枝。愿君多采撷，此物最相思"（《相思》），都是众生耳熟能详的作品。但是，王维最大的成就在山水田园诗，他与孟浩然同为盛唐山水田园诗这一诗派的代表，世称"王孟"，其诗甚至被后人美称为"王摩诘体"，由此可见享誉之隆。

辋川山谷，在陕西蓝田县南峣山口，是一条全长十里的狭长山谷。王维于天宝初年于此购得唐初诗人宋之问的蓝田别墅，常来往居住其地。他曾作五言绝句二十首，写辋川的二十处景点，自编诗集《辋川集》。"空山不见人，但闻人语响。返景入深林，复照青苔上"（《鹿柴》），"木末芙蓉花，山中发红萼。涧户寂无人，纷纷开且落"（《辛夷坞》），"飒飒秋雨中，浅浅石溜泻。跳波自相溅，白鹭惊复下"（《栾家濑》）等都是其中读之令人如洗心肺的名作。而写景之一的《竹里馆》，更是画境禅心，向来被认为是王维山水田园诗的代表作，有如名牌产品的注册商标。

中国古典诗歌历来就有诗画相资互映生辉的传统，何况王维本身就是大画家。他在《偶然作》一诗中曾说自己"宿世谬词客，前身应画师"。苏轼在《书摩诘蓝田烟雨图》中也说"味摩诘之诗，诗中有画；观摩诘之画，画中有诗"。同时，王维对佛学的禅宗又深有造诣，他既是大自然的宠儿，又是大自然的恋人。画与禅的水乳交融，使得他的许多山水田园诗作包括《竹里馆》在内，既具画境，亦具禅心——那种佛家所说的清净寂定的心境，心神怡悦别有所悟的精神状态。

《竹里馆》的画境禅心的获胜，有赖于构图的空间高下，光影的明暗对比，音响的动静反衬。从空间言，独坐的弹琴长啸之人以及幽篁与深林在下，来相照的明月在上，高下分明，历历如绘。"篁"，是竹子的一种，泛指竹子，"幽篁"即幽静深密的竹丛竹林，也即后面所说的"深林"的一部分，深林"幽篁"更为阔大深远而幽静。明月如霜，月华的皎白与幽林的深暗，构成了视觉的强烈反差与对比。"啸"，一说为曼声吟唱，如《诗经·小雅·白华》之"啸歌伤怀，念彼硕人"；一说为撮口发出的悠长清越的声音，魏晋名士即好长啸以抒情。刘义庆《世说新语·栖逸》："阮步兵（籍）啸闻数百步。""幽篁"与"深林"是静态的背景，"弹琴"与"长啸"是动态的音乐，"独坐"是清寂默然的，"来相照"的明月则是流动有情的。如此动静交感、以动衬静，生命的感兴与诗美的体验水乳交融，便创造完成了一种空灵幽远不染纤尘的艺术世界。

人的审美需求是多种多样的。生活在滚滚红尘中的现代人，尤其向往没有喧嚣忘却扰攘的山野与园林。著名诗人洛夫的《致王维》有"秋，便这样／随着尚温的夕阳／闪身进入了你的山庄"的妙句。20 世纪末的有一年秋日，蓝田日暖玉生烟，我从自己困居已久的闹市远赴陕西蓝田的辋川，去寻觅过王维辋川别墅的旧迹和他遗落在那里的诗篇，写成《辋川山水》一文，珍藏在我的《唐诗之旅》一书里。

诗与音乐的联姻
——《送元二使安西》

王维

渭城朝雨浥轻尘，客舍青青柳色新。

劝君更尽一杯酒，西出阳关无故人。

　　别离，是芸芸众生都会有的一种人生体验，现代人尚且如此，何况是交通不便通讯困难甚至常常是兵荒马乱的古代？

　　悲莫悲兮生离别，乐莫乐兮新相知。南朝著名文学家江淹的名篇《别赋》，抒写人间的各种离别及它所带来的哀伤之情，开篇就是"黯然销魂者，唯别而已矣"，一语胜人千万，传诵千古；临近结尾处尚有"春草碧色，春水渌波，送君南浦，伤如之何"的动人情肠，同样千古传诵之语。中国的古典诗歌，在江淹之前就有一些抒写别离的著名篇章了，在江淹之后更是层见叠出，蔚为大观，以至"别离诗"成了中国古典诗苑中一支别具芬芳的花的家族，一方景色独异的诗的风景。

　　唐人抒写离愁别恨的别离诗名篇成百上千，就像一阕大合唱，从初唐一直唱到晚唐，从王勃的"海内存知己，天涯若比邻"（《送杜少府之任蜀州》），一直唱到张泌的"多情只有春庭月，犹为离人照落花"（《寄人》）。盛唐山水田园诗派的代表人物王维，也曾忙里偷闲，前来"别离诗"这一领域观赏，他一时技痒，虽是小试身手，却也留下了堪称千秋绝调的诗篇，如"独在异乡为异客，每逢佳节倍思亲。遥知兄弟登高处，遍插茱萸少一人"（《九月九日忆山东兄弟》），如"山中相送罢，日暮掩柴扉。春草明年绿，王孙归不归"（《山中送别》），如"杨柳渡头行客稀，罟师荡桨向临圻。唯有相思似春色，江南江北送君归"（《送沈子福归江东》）。选诗如选美，虽然美女如云，但我们绝不会遗漏《送元二使安西》，即倾国倾城的《渭城曲》。这是王维的送别诗作之一，也是中国诗歌史上最有名、影响也最为深远的送别诗篇。绝句在唐代是可以歌唱的，此诗当时就被谱成乐曲成为送别场合的保留节目，故又称《渭城曲》《阳关曲》，又因全曲分三段，原诗反之复之唱三遍，而且增添字句盖以和声，所以也称《阳关三叠》。

"安西"，唐代西域高级军事机构安西都护府的简称。贞观十四年（640年），于西州置安西都护府，治所交河城（今新疆吐鲁番）。显庆三年（658年），移府于龟兹国（今新疆库车）。"使"，旧读 shì，出使，使者。"元二"，姓元，排行第二，是王维所送的去新疆出公差的朋友。一般的唐诗选本在"元二"条下都注曰"生平不详"，付之阙如，唯辽宁教育出版社 1997 年印行由刘忆萱、管士光评注的《精选唐人绝句一千首》一书，引杜甫的《送元二适江左》："乱后今相见，秋深复远行。风尘为客日，江海送君情。晋室丹阳尹，公孙白帝城。经过自爱惜，取次莫论兵。"并由诗推断"元二性格豪放，喜论军事，却怀才不遇，四处漂泊"，两位诗人送的元二可能"实为一人"。查杜甫生年与卒年，虽后于王维，但均相差只有十年，他们是同时代人，都有先后与"元二"为友并送别的极大的可能性。王维送元二是去西域而且是军事重镇的安西，杜甫之诗特意点明元二风尘江海且喜谈兵，因此，他们送的更有可能是同一个人。不过，因为两位大诗人都没有点名被送者的大名，最终"元二"还只能是未被侦查破案的"嫌疑人"。

王维《送元二使安西》之所以令人一唱三叹而千载如新，其原因前人之述备矣。我要另为拈出的是：典型瞬间，临近顶点。晋代陆机在《文赋》中说："观古今于须臾，抚四海于一瞬。"德国 18 世纪著名文艺理论家莱辛在其名著《拉奥孔》中也曾提出艺术家的描绘应有范度，不宜"选取情节发展中的顶点"。诗创作不能去笨拙地描述事件或者情态的前因后果，即全过程，也不能费力不讨好地去表现事件或者情态的顶点，而要着重表现将临顶点之前的"须臾"，高潮到来之前的"一瞬"，强烈地刺激读者的想象去参与诗的审美再创造。王维此诗就是这样。

"渭城"，秦之咸阳，汉改称渭城，位于长安西北，渭河北岸，在今咸阳市东，唐时为西行的送别之地。"浥"，沾湿，润湿。"客舍"，驿馆，旅店。"阳关"，西汉所置，故址在今甘肃敦煌市西南古董滩附近，因在玉门关之南故名，与玉门关同为通西域之要塞，北道出玉门关，南道出阳关。全诗截取的是送别的典型瞬间，描绘的是临近顶点的片刻：地方是传统的送别之地渭城，具体地点是欲行不行各尽觞的驿站旅店，时间是昔我往矣杨柳依依的春天，情态是送者劝行者再干一杯，理由则是西出阳关再没有熟识的老友。不枝不蔓，不写他们过去的交往，不写分别时的种种叮咛，也不写出发和别后的情状，只写临别的一瞬，劝酒的刹那，以一当十，以少胜多，留给读者联想与想象的广阔天地。

王维的《送元二使安西》从唐代起就广为传唱，刘禹锡在《与歌者何戡》中说"旧人唯有何戡在，更与殷勤唱渭城"，白居易的《对酒》中也有"相逢且莫推辞醉，听唱阳关第四声"，李商隐的《赠歌妓》道"红绽樱桃含白雪，断肠声里唱阳关"，元代王子一的《误入桃源》中也有"我做甚三迭阳关愁不听，也只为一段伤心画怎成"。不过，唐代的曲谱早已失传，今人所听的是谱于晚清之曲。我正是一边侧耳倾听此曲，神驰唐朝，一边挥笔疾书，写下了这篇和王维隔千年而对话的小文稿。

诗的袖珍独幕剧
——《长干行四首·其一、其二》

其一

君家何处住？妾住在横塘。

停船暂借问，或恐是同乡。

其二

家临九江水，来去九江侧。

同是长干人，生小不相识。

在诗歌的所有样式之中，叙事诗是戏剧的紧邻。叙事诗有人物、情节和对话，它可以隔墙探望戏剧的门庭，借鉴戏剧的一些长处来使自己的门楣增加光彩。抒情诗，主要是通过诗人主观感受的抒发来表现生活，即心灵化的生活，生活的心灵化。它和戏剧似乎攀不上什么亲朋关系，其实不然，抒情诗具备一点叙事的戏剧性的成分，可以丰富自己的艺术表现手段，也有助于获得另一种引人入胜的艺术情趣。

希腊、罗马、意大利、印度等西方和东方国家，有许多史诗型的叙事诗，而中国古典诗歌史上虽也有一些叙事名篇，如汉乐府之《孔雀东南飞》、白居易的《长恨歌》与《琵琶行》、吴伟业的《圆圆曲》等，但从整体上看，叙事诗并不发达。中国古典诗歌史基本上是一部抒情诗史。然而，在唐宋两代短小的绝句里，还是可以读到一些叙事的颇有戏剧性的作品，如崔颢的被誉为有"六朝小乐府之妙"的《长干行四首·其一、其二》（南朝乐府旧题，又名《长干曲》《江南曲》）：

其一
君家何处住？妾住在横塘。
停船暂借问，或恐是同乡。

其二
家临九江水，来去九江侧。
同是长干人，生小不相识。

关于这两首诗，前人的评说颇多，为了读者参阅的方便，我不避罗列之嫌，按时代顺序在这里稍事摘引。明代胡应麟在《诗薮》中认为"唐五言绝，初盛前多作乐府，然初唐只是陈、隋遗响，开元以后，句格方超"。他接着举了十三个诗人的十余首作品，肯定他们"皆酷得六朝意象，高者可攀晋、宋，平者不失齐、梁，唐人五言绝佳者，大半此矣"。在他所引的诗人诗作中，就包括崔颢及其《长干行》在内。明末清初的王夫之，在《姜斋诗话》中有一段著名的议论，"论画者曰：'咫尺有万里之势。'一'势'字宜着眼。若不论势，则缩万里于咫尺，直是《广舆记》前一天下图耳。五言绝句，以此为落想时第一义，唯盛唐人能得其妙"。在这一番议论之后，王夫之所引唯一的例子就是崔颢的《长干行》，并加评赞："墨气所射，四表无穷，无字处皆其意也。"以后，沈德潜在《说诗晬语》和《唐诗别裁》中谈到五言绝句时，都一再提到崔颢的《长干行》，一再表示"虽非专家，亦称绝调"。总之，他们都是从不同角度盛赞崔颢的这一作品。我这里所特别强调的，则是它的戏剧性，具体表现在时空压缩、单纯的情节和潜台词三个方面。

时空压缩。戏剧不能离开舞台，它的故事演绎、人物塑造以及社会生活内容的呈现，都必须压缩在有限的时间和空间里进行。崔颢《长干行》的戏剧性，首先表现在时空高度压缩而具有极强的"外张力"。它所描绘的，是长江上一个青年女子和邻船的一个青年男子在一瞬间对话的情景。"长干"，里弄名，遗址在今江苏省南京市；"生小"，是表时间之词，是从小、自小之意，在一问一答的瞬间，包容了"同是长干人，生小不相识"的漫长岁月。横塘，在今南京市。九江，这里是泛指江西九江以东的长江下游一带。在两船萍水相逢的这一片水面，就压缩了"妾住在横塘"和"家临九江水，来去九江侧"的阔大的空间。这种时空压缩于片时片地之中而愈见张力的技巧，正是戏剧场景与结构所擅长而且必具的表现艺术。

　　单纯的情节。情节，是戏剧构思的核心，而戏剧冲突是情节的基础和动力。可以说，没有集中紧凑的在人意中又出人意料的情节，就不可能有戏剧。在诗歌中，叙事诗是必须要有情节的。在这一点上，叙事诗可以和戏剧、小说携起手来，开一个圆桌会议，坐而论情节之道。抒情诗虽不一定要具备情节，但如果有一点单纯的情节，这种具有单纯情节的抒情诗，不仅是抒情诗中的一格，而且也可加强诗的情味，并且引人遐思。崔颢的《长干行》就是如此，寥寥四十字之中，除了场景的布置、气氛的营造之外，还有青年异性人物的刻画和人物之间的关系的暗示。这种极为单纯的情节，自然能够引发读者多方面的联想。

　　潜台词。《茶花女》的作者、法国的小仲马说："戏剧艺术是准备的艺术。"（《小仲马戏剧全集》）这种"准备"，主要是指情节和台词对观众所产生的吸引力，用现代的美学术语而言，就是"审美期待"，也就是读者或观众对作品或演出产生一种强烈的心灵渴求，主动地观照、想象和把握审美对象。诗忌直露，戏剧中的台词也忌直露。潜台词，就是人物没有直接说出来的语言，是在台词中含藏着的人物丰富的内心独白，是刺激观众产生强烈反应与联翩想象的无言之言。崔颢的《长干行》不也是这样吗？它只写了人物的几句对白，情态惟妙惟肖，又富于暗示性。封建时代曾经有人解释为"倚船卖笑""羞涩自媒"，这固然是对作品的曲解，但是，也表明了这首诗的潜台词是丰富的。它是要表现一种漂流异地而更炽的乡心？还是要表现一种同是天涯漂泊人的同情心？抑或是要表露一种半开放而又欲说还休的相悦之心？读者满怀的想象与期待，源于诗强烈的张力和潜台词丰富的言外之意。

早在20世纪70年代，香港学者黄维樑就曾有《诗中异品：戏剧化独白》一文，后来收录他的《怎样读新诗》一书（香港学津书店，1982年，2002年增订新版），其论颇可参考。他说："戏剧性独白是诗的异品，是牡丹中的黑牡丹。我国古典诗歌中，并无此类体裁。"这种"异品"，他分别举述英国勃朗宁的《波菲利亚的情人》、闻一多的《天安门》与卞之琳的《酸梅汤》为证。至于戏剧化独白的特色，他的看法则是："是冶诗与戏剧于一炉。既是诗，它具有诗的精练经济；又是戏剧，它具有戏剧的故事性和生动真实。名为独白，诗中的话，自始至终，是由故事的关键人物单独一人说出来的。"我国古典诗歌是不是没有独白体尚待研究，但"对话体"却早已出现在《诗经》之中，如《郑风·女曰鸡鸣》《郑风·溱洧》等，就是由男女主人公的对话结撰成章。而汉魏六朝的乐府诗中，也可见对话体的诗作，如《东门行》《艳歌行·其一》即是。然而，此体在中国古典诗歌中并没有得到长足的发展，而崔颢的《长干行》，是具有戏剧性的抒情诗，或者说，是抒情的袖珍独幕剧，其精妙就在于对话，乃古典诗歌中的对话体的奇珍。它千百年来脍炙人口，而且声光远播于海外。明代朝鲜许氏《蔺雪集》，就有模拟崔颢之作的《长干行》，诗云："家居长干里，来往长干道。折花问阿郎，何如妾貌好？""昨夜南风兴，船旗指巴水。逢着北来人，知君在扬子。"虽然有人赞扬说"东国女郎，能解声诗，大是可人"，不过，东施效颦，毕竟远不如西施之天姿国色。

燕赵自古多慷慨悲歌之士，也多低吟高咏的诗人，新、旧体诗兼攻并兼工的当代诗人浪波，就是其中的一位。他有一首别开生面的对话体新诗，是以人鸟对话结撰成章，诗分两节："'唧唧！唧唧！''同志！同志！'／'啾啾！啾啾！''朋友！朋友！'／'你从哪里来？''我从山外来。'／'你往哪里走？''我往山里走。'／'唧唧！你可知森林神奇的故事？'／'我正是来这里听你讲授！啾啾！'／鸟儿在树上飞鸣，我在树下行走／一唱一答，我们都是青山的歌手！"这是新诗中少见的问答体诗，远绍古典问答体诗的一脉清香，移情于物，诗形整饬而逸兴遄飞，宛如山神的风笛在林间鸣奏。

笔墨林中大丈夫
——《黄鹤楼》

昔人已乘黄鹤去，此地空余黄鹤楼。

黄鹤一去不复返，白云千载空悠悠。

晴川历历汉阳树，芳草萋萋鹦鹉洲。

日暮乡关何处是，烟波江上使人愁。

　　一个地方，如果既有山水之美，又具人文之胜，那就可谓璧合珠联，两全其美。武汉黄鹤楼与岳阳岳阳楼以及南昌滕王阁并称"江南三大名楼"，就是因为它们不仅均具地美，而且都有人杰，各有不朽诗文为山川楼阁添色增辉。武昌的黄鹤楼之所以名传遐迩，就离不开盛唐诗人崔颢以他的力作来捧场。

　　崔颢，汴州（今河南开封）人。开元十一年（723年）考中进士，曾在河东节度使幕中任职，天宝初为太仆寺丞，迁尚书司勋员外郎。他是李白的同时代人，文学史家多将他归入"边塞诗派"的阵营，因为他许多作品都是咏唱边塞征戍之事，格调豪壮，风骨凛然，如《雁门胡人歌》与《送单于裴都护赴西河》等即是。但是，他最为传唱人口的，还是七律《行经华阴》《黄鹤楼》以及五绝乐府《长干行四首·其一、其二》，它们都被清代蘅塘退士孙洙收入所编的《唐诗三百首》之中，其中尤以《黄鹤楼》一诗最具知名度。

　　黄鹤楼巍然峙立在武汉长江之滨，武昌蛇山之巅。蛇山又名黄鹤山、黄鹄山，从三国时东吴为屯戍之军事需要而于此建楼算起，黄鹤楼至今已有一千七百余年的历史。历代诗人对黄鹤楼吟咏不绝，仅以唐宋而论，唐代的宋之问、孟浩然、王维、白居易、刘禹锡、杜牧和宋代的陆游、范成大等重量级的诗人，都纷纷登场演出。然而，为什么只有崔颢赢得的掌声最热烈最持久，甚至连目空一切的李白都要说什么"眼前有景道不得，崔颢题诗在上头"呢？

崔颢此诗之所以在众多咏黄鹤楼的诗作中脱颖而出、一举夺冠，原因就在于诗人的生花之笔，抒写了辽阔深远的时空感和苍茫邈远的宇宙感，并且由大及小，对中国诗歌的传统母题"乡愁"作了新颖的表现。

崔颢的《黄鹤楼》一诗，前四句重在虚写。黄鹤楼以黄鹤命名，本来因为此楼建于黄鹄矶上，而"鹄""鹤"相通，后人附会有仙人乘鹤过此而得名。南朝梁代萧子显所著《南齐书》称，"仙人子安乘黄鹄过此上也"，而宋人乐史所编之北宋地理志《太平寰宇记》则说："昔费祎登仙，每乘黄鹤于此憩驾。"他将登仙的神话算到三国时蜀国丞相费祎的名下。崔颢登斯楼也，思接千载，想落天外，便借题发挥。此诗前半首只以第二句写黄鹤楼，其他三句则都是从"昔人"落笔："昔人已乘黄鹤去"，首句开始即写"昔人"；"黄鹤一去不复返"，第三句明写黄鹤实"想"昔人；"白云千载空悠悠"，第四句则是"望"昔人了。四句之中叠用三"黄鹤"，而第四句之尾又用叠词"悠悠"，如此更平添了一番抚今追昔之情，回环唱叹之美。总之，四句诗概括的是无尽的时间与无垠的空间，在苍茫阔远的时空意象中寄寓的，是渺小的个体生命在无边无涯的时空中之一种宇宙性的感伤。

诗人乘着想象的翅膀振羽而飞，进入历史的深处，遨游于九天之上，穿行于时间隧道之中，最后终于由云端而大地，由历史而现实。《黄鹤楼》一诗的后半首重在写实。如果说前半首虚写的是"昔人"，那么，后半首实写的则是"今人"，包括抒情主人公作者自己。"汉阳"，位于武昌之西，汉水之北，"鹦鹉洲"，相传是东汉祢衡曾于此作《鹦鹉赋》而得名，洲在武昌蛇山前面的长江之中，唐宋时泥沙淤积成长约 2500 米、宽约 400 米的狭长大洲，时至清代因江水冲刷而淹没。崔颢首先实写登楼所见，"汉阳"为隔江城郭，"鹦鹉洲"为眼底洲渚，"晴川"点明时间，"芳草"点染景色，而"历历"与"萋萋"之叠词，既呼应了前面的"悠悠"，更增强了听觉的音乐美感。诗人于楼头眺望已久，栏杆拍遍，不觉已是日落时分，暮色本来撩人愁思，何况汉末的山东才子王粲避难湖北荆州依附刘表时，去国怀乡，忧时感事，作有名篇《登楼赋》，开篇就是"登兹楼以四望兮，聊暇日以销忧"。崔颢由个人而想到世间离乡别井的芸芸众生，以"日暮乡关"与"烟波江上"之远近映照的典型情景作结，创造性地抒写了前人曾多次表现过的人所共有的"乡愁"。大约是诗人身处青春奋发的盛唐吧，他笔下的乡愁不像许多诗词中习见的那样低沉悲切，而是大时代中的一种哀愁，其中也可见"盛唐气象"的投影。

李白在黄鹤楼头初读崔颢之诗，尚未及而立之年，虽说对崔作颇为欣赏，但总不免"耿耿于怀"。他的诗多次写到黄鹤楼与鹦鹉洲，但直到 20 多年后他已经 47 岁之时，才以《登金陵凤凰台》和崔颢一较短长。"凤凰台上凤凰游，凤去台空江自流。吴宫花草埋幽径，晋代衣冠成古丘。三山半落青天外，二水中分白鹭洲。总为浮云能蔽日，长安不见使人愁"。到了人生的暮年，他从流放夜郎途中赦回，重游江夏，又作《鹦鹉洲》一诗："鹦鹉来过吴江水，江上洲传鹦鹉名。鹦鹉西飞陇山去，芳洲之树何青青！烟开兰叶香风暖，岸夹桃花锦浪生。迁客此时徒极目，长洲孤月向谁明？"李白流传至今的七律只有八首，其中就有两首是向崔颢挑战之作，虽说高下难分，毕竟是文坛佳话。

昔人已乘黄鹤去，此地空余黄鹤楼。

黄鹤一去不复返，白云千载空悠悠。

晴川历历汉阳树，芳草萋萋鹦鹉洲。

日暮乡关何处是，烟波江上使人愁。

宋人严羽《沧浪诗话》力挺崔诗："唐人七律诗，当以崔颢《黄鹤楼》为第一。"第一与否，事关重大，恐怕要实行"全民公投"才能决定。倒是清人金圣叹在《批唐才子诗》中说得好，他说崔颢"作诗不多，而令太白公搁笔，此真笔墨林中大丈夫也"。我没有开具借条，就径行挪用金圣叹之语做了我这篇文章的题目。

意象的组合
——《咏怀古迹·明妃村》

群山万壑赴荆门，生长明妃尚有村。

一去紫台连朔漠，独留青冢向黄昏。

画图省识春风面，环珮空归月夜魂。

千载琵琶作胡语，分明怨恨曲中论！

　　王昭君和亲，这个美丽而哀怨的故事，不知叩开过历代多少作者的心扉。大约从晋文帝时石崇的《王明君辞并序》开始，千百年来，我国古典诗歌史上咏叹昭君事迹的诗篇至少在千首以上。这些诗篇格调并不一致，见解也各有不同，但就我个人的偏好说来，我还是大致同意清人沈德潜对于杜甫《咏怀古迹五首·其三》的那首《明妃村》的看法。他在《唐诗别裁》中不无偏颇地认为历代其他咏昭君之作"皆平平"之后（王安石的《明妃曲二首》即颇为杰出），却先得我心地提出了"咏昭君诗，此为绝唱"的观点。

　　本文并不想卷入对王昭君这一人物作何种评价的争论里去，对这位薄命的红颜或巾帼，历史上已经争吵得唾沫横飞而够热闹的了。同时，我也不想完全重复前人对杜甫这首诗的艺术分析，我想，杜甫写出这首诗后到现在已经一千多年，它至今仍然有着与时俱进的生命力，总有其深刻的内在原因与艺术奥秘。我以为，正是美妙的意象组合，使杜甫此诗获得了强大而持之久远的艺术魅力。

　　西方的现代文艺理论，对于诗歌的意象十分重视。19世纪意大利美学家、历史学家克罗齐，在其《美学纲要》中曾说："诗是意象的表现，散文则是判断和概念的表现。"英美现代诗的宗师艾略特在1919年评论莎士比亚的《哈姆雷特》时，就提出了"意之象"的理论，他说："表达情意的唯一艺术公式，就是找出'意之象'，即一组物象、一个情境、一连串事件；这些都会是表达该特别情意的公式。如此一来，这些诉诸感官经验的外在事象出现时，该特别情意就马上给唤引出来。"而20世纪初活跃在英美诗坛并被认为是英美现代诗开端的"意象派"，其宣言就是强调"要呈现一个意象"，而其主将庞德更承认他所运用的意象艺术，却是从中国古典诗歌学习而来（见黄维樑《中国诗学纵横论》，台湾洪范书店，1977年）。的确，中国古典诗歌早就有讲究诗歌意象的传统，在南朝梁刘勰《文心雕龙》提出"意象"一词之后，唐诗人司空图很早就在诗论中正式提出"意象"这一美学概念；宋代诗人所主张的"状难写之景如在目前，含不尽之意见于言外"（梅圣俞语，见欧阳修《六一诗话》），实际上也是讲诗歌具体创作过程中意象的创造；明清两代，诗人和诗论家们对意象的探求，更有长足的进展与丰富的成果。在当代，叶嘉莹在她的《迦陵谈诗》中也认为："因为诗歌原为美文，美文乃是诉之于人之感性的，而非诉之于人之知性的，所以能给予人一种真切可感的意象，乃是成为一首好诗的基本要素。"意象，是诗歌的基本艺术元素，一般而言，诗歌不宜作理念的抽象的直陈，也不宜有过多的议论，却必须而且首先要有鲜明的葱茏的意象。

杜甫，我国诗史上这位知性与感性并重、才华与功力兼长的大师，非常重视诗的意象的创造。明代的诗论家胡应麟在其《诗薮》中说"古诗之妙，专求意象"，他赞叹"《大风》千秋气概之祖，《秋风》百代情致之宗，虽词语寂寥，而意象靡尽"，而他批评宋代一些诗人学杜甫，正是"得其意，不得其象"。在《咏怀古迹·明妃村》这首诗里，杜甫运用和发展的就是他的意象组合的诗艺。所谓"意象组合"，与"意象并列"是有所不同的。

"意象并列"是从横的联系上，也就是从纬线上，将许多时空不同的意象，特别是空间意象并置在一起，构成一个完整的艺术世界；而"意象组合"则是从纵的联系上，也就是从经线上，围绕歌咏的对象与题旨的指向，将时空不同的意象作纵向的组合。"千山鸟飞绝，万径人踪灭。孤舟蓑笠翁，独钓寒江雪"，柳宗元的《江雪》是意象并列的范例；而杜甫的《咏怀古迹·明妃村》，则是意象组合艺术在诗国天空所呈现的一朵彩云：

> 群山万壑赴荆门，生长明妃尚有村。
> 一去紫台连朔漠，独留青冢向黄昏。
> 画图省识春风面，环珮空归月夜魂。
> 千载琵琶作胡语，分明怨恨曲中论！

　　诗人以苍凉凄楚的音调，弹唱了王昭君一生的悲剧命运，并抒发了自己怀才不遇的感慨，寄托了对薄命的绝代佳人的叹惋与同情，其中意象组合的脉络不难寻索。在第一联中，"生长明妃尚有村"的"尚有"，作"但有""还有"解，从昭君生活于此时此地到杜甫前来凭吊，概括了久远的沧桑变幻的历史和深沉的伤逝吊往之情。中间两联，中心意象是"朔漠""青冢""画图""环珮"，二十八个字囊括了昭君的一生，极富空灵飞动之致，绝非那种平庸板实的笔墨所可望其项背。最后一联以"千载"点明时间，与首联的"尚"遥相呼应，以"怨恨"带出并点醒题意，使全诗成为一个天衣无缝的完美整体。清人仇兆鳌《杜诗详注》曾经引用陶开虞对这首诗的评论说："风流摇曳，杜诗之极有韵致者。"而所谓"风流"与"韵致"，在某种意义上来说，正是高明的意象组合艺术的宁馨儿。

　　一首优秀的诗，往往有如一颗多棱形的钻石，它闪射的绝不是单一的光彩，而是面面生辉。杜甫这首可见意象组合之妙的诗，除了从纵向组合诗中的意象之外，在意象组合的整体艺术构思之中，还成功地运用了另外两种诗的技巧，那就是郁达夫在《谈诗》一文中曾经指出的："作诗的秘诀，新诗方面，我不晓得，旧诗方面……我觉得有一种法子，最为巧妙，其一，是辞断意连，其二，是粗细对称。近代诗人中，惟龚定庵最善于用这秘法。……古人之中，杜工部就是用此法而成功的一个。我们试把他的咏《明妃村》的一首诗举出来一看，就可以知道。头一句诗是何等的粗雄浩大；第二句诗却收小得只成一个村落；第三句又是紫台朔漠，广大无边；第四句的黄昏青冢，又细小纤丽，像大建筑物上的小雕刻。……我说此诗的好处，就在粗细的对称，辞断而意连。"（见《闲书》）郁达夫除了小说与散文之外，旧体诗创作也极为生色，我以为他是"五四"以来最具才情与成就的旧体诗家。他的上述见解，确是别具只眼的金针度人之论。他没有再分析诗的后四句，其实，描绘有昭君肖像的画图之窄小，与魂魄月夜从万里外归来之广漠，琵琶之小巧与千载之久远，无一不是粗细的对举。至于"辞断而意连"，就是清人方东树在《昭昧詹言》中所说的"语不接而意接"，现代西方诗论中所说的"意象脱节"。这一点，我们留待在谈温庭筠的《商山早行》一诗时再去叙说吧，这里只先行预报一声。

中国古典诗歌的意象艺术，是今日新诗与旧体诗词作者取之不尽的宝藏。我们要心怀敬畏而非盲目否定，同时也要有化旧为新另开新境的才力。"五四"以来新诗的优秀之作，莫不是对传统作了创造性的转化，既立足于传统又丰富和发展了传统。诗的意象艺术也是这样，如"七月派"诗人曾卓的《我遥望》："当我年轻的时候 / 在生活的海洋中，偶尔抬头 / 遥望六十岁，像遥望 / 一个远在异国的港口 / 经历了狂风暴雨，惊涛骇浪 / 而今我到达了，有时回头 / 遥望我年轻的时候，像遥望 / 迷失在烟雾中的故乡。"全诗围绕置于每段之后的中心意象结撰成章，"异国的港口"是前瞻，"烟雾中的故乡"是后顾。婉曲回环，奇思妙想，字里行间包蕴了多么久远的青春之恋与多么深沉的沧桑之感啊！由此可见，意象，是诗歌创作构思的核心，是诗的思维过程中的主要符号，是诗的艺术生命最活跃的元素，是诗的最基本的存在方式。鲜活的、创造性的、具有深厚美学意蕴的意象，是好诗必具的身份证，也是真正的诗的殿堂的入场券。

美轮美奂的殿堂
——《登高》

风急天高猿啸哀，渚清沙白鸟飞回。

无边落木萧萧下，不尽长江滚滚来。

万里悲秋常作客，百年多病独登台。

艰难苦恨繁霜鬓，潦倒新停浊酒杯！

法国著名小说家法朗士有一句名言："文艺批评是灵魂在杰作中的冒险。"杜甫的七律《登高》，是大历二年（767年）诗人55岁时在夔州（今重庆奉节）的作品。明代胡应麟在《诗薮》中认为："杜'风急天高'一章五十六字，如海底珊瑚，瘦劲难名，沉深莫测，而精光万丈，力量万钧。通章章法、句法、字法，前无昔人，后无来学。……然此诗自当为古今七言律第一，不必为唐人七言律第一也。"而王夫之却不是单纯从七律而是从整个诗歌创作的角度评论此诗，他在《唐诗评选》中说："尽古来今，必不可废。"从前人对《登高》的评论和它在读者中流传之广来看，这首诗毫无疑问可以称得上是"杰作"。谈论它的文章已经盈箱积箧了，我这里不过是遵循前人的指引，到这一杰作中去做某一方面的进一步探索而已。

关于《登高》的艺术成就，胡应麟《诗薮》还曾有如下一段议论："一篇之中句句皆律，一句之中字字皆律，而实一意贯串，一气呵成。骤读之，首尾若未尝有对者，胸腹若无意于对者；细绎之，则锱铢钧两，毫发不差，而建瓴走坂之势，如百川东注于尾闾之窟。至用句用字，又皆古今人必不敢道，决不能道者。真旷代之作也。"这就是说，律诗本来只要求中间两联对仗，而老杜这首诗却是"八句皆对"或"通首皆对"的格式。通首皆对，这在律诗中是极为罕见的，在老杜现存一百五十一首七律和六百三十几首五律中，也可以说绝无仅有。他的七律名作《闻官军收河南河北》的尾联"即从巴峡穿巫峡，便下襄阳向洛阳"是对句，但首联"剑外忽传收蓟北，初闻涕泪满衣裳"却是散行，不像《登高》从头至尾是由对句构成的一座特殊的艺术殿堂。

律诗由于讲求对仗，除了对仗本身的许多优点可以发挥之外，又往往易工而难化，容易流于平板呆滞，缺乏生动流走的气韵，所以诗人们在怎样使颔颈两联整中求变方面，纷纷驰骋他们的才力。而通首皆对则可以说是律诗的一种变体，更是难于在工整中求变化，因此写作的难度更高。然而，杜甫这首诗不仅是八句都用对仗，而且纵横如意，挥洒随心，如天马骧腾于云天之上，如神龙纵游于碧海之中。作者如果没有出群不凡的才思和横扫千军的笔力，绝不可能达到这种美学境界。这里，我只从对仗艺术的角度，试探一下它飞腾变化的踪迹：

> 风急天高猿啸哀，渚清沙白鸟飞回。
> 无边落木萧萧下，不尽长江滚滚来。
> 万里悲秋常作客，百年多病独登台。
> 艰难苦恨繁霜鬓，潦倒新停浊酒杯！

首联不仅一开篇就出之以对起，而且首句就押韵，"哀"字不但从音调上也从意义上贯串了全篇。值得注意的是，这一联除上下两句相对外，还分别运用了句中对。宋人洪迈《容斋续笔》说："唐人诗文，或于一句中自成对偶，谓之当句对。"当句对又称句中对，这种对句虽然在杜甫的诗作中多次运用,如"桃花细逐杨花落,黄鸟时兼白鸟飞"(《曲江对酒》),"小院回廊春寂寂,浴凫飞鹭晚悠悠"(《涪城县香积寺官阁》),"即从巴峡穿巫峡,便下襄阳向洛阳"(《闻官军收河南河北》),"戎马不如归马逸,千家今有百家存"(《白帝》)等,但它的名称却还是来自李商隐。在"池光不定花光乱,日气初涵露气干"一联之下,李商隐曾自注"当句有对"。而这首七律的题目他也名之为《当句有对》。因之,钱锺书就曾指出:"此体创于少陵,而名定于义山。"(《谈艺录》)在《登高》的首联中,"风急天高"与"渚清沙白"分别句中有对而又上下句互相对映,加之第一句着重写听觉形象,第二句着重写视觉形象,如此动静相参,更显变化多彩。

颔联是工对。过去有人认为七言律诗每句都可以删去两个字,试想,这一联开始就是"无"与"不"的否定词的工对,如果删去"无边"和"不尽",成为"落木萧萧下,长江滚滚来",那还能有原来阔大的境界和悠远的韵致吗?施补华《岘佣说诗》说:"三、四无边落木二句,有疏宕之气。"这种"疏宕"亦即变化回旋之趣,除得力于"无边"与"不尽"之外,还得力于诗中叠字对的"萧萧"与"滚滚",如果删去叠字,成为"无边落木下,不尽长江来",难道不也会韵味顿失吗?此外,这一联还注意了刚柔的对比和补充。"无边"句造境深远肃杀,具阴柔之美,"不尽"句造境雄浑壮阔,呈阳刚之美,刚柔联璧,以刚补柔,以柔补刚,使对句在相反相成中更显得错落有致而法度森严。

第三联名气更响,主要特色是多用实词成句,密度很高,容量很大。宋人罗大经《鹤林玉露》认为这十四字之中包含八层意思:"万里,地之远也;悲秋,时之惨凄也;作客,羁旅也;常作客,久旅也;百年,暮齿也;多病,衰疾也;台,高迥处也;独登台,无亲朋也。"他所说的就是我们今日所云之"密度",也就是指在有限的文字和篇幅中包孕尽可能稠密的内涵,表现尽可能丰富的生活与思想感情的美学内容,引发读者尽可能丰富的联想。英国名诗人雪莱曾说："紧凝是每种艺术的极致。能紧凝，则一切杂沓可厌之物，皆烟消云散，而与美和真接壤。"（转引自黄维樑著《壮丽：余光中论》）杜甫的诗不正是如此吗？至于这一联对句的变化，我以为主要是注意了时空分用和巨细对比。在诗中，"万里"指空间，"百年"指时间，时空错综，可见诗法之美。在"万里"与"百年"的辽阔时空背景之下，常作客而独登台的诗人是多么孤单寂寞！"万古云霄一羽毛"（《咏怀古迹五首·其五》），"飘飘何所似？天地一沙鸥"（《旅夜书怀》），诗人原是善于这种巨细对比以求变化的诗艺高手呵！

尾联是起句与落句一气而下，有如水流不断的流水对。流水对又称"走马对"，寓俪于散，寓散于俪，活泼流走。同时，在这一联对句中运用了人（繁霜鬓）、物（浊酒杯）对照的结构方式，增加了诗句变化的多样性。不独如此，结句的小小的"浊酒杯"又与开篇阔大的"风急天高"相回应，大小相形，前呼后应，真可谓句变而格奇，同时又更使全诗成为完美的天球不琢的艺术整体。

"艺术要通过一种完整体向世界说话"（《文学与艺术》），这是歌德的一个重要艺术见解，杜甫的《登高》就是一个杰出的全篇皆对而又饶多变化的艺术完整体。"美轮美奂"一词出自《礼记》，它本来只可形容建筑物的高大华美，但在今日已为许多时文所误用，诸如形容歌舞、服装以及展览会、联欢晚会之类。前面我已将《登高》喻为一座"艺术殿堂"，行文至收束之处，我更要赞颂它是一座"美轮美奂的不朽的艺术殿堂"，它的设计师兼建筑师就是我们民族的伟大诗人杜甫。当然，一座华美的殿堂可以从不同的角度与门径去深入欣赏，香港学者黄维樑赏读杜甫的《客至》与《登高》，就分别以《春天：悦豫之情畅》《秋天的悲剧情调》为题，同样运用 20 世纪结构主义美学代表之一、原型批评派的重要人物加拿大佛莱的"原型"（又译"基型"）理论，对杜甫的上述名作作了另一番美的分析和透视。黄维樑说："拿佛莱的理论套在杜甫的《登高》上面，却仿佛如一套度身定做的西装，穿在定做者身上，刚刚好。"（黄维樑著《古诗今读》，香港中文大学出版社，1992年）由此可见，真正伟大的作品可以跨越时空，是永远"说不尽"（歌德评莎士比亚语）的。

相反相成的艺术辩证法
——《登岳阳楼》

昔闻洞庭水，今上岳阳楼。

吴楚东南坼，乾坤日夜浮。

亲朋无一字，老病有孤舟。

戎马关山北，凭轩涕泗流！

　　岳阳楼，是江南的三大名楼之一；洞庭湖，是巨浸名湖。历代不知多少诗人登临览胜，竞试歌喉，写出过成千上万的诗篇，组成了一支岳阳楼的诗的大合唱。元人方回曾说："予登岳阳楼，此诗（指孟浩然咏洞庭诗）大书左序毬门壁间，右书杜诗，后人自不敢复题也。"（《瀛奎律髓》）日本学者森大来在评释明代李攀龙《唐诗选》中孟浩然《望洞庭湖赠张丞相》一诗时认为："岳阳洞庭，占东南山水之壮观，骚人墨客题咏者不一而足，然不愧为冠冕者，实浩然此作与杜少陵之'昔闻洞庭水'一篇而已。"孟浩然的诗，确实是咏洞庭诸作中的佼佼者，他的"气蒸云梦泽，波撼岳阳城"一联，气象雄张，和杜甫的"吴楚东南坼，乾坤日夜浮"比较起来也不遑多让。不过，我以为就思想艺术的整体来看，孟浩然《望洞庭湖赠张丞相》不及杜甫《登岳阳楼》。桂冠只有一顶，金牌只有一枚，孟浩然之作就退而求其次居亚军而得银牌吧。

　　杜甫这首诗，前人从思想和艺术上已经作过许多分析。平庸的诗篇使人一览而尽，而一首杰出的诗篇，却吸引不同时代的不同读者从多方面去领略它的光辉。歌德论莎士比亚，不就是以《说不尽的莎士比亚》为题吗？杜甫的《登岳阳楼》也同样是说之不尽：

> 昔闻洞庭水，今上岳阳楼。
> 吴楚东南坼，乾坤日夜浮。
> 亲朋无一字，老病有孤舟。
> 戎马关山北，凭轩涕泗流！

这里，我想从"相反相成"的角度，来探索这首千古传诵的诗章的艺术秘密。"相反皆相成也"，《汉书·艺文志》最早提出这一观点，以后历代许多诗人和作家都加以运用、发展和丰富。"相反"，指的是情与景，景的今昔、大小、远近、前后、高低、左右、纵横，和笔墨的虚实、巧拙、刚柔、奇平、反正、粗细、疏密、收放、繁简等，处于一种对立与矛盾的状态；"相成"，是指这种矛盾状态的艺术描写，常常可以更动人地表达诗作者的感情和生活的真实，达到更高意义的美的和谐。南朝齐梁时江淹《别赋》的"春草碧色，春水渌波，送君南浦，伤如之何"，以骀荡春光反衬离愁别绪，更觉伤情无限；李白《长干行》的"八月蝴蝶黄，双飞西园草。感此伤妾心，坐愁红颜老"，以蝴蝶双飞反衬少妇的空房独守，更显刻骨相思。相反，表面上是矛盾的；相成，实际上是统一的。那种不协调的协调，不和谐的和谐，不统一的统一，不一致的一致，避免了艺术形象的平板、呆滞和单调，可以更深刻更动人地表现生活和思想感情的复杂性与多样性。

在《登岳阳楼》的首联中，"昔闻"指已经逝去的长远的时间，是虚笔；"今上"表现的是现在登临时短暂之刹那，是实笔。"洞庭水"，是一个浩大开阔的面；"岳阳楼"，是一个窄小突出的点。这种时间的长与短，景物的大与小，笔墨的虚与实的相反状态，不仅使起笔不同凡俗，内蕴包孕深厚，而且更集中地表现了诗人万方多难此登临时百感交集的心情。因为"昔闻"是在开元天宝的盛唐之世，那时，年轻的诗人对洞庭湖该有多少美丽的憧憬？而"今上"则是在安史之乱后干戈仍然扰攘的年头，已经57岁的年已垂暮多灾多病的诗人，该有多少沧桑家国之感啊！前人曾或指出这一联"开门见山，用对句起，雄厚有力"（俞陛云《诗境浅说》），或指出其为"倒入法"（《瀛奎律髓汇评》），但都似未指出杜甫的相反相成的艺术。

颔联"吴楚东南坼，乾坤日夜浮"，是咏洞庭的名句，它使得其他诗人咏洞庭的佳句如"水涵天影阔，山拔地形高"（僧可朋《赋洞庭》），"四顾疑无地，中流忽有山""鸟飞应畏堕，帆远却如闲"（许棠《过洞庭湖》），"水将天共黑，云与浪争高"（李群玉《洞庭风雨》），等等，都相形失色。对于刘长卿《岳阳馆中望洞庭湖》诗中的"叠浪浮元气，中流没太阳"，元人方回《瀛奎律髓》就说过："非不雄伟而世不传，其他可知矣。"清代纪昀曾说刘长卿此诗"虽不能肩随孟、杜，犹可望其后尘"，但他也认为刘诗中的这一联诗像写海的诗，不像写洞庭的诗："或谓五、六似海诗，不为无见。"他指出："工部'乾坤日夜浮'句亦似海诗，赖'吴楚'句请出洞庭耳，此工部律细于随州（指刘长卿）处。"（《瀛奎律髓汇评》）所谓诗律之细，固然是要表现出所描绘的事物的特征，例如同为写水，海洋和湖泊的景象各不相同，同时，也是指笔墨要切物精到而富于变化。

杜诗颔联总的是写雄浑的大景，但前后两句仍然大小有别而相辅相成。特别值得注意的是，颔联景象壮阔，雄跨古今而气压百代，颈联却是写凄苦的小景，景况萧索，情怀黯淡。杜甫确实不愧是诗中圣手，他前面愈写湖山的壮阔无边，就愈见后面孤舟的孤单狭小和自己的孤苦无依，以丽景壮景写悲情哀情，景愈壮丽而情愈悲凉；愈写孤舟一叶和诗人书剑飘零，境阔人孤，就愈是深广地反映了那个国破山河在的动乱时代。

明代叶秉敬在《敬君诗话》中认为有的诗"四句俱说景，似堆垛而无情味",他赞扬杜甫"洞庭只是两句,而下便云'亲朋无一字,老病有孤舟',方见变化之妙",他的这一看法启示了后人。清代的黄生说:"前半写景,如此阔大;五、六自叙,如此落寞,诗境阔狭顿异。"(《杜诗说》)他看出了此中奥妙。后来浦起龙对此加以发挥:"不阔则狭处不苦,能狭则阔境愈空。"(《读杜心解》)而沈德潜《唐诗别裁》也有大致类似的见解:"三、四雄跨千古,五、六写情黯淡,著此一联,方不板滞。"他们在艺术分析上真可谓独具只眼,而又英雄所见略同。这两联诗,体现了"阔"与"狭",即"大"与"小"的两种境界既对立又统一的关系,不板不滞,相反相成,艺术的辩证法使抒情达意更为深刻动人。

尾联也是如此。"戎马关山北"是虚拟的大景,"凭轩涕泗流"是实写的小景,两两反照,既收束全诗,又呼应开篇,天球不琢,闪耀的是千古不磨的照眼精光。

单调、贫乏,一味地"甜上加甜,咸上加咸,辣上加辣"(苏联戏剧家斯坦尼斯拉夫斯基语),是艺术的大忌,而艺术辩证法却可以使诗歌如同多棱形的钻石,光芒四射。如郁达夫作于抗日战争中的《无题》:"平居无计可消愁,万里烽烟黯素秋。北望中原满胡骑,夕阳红上海边楼。"诗人其时僻居海隅小楼,北望中原,忧心国事,空间的远近与大小构成了鲜明的对照。《望星空》是诗人郭小川写于 20 世纪 50 年代的名篇,也是他的艺术个性特别鲜明最富于创造性的力作,当年饱受批判,今日历久弥新,如下引的诗句:"星星呵,亮又亮,在浩大无比的太空里,点起万古不灭的盏盏灯光。银河呀,长又长,在没有涯际的宇宙中,架起没有尽头的桥梁。呵,星空,只有你,称得起万寿无疆!"在当时方兴未艾的造神运动中,它是众士诺诺一士谔谔的振聋发聩的异响,在诗艺上,时间的长与短、空间的巨与细也构成了强烈的对比,使诗句光芒照眼,熠熠生辉。

炼字·炼句·谋篇

——《望岳》

岱宗夫如何？齐鲁青未了。

造化钟神秀，阴阳割昏晓。

荡胸生层云，决眦入归鸟。

会当凌绝顶，一览众山小！

开元二十三年（735年），24岁的杜甫在洛阳参加进士考试落第之后，次年就开始了他为时四五年的生平第二次漫游，即后来他在大历元年（766年）秋于夔州所作《壮游》诗中所说的"忤下考功第，独辞京尹堂。放荡齐赵（齐指山东、赵指河北——引者注）间，裘马颇清狂"。

中国历史上有数不清的状元，能进入第三流诗人行列的恐怕也寥寥可数，但是，布衣李白却登上了诗歌王国的最尊荣的宝座，杜甫不也是这样吗？当那些金榜题名的新贵们走马长安，后来什么也没有留下来的时候，落第的杜甫就已经写下了一些应该可以传之久远的篇章了。现存的杜甫诗集的第一页，就是从735年左右开始的，虽然不知什么原因，他30岁以前的作品今日已寥若晨星。

山东东南部曲阜之西的兖州，战国时代楚国灭掉鲁国之后一度是楚国的势力范围。时近千年后杜甫往游时，他的父亲杜闲正在那里任司马之职。刚过弱冠之年不久的杜甫写了两首名诗，一是《登兖州城楼》："东郡趋庭日，南楼纵目初。浮云连海岱，平野入青徐。孤嶂秦碑在，荒城鲁殿馀。

从来多古意，临眺独踌躇。"另一首，则是矗立在《杜工部集》之前，也矗立在中国诗史上的纪念碑式的作品《望岳》：

> 岱宗夫如何？齐鲁青未了。
> 造化钟神秀，阴阳割昏晓。
> 荡胸生层云，决眦入归鸟。
> 会当凌绝顶，一览众山小！

杜甫之前，有陆机、谢灵运的《泰山吟》，杜甫之后，有李白的《游泰山六首》，但都不及杜甫的《望岳》。既然是纪念碑式的作品，千余年来人们对它的赞美词也是可以辑成一部评论专集的了，我这里只想从炼字、炼句、谋篇的角度，作一番匆匆的巡礼。

炼字。中国的诗人从唐代开始特别讲究炼字。中国古典诗论关于炼字的论述可谓汗牛充栋，诗话中专门研究杜甫炼字的条目也累箧盈箱。随手拈来，如南宋魏庆之《诗人玉屑》说："诗人以一字为工，世固知之。惟老杜变化开阖，出奇无穷，殆不可以形迹捕。"如元人杨载《诗法家数》说："诗要炼字，字者，眼也。如老杜诗'飞星过水白，落月动沙虚'，炼中间一字。'地坼江帆隐，天清木叶闻'，炼末后一字。'红入桃花嫩，青归柳叶新'，炼第二字。非炼'归''入'二字，则是儿童诗。"在《望岳》中，每一个字都恰到好处，不可改动和移易。如"齐鲁青未了"中的表示颜色的形容词"青"，描状泰山的青苍一派是必不可少的，杜甫以后写三峡的"青惜峰峦过，黄知橘柚来"（《放船》），也是同一用法。不同的是，这里作为形容词的"青"，又兼摄动词的作用，是形容词的动词化，表现泰山从古到今而从齐至鲁，郁郁苍苍连绵不断。那活跃的动态感，广阔的空间感和无尽的时间感，是"青惜峰峦过"一语所无法比并的。当然，尤其见功力的，是这首诗的动词的锤炼和安排，即诗中的"钟""割""生""入""凌"五字。仅就"割"字来看，清代杨伦《杜诗镜铨》就说"割字奇险"，这五字之中，确是"割"字用得最为出色。泰山南北因日照不同而明暗判然，"割"字一般是就实物而言，往往和实体性名词组合，如"割地""割麦"之类，而"昏"与"晓"是表时间的虚有性名词，加之以"割"，自然就虚实相生而新警不凡了。此外，还有一点值得注意的是，上述五个字的安排有一个共同之处，就是都置于每句的第三个字的位置上。在五言诗的炼字方面，这虽绝不是唯一的却是常见的格式，因为第三字处在承上启下的枢纽地位，常有牵一发而动全身的作用。

炼句。积字成句，如果离开了炼句，炼字不可能有独立存在的价值和意义，因为字炼得再好，充其量也不过是匹夫之勇的游勇散兵而已；反过来，炼句也不能离开炼字，乌合之众成不了堂堂正正之师，没有字法不讲究而可成佳句的。中国古典诗歌，汉魏以前不可句摘，到晋宋时方有独立的佳句可采，如陶渊明的"采菊东篱下，悠然见南山"（《饮酒·其五》）。杜甫向来注意炼句，所谓"为人性僻耽佳句，语不惊人死不休"（《江上值水如海势聊短述》），"陶冶性灵存底物，新诗改罢自长吟"（《解闷十二首·其七》），主要是指自己写诗时的炼句；而他赞美孟浩然的"复忆襄阳孟浩然，清诗句句尽堪传"（《解闷十二首·其六》），称赞王维的"最传秀句寰区满"（《解闷十二首·其八》），歌颂李白的"李侯有佳句，往往似阴铿"（《与李十二白同寻范十隐居》），不都是肯定别人的炼句吗？就《望岳》来看，炼句的特色至少有三：一是炼工与拙各有其美之句。"岱宗夫如何？"这是开篇的呼问，质实无华，较为拙朴，而"齐鲁青未了"却是精心锤炼的工句，二者各有其美，而又互相映照补充。二是炼倒装句。"荡胸生层云，决眦入归鸟"即是。按一般平顺的写法，此句应该是"望层云之生而胸臆为之激荡，望归鸟之入而目眦为之睁裂"，果真如此，这两句诗也就只能是平庸凡俗的笔墨，而一经倒装，就劲健新奇而富于张力。三是炼警句。在古典诗词众多的精彩警句中，"会当凌绝顶，一览众山小"也是名列前茅而"知名度"极高的，至今还在为我们不断引用，它的警绝之处这里不必再为之词费。

谋篇。炼句离不开谋篇，诗之好句，好比是有战斗力的班、排或连、营，还不能保证是"撼山易，撼岳家军难"的常胜之师，因此，炼字与炼句都必须服从和指向于谋篇。谋篇包括炼意，即全诗的主旨和思想。《望岳》的不同凡响，不仅在于艺术地表现了高山仰止的泰山的崇高美，也由于艺术地表现了年轻诗人蓬勃向上的壮志豪情——那种如旭日之方升的生命力量，以及盛唐的少年气象与时代精神。此外，谋篇当然也包括布局，即全诗艺术结构的整体感。这首诗，"望"字为通篇之眼，第一联写"远望"，第二联写"近望"，第三联写"细望"，第四联写"极望"，全诗由此而构成一个完美的艺术整体，可称阵法森严，无懈可击。

诗，不能有字无句，也不宜有句无篇，一流的诗，必然在炼字、炼句、谋篇诸方面皆为上乘。如果说，诗，是诗人们角逐和战斗的疆场，那么，杜甫就是那种不可多得的指挥千军万马行军布阵而常胜的帅才。他在青年时代所写的《望岳》，不仅是他人生的高光宣言，也是他迟早必将领袖一代诗坛并将影响百世的大帅旗帜。

"诗史"的不朽丰碑
——《石壕吏》

暮投石壕村，有吏夜捉人。

老翁逾墙走，老妇出门看。

吏呼一何怒！妇啼一何苦！

听妇前致词：三男邺城戍。

一男附书至，二男新战死。

存者且偷生，死者长已矣！

室中更无人，惟有乳下孙。

有孙母未去，出入无完裙。

老妪力虽衰，请从吏夜归。

急应河阳役，犹得备晨炊。

夜久语声绝，如闻泣幽咽。

天明登前途，独与老翁别。

　　《石壕吏》是中国诗歌史上为战乱中底层百姓立言存照的不朽丰碑，是伟大诗人胸怀大悲大悯而直面惨淡人生的心灵之歌。

　　天宝十四载（755年）十一月初九，身兼范阳、河东、平卢三镇节度使的安禄山与部将史思明起兵叛乱，历时八年，史称安史之乱。至德二载（757年）五月，杜甫在唐肃宗李亨的朝廷任左拾遗，乾元元年（758年）六月被贬为华州（今陕西华州）司功参军，主管当时无关轻重的地方文教事务。

这一年的冬末，杜甫从华州前往洛阳探望亲故。乾元二年（759年）春天，他从洛阳起程返回华州，途中耳闻目睹黎民百姓的苦难，写了名垂诗史的组诗"三吏"与"三别"，即以地名命题的五言古诗《新安吏》《石壕吏》《潼关吏》，以及以人物事件命题的五言古诗《新婚别》《垂老别》《无家别》。《新安吏》写十余岁的"中男"被征入伍的惨景，《石壕吏》写本无从军义务的老妇也被差役抓去服役，《潼关吏》写潼关的战争及哥舒翰于此惨败的历史教训。《新婚别》以新娘的口吻，叙说她与被征当兵的新婚丈夫的生离；《垂老别》以老人的口吻，叙说他与相依为命的老伴的死别；《无家别》以逃回故里却已无家可归的老兵的口吻，叙说他又被县吏抓去服役之遭遇。这两组诗，是安史之乱中唐代社会民生的缩影，是杜甫从庙堂之高而深入民间所获得的重大创作成果。

乾元二年春，郭子仪等九位节度使合兵围攻安史叛军据守的邺城，即今日之河南安阳。因肃宗为牵制各节度使而不设主帅，军合而力不齐，各路唐军缺乏统一指挥而大败，仓皇退回黄河以南，并继续向西溃退。在大溃败的背景下，朝廷更变本加厉乱抓壮丁以补充兵力。杜甫目睹战乱与兵役之苦，他的内心极为苦闷和矛盾，既同情百姓之多难，又不得不支持这一场正义的战争。《石壕吏》一诗，既是当时社会生活的一帧剪影，也是杜甫矛盾心境的真实写照。

"石壕"，村名，在今天河南陕州城东；"河阳"，治所在今河南孟州西南，郭子仪部驻守于此。全诗可分三个部分：开篇四句为第一部分，从"吏呼一何怒"至"犹得备晨炊"为第二部分，最后四句为第三部分。这是一首小型叙事诗，"三别"纯粹是诗中主人公的自我告白或者说独白，诗人自己并没有出场，"三吏"则都是诗人从第一人称"我"的角度展开抒写。从"石壕吏"一诗，尤其可见杜甫叙述故事、刻画人物的艺术功力，这种功力又特别表现为高妙的艺术剪裁：

提炼典型的生活场景。社会生活万象纷呈，诗人耳闻目见林林总总，但他只选择并提炼了"有吏夜捉人"这一富于典型意义的事件和场景，对它作聚焦式的描绘，并通过对这一局部生活场景的描写，暗示事物发展的过去与未来，留给读者以广阔的联想与想象余地。如果诗人"寸步不遗"，既写老翁一家数口以前的生活遭遇，又写差役如何策划深夜上门抓人，还写老翁老妇以后的命运，那就会显得平铺直叙，拖沓臃肿，也不是短短二十四行的叙事诗所能负担的。

　　有简有繁，繁简适度。如第一部分即以"简笔"交代，寥寥四句之中，作者、差吏、老翁、老妇四个人物全部出场。"暮投"，点明时间与战乱中投宿的仓皇之状；"夜捉人"，说明差吏的突如其来；"老翁逾墙走"照应后面的"独与老翁别"；"老妇出门看"，展开了下面的主体情节。可谓内容丰富而用笔简省。第三部分同样为寥寥四句，老妇终被抓走，没有出场的儿媳的哭泣幽咽（哭声室塞之状），老翁事后偷返家中，作者的彻夜无眠、趋前安慰，等等，均以"简笔"尽之。而对这一家庭在战乱中的苦难牺牲以及老妇的被迫应役，则出之以多达十六句的"繁笔"，占全诗篇幅的三分之二。"听妇前致词"以下又可分为三个层次，是她对"吏呼"的逐一作答，其中仍有繁简之分，即繁笔写老妇的回答，省去了差吏的几次咄咄逼问，以答代问，简而至于省，却让读者于言外可想，此即古典文论所说的意在言外的"不写之写"。

　　杜甫被尊为"诗圣"，其诗被誉为"诗史"。他的"三吏"与"三别"，就是"诗圣"与"诗史"这一纪念碑的最重要的基石。

永不坍塌的纪念碑
——《茅屋为秋风所破歌》

八月秋高风怒号，卷我屋上三重茅。茅飞渡江洒江郊，高者挂罥长林梢，下者飘转沉塘坳。

南村群童欺我老无力，忍能对面为盗贼。公然抱茅入竹去，唇焦口燥呼不得，归来倚杖自叹息。俄顷风定云墨色，秋天漠漠向昏黑。布衾多年冷似铁，娇儿恶卧踏里裂。床头屋漏无干处，雨脚如麻未断绝。自经丧乱少睡眠，长夜沾湿何由彻！

安得广厦千万间，大庇天下寒士俱欢颜！风雨不动安如山。呜呼！何时眼前突兀见此屋，吾庐独破受冻死亦足！

乾元二年（759年）雪花飘飞的寒冬，杜甫挈妇将雏，越过秦岭巴山来到远离战争烽火的成都，寄居于成都西郊的浣花溪寺。在众多亲朋故旧的帮助下，他终于在浣花溪畔建起了一座简陋的草堂，这是他聊避风雨的"安居工程"，相当于今天的经济适用房，总算暂时结束了天宝十四载（755年）安史之乱爆发以来东漂西泊的生活。在蜗居成都草堂的几年中，杜甫存留至今的诗作有二百四十余首，其中的七言古诗《茅屋为秋风所破歌》，堪称这一时期也是他整个诗歌创作的永远也不会坍塌的纪念碑。

这是一首具有叙事成分的抒情诗。全诗可以分为三个部分：第一部分为开篇五句，写他所居住的茅屋为秋风所破；第二部分为中间十三句，时间由黄昏至深夜，写顽童们抱茅而去，自己因屋漏而长夜难眠的情景；第三部分为最后六句，它是全诗的高潮和最为光彩照人之处，抒写的是他民胞物与的博大胸怀，以及大庇天下寒士的崇高理想。

诗人首先写茅屋为秋风所破，开门见山点明题目。此诗当作于上元二年（761 年）秋，杜甫同时还写了一首《楠树为风雨所拔叹》，"东南飘风动地至，江翻石走流云气。干排雷雨犹力争，根断泉源岂天意"，草堂前一株两百年的楠树都被暴风连根拔起，他临时的避难所遭破坏之惨烈可想而知。"号"，风声；"怒号"，以拟人化状风之猛烈；"三重茅"，几层茅草。虽说草堂的茅草不止一层，但从杜甫其诗中写草堂的"茅茨疏易湿""敢辞茅苇漏"等诗句看来，杜甫建造草堂既无经济实力，又要赶工期，所以没有经过较为严格的验收。郭沫若当年在《李白与杜甫》一书中将杜甫定为"地主阶级"成分，实在颇为冤枉。"罥（juàn）"，牵绊纠缠；"坳"，低洼之处。屋上被掀起的茅草飞过了浣花溪，高者挂在树尖，下者沉落塘坳，可见风之狂雨之烈。

诗人次写屋漏偏遭连夜雨。首先是引申意义：本来已经遭到天灾了，还又遇到"人祸"。在诗人前一年所写《泛溪》诗中，浣花溪南北岸的一群顽童就已经出场过："童戏左右岸，罟弋毕提携。翻倒荷芰乱，指挥径路迷。得鱼已割鳞，采藕不洗泥。"这群顽童不明白这些茅草对于杜甫的重要性，竟忍心这样当面做贼，明目张胆地抱着茅草入竹林而去，任诗人声嘶力竭也无法阻止。"呼不得"，即喝止不住、喊不听也。在以单句"归来倚杖自叹息"过渡之后，时间由黄昏至深夜，由深夜而近天明。诗人继之以两句一组的四组偶句实写"屋漏偏遭连夜雨"。"俄顷"，短暂，顷刻之间；"向"，将近。"恶卧"，杜甫的两个儿子崇文与崇武尚在幼年，睡姿不佳，乱踢乱蹬，布被本来老旧，经此折腾连里子都破了。"雨脚如麻"，可见密雨不绝。安史之乱起，杜甫已经 40 多岁，历尽坎坷，饱经困苦，心忧家国，早已患上了失眠症，如此漫漫长夜凄风苦雨，寒意袭人，还心忧家小，当然更加夜不能寐，不知何时才能天明。

有如一阕风雨交响曲，最后六句是高潮也是华彩乐章。此前的诗句多为七字句与偶数句，最后一部分却变为长短参差的单句，这就是情动于衷而形于言的结果，为了更痛快淋漓地表达心中的激情与呼唤。杜甫不是"但自求其穴"的蝼蚁之辈，而是中国诗人乃至所有中国人中最具有博爱之心的伟大人物。"安得壮士挽天河，净洗甲兵长不用"，"安得务农息战斗，普天无吏横索钱"，他以前为百姓苍生就这样祈愿过，而现在他推己及人，想到的是普天下贫寒的人，如果有"广厦千万间"庇护他们，他宁愿"吾庐独破受冻死亦足"，这种博爱之心与至善人性，真是可与日月同光。作为中国诗史上与屈原、李白比肩的伟大诗人，杜甫所占领的高度当然是诗的高度，但同时也是思想美的高度和人性美的高度。试问今日芸芸众生，有多少人达到了杜甫所树立的标高？

杜甫此诗，对后世影响深远。白居易《新制绫袄成感而有咏》就说："百姓多寒无可救，一身独暖亦何情。心中为念农桑苦，耳里如闻饥冻声。争得大裘长万丈，与君都盖洛阳城。"王安石写《杜甫画像》，首先想到的也是这首诗："宁令吾庐独破受冻死，不忍四海赤子寒飕飕！"

杜甫如果活到房价居高难下的今天，不知会有何感想？

晚潮中的巨浪

——《江南逢李龟年》

> 岐王宅里寻常见，崔九堂前几度闻。
>
> 正是江南好风景，落花时节又逢君。

　　长沙，是秦汉以来的历史名城，其履历源远流长，也是历代无数诗人歌哭笑傲的一方胜地，其文化辉光耀彩。作为虽不生于斯却长于斯的长沙人，我以拥有长沙的籍贯而自豪，更以长沙拥有深厚的文化传统而自傲。长沙与时俱进而与日俱新。穿行在现代的车水马龙中，长年呼吸在高楼大厦的水泥丛林里，我却常常悠然怀古，在月已不白风已不清之夜，侧耳倾听前人遥远的歌声，其中就包括杜甫的《江南逢李龟年》这一曲千古绝唱。

　　安史之乱中漂泊西南天地间的杜甫，以57岁的老病之身，挈妇将雏，由蜀入鄂而复入湘。从大历三年（768年）到大历五年（770年）夏日，他在湖南漂泊三年，一叶孤舟寄泊在南门之外的南湖港，如一片苍老的浮萍。因避风湿有时也寄居在湘江之畔的江阁，那是临时的不知是否有青青柳色的客舍。杜甫现存的湖湘诗一百余首，他创作生涯中的最后一首绝句，就是写于大历五年暮春的《江南逢李龟年》。如果说湖湘诗是杜甫诗歌的澎湃的晚潮，那么，这首诗就是继初入湖南所作的《登岳阳楼》之后的又一个巨浪。在寥寥二十八个字中，容纳了邈远的时间与阔大的空间，而在邈远阔大的时空结构中，诗人又以今昔对比与景物对比的艺术方式，极大地加深了作品的容量。李龟年与彭年、鹤年兄弟三人，都是唐开元、天宝时代的顶尖艺术人才，其中尤以龟年为最。他善歌，又擅长羯鼓与筚篥（bì lì，古代管乐器，也作觱篥），当年唐玄宗宣诏李白立成《清平调》三章，就是由他"持金花笺宣赐"并谱曲的。岐王李范是唐睿宗第四子，雅好文艺，宅第在洛阳尚善坊；崔九，即出入禁中与玄宗关系密切的殿中监崔涤，宅第在洛阳遵化里。他们的宅第厅堂，可以说是当时洛阳的文艺沙龙和会演中心。杜甫出生于河南巩县即今日之巩义市，少年时寄居于洛阳姑母家，以才华秀发的文坛新锐身份与老一辈名流交往，颇得前辈赏识，如同他在《壮游》一诗中所说："往昔十四五，出游翰墨场。斯文崔魏徒，以我似班扬。……脱略小时辈，结交皆老苍。"杜甫年少时多次在岐王宅、崔九堂听李龟年鼓乐和歌唱，而李龟年可说是开元、天宝盛世的一种标志与象征。渔阳鼙鼓动地来，李龟年早于杜甫许多年流落到江南，"每逢良辰胜景，为之歌数阕，座中闻之，莫不掩泣罢酒"（唐人郑处诲《明皇杂录》）。杜甫是在长沙什么场合碰到李龟年这位数十年不见的故人的呢？也许是在一次聚会或者宴会上邂逅的吧？空间从北国到南方，时间从过去到现在，这首绝句前两句是忆昔，后两句是伤今，两者互为对比和反衬。"正是江南好风景"一句，暗用南朝宋刘义庆所撰《世说新语》中的故事："过江诸人，每至美日，辄相邀新亭，籍卉饮宴。周侯中坐而叹曰：'风景不殊，正自有山河之异！'"江南的风景本是而且仍然是美好的，但国事已非，彼此都已经徒伤老大，何况偶然相逢时还是在花谢花飞令人感伤的暮春。"落花时节"既是写实，也是象征，实写的是相逢的时节，象征的是国势的衰败与个人的沦落，亦如风中的落花。

杜甫流传至今的诗作一千四百余首，其中五绝五十一首，七绝一百零七首，约占全部作品的十分之一。在《江南逢李龟年》一诗中，今昔之感，盛衰之悲，国事的沉沦，年华的迟暮，时代的巨变，个人的感怆，那种无可奈何花落去的沧桑感与历史感，被二十八字一网打尽而又余韵悠然，刺激读者做联想不尽的审美再创造。这首诗，无论从写作时间或从艺术价值来说，都堪称是杜甫绝句中的"绝唱"，即使置于唐人杰出的绝句之林中，也不遑多让。先于杜甫的王昌龄是七绝圣手，李白也是七绝大家，可惜他们等不及杜甫写出此诗了。如果他们有缘读到，该也会击节叹赏的吧？

　　杜甫，不仅是诗国的众体皆工的多面手，也是诗家的挽弓当挽强的射雕手。今天，究竟有多少从事新文学创作的诗人作家，可以和杜甫一较长短呢？究竟有多少抒写湖湘的新文学作品，可以望见杜甫湖湘诗的项背呢？早在20世纪70年代，没有来过湖南的诗人余光中，为了表达他对"诗圣"的仰慕追怀，就曾写过《湘逝——杜甫殁前舟中独白》一诗。1999年秋日他初访长沙，我曾陪他去湘江岸边仰天俯水，去千年前历史的烟云深处，寻觅杜甫贫病交迫的暮年和忧国忧民的诗篇。我指着江畔一叶颇为沧桑的帆船说："光中兄，那就是杜甫漂泊湖湘所乘的客舟，《江南逢李龟年》就是在那船舱中写成的吧？"余光中沉思有顷，笑而作答："你是异想天开，我是不胜低回啊！"

刹那中见永恒

——《逢入京使》

故园东望路漫漫，双袖龙钟泪不干。

马上相逢无纸笔，凭君传语报平安。

　　唐代的诗歌，是一座姹紫嫣红都开遍的花园，而"边塞诗"就是其中风景独具的一枝。这一枝名花，在唐代尤其是国力鼎盛的盛唐红紫芳菲之后，无论宋元或明清，均再无唐时盛况了。唐代的许多诗人，并未亲历塞垣，但往往也要于边塞诗的天地去一试身手，如杜甫的《前出塞》与《后出塞》。甚至整天药罐子不离手的多病早夭的诗人李贺，也曾写过惊心骇目的"黑云压城城欲摧，甲光向日金鳞开"（《雁门太守行》）。当然，边塞诗的主将，还是要首推世称"高岑"的高适与岑参，偏师则应数王昌龄、李颀、崔颢、王之涣、王翰等名家了。

　　岑参（约715年—约770年），荆州江陵（今湖北荆州市荆州区）人，先世居南阳棘阳（今河南南阳新野县东北）。曾祖文本、伯祖长倩、伯父羲，皆位登宰相。父植，仕至晋州刺史。岑参15岁时因为父亲逝世而家道中落，他少年孤贫而发愤读书，遍览经史。天宝三载（744年）中进士，始任右内率府兵曹参军之微职。大历元年（766年）任四川嘉州刺史，故世称"岑嘉州"，后客死成都。

　　岑参一生三赴边塞。第一次出塞于天宝八载（749年），随安西（今新疆吐鲁番）四镇节度使高仙芝赴安西，在其幕府中任掌书记（相当于今日之秘书长），为时两年。第二次于天宝十三载（754年）随安西北庭（今新疆吉木萨尔）节度使封常清赴边，任安西北庭节度判官，次年奉命戍轮台（今新疆库尔勒市西库车市东），任伊西北庭度支副使。第三次于代宗宝应元年（762年），出任雍王幕掌书记。岑参因为几度出塞，久佐戎幕，有切身而丰富的边塞生活体验，所以才能创作出许多精彩杰出的边塞诗，如《轮台歌奉送封大夫出师西征》《走马川行奉送封大夫出师西征》《白雪歌送武判官归京》等名篇，而"轮台九月风夜吼，一川碎石大如斗，随风满地石乱走"，"北风卷地白草折，胡天八月即飞雪。忽如一夜春风来，千树万树梨花开"，更是永远不会生锈的如金子般闪光的名句。

岑参诗作今存三百八十二首，他最擅长的是七言歌行与七绝，陆游《跋岑嘉州诗集》甚至认为"太白、子美之后一人而已"。七言歌行已略述于上，七绝如"火山五月行人少，看君马去疾如鸟。都护行营太白西，角声一动胡天晓"（《武威送刘判官赴碛西行军》），"九月天山风似刀，城南猎马缩寒毛。将军纵博场场胜，赌得单于貂鼠袍"（《赵将军歌》），而《逢入京使》更是他七绝边塞诗的名作。

诗歌，是精练的以一当十的艺术，尤其是字数极为有限、形式最为短小的绝句，更要善于面中取点，以点代面，所写为一，所指在万。在短小的篇幅中熔炼概括丰富的生活内容，留给读者联想与想象的余地。陆机《文赋》说"观古今于须臾，抚四海于一瞬"，18世纪英国名诗人布莱克《天真的预言》说"一颗沙里看出一个世界，一朵野花里一个天堂。把无限放在你的手掌上，永恒在一刹那里收藏"，中外相通，都是说的诗的这一奥秘。岑参的《逢入京使》，作于天宝八载他首次去西部边陲的征途之中，他所抒写的征人之情乃是所有离乡背井的人对故乡之依恋和怀念，这是一种永恒的具有普遍意义的感怀。岑参突破了以前的作者只是为征人思妇代言的传统，而是径以抒情主人公的身份直抒胸臆。他选取自己与回京使者路上匆遽相逢的片刻展开抒写，片言而明百意，坐驰而役万景，完成了这一客中绝唱，以一刹那而抵达永恒。

首句以逆入的笔法写思乡之情。"故园"即长安，那是诗人妻小所在之地，它高居篇首，天地开阔。"故山在何处？昨日梦清溪"（《早发焉耆怀终南别业》），"凭添两行泪，寄向故园流"（《西过渭州见渭水思秦川》），"西向轮台万里馀，也知乡信日应疏"（《赴北庭度陇思家》），诗人以后多次写到对故园的忆念。初次出塞赴边，且不说未来生死莫测，"辞家见月两回圆"，两个多月都还没有到达目的地，可见交通之不便，征途之遥远，而他"双袖龙钟泪不干"就更是人之常情了。"龙钟"一词义有多解，如年迈衰老，如行动不便，如失意潦倒等，此处作泪水沾湿之意。诗的次句，由故园渺远的大景缩小到双袖沾濡的小景。第三句说"相逢"，第四句将相逢与怀乡绾合在一起，集中抒写客路邂逅而托捎口信的片刻。古人书写离不开文房四宝，通讯哪能像现代人这样方便快捷——手机即打即通，电话即拨即达，电子邮件即发即至。岑参当时正在征途马上，当然连纸笔都不及准备。万语千言，千头万绪，那就只有"凭君传语"，而所传之语也只能压缩在报平安的"平安"二字之中了。时至今日，众生在互相祝愿时不还在说"平安是福"吗？

唐人包括岑参的边塞诗，描绘了穷边绝域的壮丽风光，歌颂了将士们保家卫国拓土开边的战斗精神，咏叹了戎马生涯的艰苦残酷，抒写了征人对家乡和亲人的遥思远念。急管繁弦，众音齐奏，构成了一阕多声部的交响诗。岑参的《逢入京使》，就是其中动人的一曲。

戴着镣铐的舞蹈
——《省试湘灵鼓瑟》

钱
起

善鼓云和瑟，常闻帝子灵。

冯夷空自舞，楚客不堪听。

苦调凄金石，清音入杳冥。

苍梧来怨慕，白芷动芳馨。

流水传湘浦，悲风过洞庭。

曲终人不见，江上数峰青。

中唐诗史上"大历十才子"领衔人物钱起，在唐肃宗、代宗时期诗名热得发烫，他与郎士元并称"钱郎"，又与郎士元、刘长卿、李嘉佑并称"钱郎刘李"。这位字仲文、籍贯为吴兴（今属浙江湖州）的诗人，和湖南也颇有渊源，他当年虽然没有来过湖南，但湘楚的杰出人物和美妙风光曾经进入过他的诗篇，有的是由于血缘，有的则是因为诗缘。

唐代出自湖南的"草圣"怀素，与钱起有亲戚关系，钱起曾有《送外甥怀素上人归乡侍奉》一诗。"潇湘何事等闲回？水碧沙明两岸苔。二十五弦弹夜月，不胜清怨却飞来"，这首烫痛了古今许多读者的嘴唇的《归雁》，抒写的大约也是他的湘楚神游吧？此前他多次应试落第，写了多首因落第而发牢骚的诗，在《赠阙下裴舍人》中就有"献赋十年犹未遇，羞将白发对华簪"之句。但是，他和湖南有关的《省试湘灵鼓瑟》一诗，却是他的成名之作。

善鼓云和瑟，常闻帝子灵。

冯夷空自舞，楚客不堪听。

苦调凄金石，清音入杳冥。

苍梧来怨慕，白芷动芳馨。

流水传湘浦，悲风过洞庭。

曲终人不见，江上数峰青。

　　唐诗繁荣的原因之一，就是以诗赋取士，读书人无不习诗以至全民皆诗。诗，成了有唐三百年长盛不衰的热点。唐代科举名目繁多，但主要的是明经、进士二科，从唐高宗永隆二年（681年）开始，进士科依命题而作诗赋。"省"，始自元代才作为行政区域的专名，钱起诗题中的"省试"，是指在尚书省（中央分管吏、户、礼、兵、刑、工等六部的行政机构）礼部举行的考试，又称"礼部试"，时在天宝十载（751年），试题是"湘灵鼓瑟"，取自楚辞中屈原的《远游》篇的"使湘灵鼓瑟兮，令海若舞冯夷"之句。也许是得三湘楚地之助而时来运转吧，当年的"知贡举"（主持进士考试主考官）李麟（或为李暐）对此诗尤其是其结句十分欣赏，"深嘉之，称为绝唱"（《旧唐书·钱徽传》），"嘉美，击节吟味久之，曰：'是必有神助之耳。'遂擢置高第。"（元人辛文房《唐才子传》）"春风得意马蹄疾，一日看尽长安花"，遥想当时钱起苦尽甜来的喜悦兴奋之情，当远胜于今日之学子考上名牌大学。

　　钱起这首《省试湘灵鼓瑟》，可以和他后来作的《归雁》互参。湘江女神在月下鼓瑟，是两首诗共同的中心意象，只是前者描摹得更为细致，后者表现得颇为空灵。此诗最精彩的当然是它的结句，如果说全诗是一幅锦绣，那结句就是锦绣上的繁花。"曲终人不见，江上数峰青"，不仅点明了题目"湘灵鼓瑟"，其朦胧之美的意境与全诗抒写的神话人物十分协调，而且留给了读者思之不尽的余地。中国传统诗歌美学谓"以景结情，余音不绝"，从西方现代的接受美学观点看来，那就是留有"审美期待"的"空筐结构"，刺激读者积极参与作品的审美再创造。

省试诗又称试帖诗，题目已定，题材受限，形式是五言六韵的律诗，用韵由试官指定题目中的一字，或由应试者于题目中任取二字，有如戴着镣铐跳舞，几乎不可能有回风舞雪的美妙舞姿，钱起之诗是万不得一的例外。它轰动一时，传诵后世，百年之后的大中十二年（858年），唐宣宗李忱问主试官李藩，试帖诗如有重字可否录取，李藩说当年《湘灵鼓瑟》就重复了"不"字，宣宗说写得好偶然亦可，但别人怎么比得上钱起？时至宋代，好几位词人原封不动地将钱起"绝唱"之句搬用到自己的词中，如秦观的《临江仙》即是。一千余年后的1935年，朱光潜作《说曲终人不见，江上数峰青》一文，推许钱起此诗的结句是诗美的极致，可见此诗的深远影响，具有堪称"经典"作品所必具的"传后性"。与钱起同榜及第的，现在所知还有陈季、王邕、庄若纳、魏璀四人，他们所作的《湘灵鼓瑟》也保存在《全唐诗》中，但不比不知道，一比吓一跳，他们的诗差之远矣，除了专而又专的唐诗专家和偶尔在书中游走的蠹鱼，是没有谁前去问津的了。

今日的高考作文命题，与过去的"省试"不无相似之处，关键是要像钱起一样，在常规范围里作超常的发挥。1956年夏我于湖南省第一师范毕业，有关方面突然通知我们可以报考大学，限于师范院校。犹记作文题目是《生活在幸福的时代里》，我少年不识愁滋味，斗胆在这一大题目下加了一个小小的副标题："祝宝成铁路通车"，三个志愿也绝无他顾地均填报"北京师范大学中文系"，最终以高分如愿以偿。半个世纪之后我写《钱起〈省试湘灵鼓瑟〉》一文，对始终不知其名的当年的阅卷考官，仍然不胜感激和怀想。

诗与画的联姻
——《月夜》

更深月色半人家，北斗阑干南斗斜。

今夜偏知春气暖，虫声新透绿窗纱。

春天，是一年四季中最美好的季节，而初春或早春，则是繁花似锦的春天的先声。如果一个人的青年时代有如春天，那么，初春或早春则是人生的少年了。

在中国古典诗歌中，抒写初春或早春的名篇佳句不胜枚举，诗人们大都是从花草梅柳等方面着笔，如杜审言《和晋陵陆丞早春游望》的"云霞出海曙，梅柳渡江春"，如贺知章《咏柳》的"不知细叶谁裁出，二月春风似剪刀"，如白居易《钱塘湖春行》的"乱花渐欲迷人眼，浅草才能没马蹄"，总之，就像宋代张栻的《立春偶成》所说的那样："律回岁晚冰霜少，春到人间草木知。便觉眼前生意满，东风吹水绿参差。"然而，诗人刘方平却力避其同而力求其异，他的务求新创的意识，现代心理学称之为"逆向思维"或"求异性思维"，正是由于求异创新，他的《月夜》才让读者获得了耳目一新的惊艳般的喜悦。

刘方平，生卒年不详，生活于盛唐时代，洛阳（今河南洛阳）人，匈奴族。高祖政会，是曾封"邢国公"的唐朝开国元勋，祖父与父亲均官居要职。刘方平身为高干子弟，又工词赋而善书画，但却于天宝九载（1750 年）应进士不第，于是绝意仕途，隐居颍阳大谷，即今河南颍水以北之许昌一带。

《全唐诗》中他存诗仅二十六首，并非如今日流行语所说的"著名诗人"，但鲜桃一口，胜过烂杏一筐，他有一些作品令人齿颊生香，曾得到时人的赞许，如名诗人李颀就说他"二十二词赋，惟君著美名"（《送刘方平》）。今日的许多唐诗选本，也不敢把他遗忘。如"落日清江里，荆歌艳楚腰。采莲从小惯，十五即乘潮"（《采莲曲》），如"纱窗日落渐黄昏，金屋无人见泪痕。寂寞空庭春欲晚，梨花满地不开门"（《春怨》），而《月夜》尤堪为其代表作。

更深月色半人家，北斗阑干南斗斜。

今夜偏知春气暖，虫声新透绿窗纱。

这首绝句，可以说是"想"得也妙，"写"得也妙。想得妙，主要是在于它的构思新颖脱俗，能冲破陈旧的咏春模式的藩篱，开创出别有天地的具有新鲜感的艺术世界。因为诗歌的本质是创造的，一篇创造性的佳构，远胜过三千篇雷同的平庸的作品。如同一颗晶莹照眼的珍珠，远胜过沙滩上那成千上万的贝壳。《月夜》不愿重复前人，而是从"虫声新透"这一他人未曾着眼的意象落笔，显示了诗人独立创造的诗的智慧，给读者带来的是耳目一新的美的享受。至于写得妙，则主要在于它的诗中有画而画中有诗。

诗与画，有如一对孪生的姐妹，有同样的血缘。丹青与吟咏，妙处两相资。唐诗人王维自称"宿世谬词客，前身应画师"，苏东坡也早就赞许过王维"诗中有画"与"画中有诗"，同是宋代的词人张舜民，他的《画墁集》更是从个别到一般地概括出一个艺术原则："诗是无形画，画是有形诗。"诗心中外相通，古罗马诗人贺拉斯说过"诗会像画"，德国 18 世纪的美学家莱辛在他的名著《拉奥孔》中，也认为诗是画的"绝不争风吃醋的姐妹"。刘方平的《月夜》正是如此。他本来就是诗人兼画家，画家讲究线条、色彩、明暗与构图。"更深月色半人家",是一幅月色朦胧的夜景。庭院人家一半藏在暗影之中,一半露在月光之下,明暗对比强烈,但相对于下一句所描绘的,这则是低景、近景。"北斗阑干南斗斜"转为远景、高景,由地上人家而天上星斗。曹植《善哉行》说:"月没参横,北斗阑干。""阑干"为横斜之形,将落之貌。"南斗"为二十八宿中的斗星,相对位置在北斗星以下,故称南斗。对北斗与南斗状态的描绘,是全诗的空间布景,也在时间上与上句的"更深"相呼应。"今夜偏知春气暖,虫声新透绿窗纱",在第二句的高景、远景而且是大景的勾勒之后,第三句之"今夜"再一次点明时间,也点醒绝句《月夜》之中的"夜"。同时,诗又由天上而人间,由浩浩的星空而转向首句小小的"人家",画面也由高远的大景转向低平的小景,焦点则是"绿窗纱"这一局部的细景。如果说,诗的前两句是诉之于视觉,有视觉之美,那么,后两句就是诉之于听觉,有听觉之妙。"新透"即"初透"之意,是谁"偏知"春气暖呢?当然首先是对自然界的气温变化有敏锐感受的鸣虫,这是写实,也是拟人。同时,也包括深宵不寐的诗人自己。有谁不期待大地春回呢?有谁不喜爱春光明媚呢?如在目前的鲜明画面之中,蕴含了许多令人品味寻索的言外的诗意。

苏轼的名作《惠崇〈春江晚景〉二首·其一》写道:"竹外桃花三两枝,春江水暖鸭先知。蒌蒿满地芦芽短,正是河豚欲上时。"这首题画诗中的"春江水暖鸭先知",是咏春到人间的名句,名头大过刘方平之作,这,大约是苏轼的知名度远远高于刘方平之故吧。其实,刘诗不仅与苏诗异曲同工,而且创作时间早于后者,苏轼说不定还受到过刘方平的启发呢。两相比较,我更喜欢刘方平此诗。我在城外有一间远离尘嚣的斗室,近在咫尺的青山慷慨地绿在我的窗前,黎明时听鸟鸣嘤嘤,入夜后闻虫声唧唧,特别是早春的月夜,刘方平的《月夜》便远越千年而来,重到也重照我的心头。

独具慧眼的早春之歌
——《早春呈水部张十八员外》

天街小雨润如酥，草色遥看近却无。

最是一年春好处，绝胜烟柳满皇都。

　　一年之计在于春，我们的先人早就留下了这样含意深长的嘉言谚语，像号角一样吹响在我们的心头。乔叟是 14 世纪英国的著名诗人，也是英国人文主义作家的最早代表，他也曾经说过："春天拨动每一颗温柔的心，把它们从梦中唤醒。"唐代诗人韩愈的《早春呈水部张十八员外二首》，就是一颗温柔的心对春天的礼赞，更是一道独具慧眼的早春之歌。

　　韩愈（768 年—824 年），字退之，河南河阳（今河南孟州南）人，自称"郡望昌黎"，故世称"韩昌黎"。贞元八年（792 年）擢进士第，同榜及第者多才俊之士，故称"龙虎榜"。他官终吏部侍郎，故亦称"韩吏部"。他去世后赠礼部尚书，谥曰"文"，所以"韩文公"又是他的尊称。韩愈是唐代杰出的诗人、散文家、古文运动的领导者，他与柳宗元同为当时文坛盟主，人以"韩柳"并称。苏轼以"文起八代之衰"（《潮州韩文公庙碑》）赞美他，后人称誉他与苏轼的文章，则有"韩潮苏海"之美比妙喻。其诗吸收散文辞赋的笔调章法，好发议论，故有"以文为诗"之说，于古风长篇尤所见长。他的诗作风格奇崛雄奇，力求新创，影响及于孟郊、贾岛等人，构成了李白、杜甫之后的一个重要流派。他的绝句小诗则清新隽永，读来令人齿颊生香，《早春呈水部张十八员外》，就是其绝句中脍炙人口的一首。

天街小雨润如酥，草色遥看近却无。

最是一年春好处，绝胜烟柳满皇都。

韩愈诗所呈示的对象"张十八员外"，就是与他同时代的名诗人张籍（约767年—约830年）。张籍，祖籍吴郡（今江苏苏州）。他于贞元十四年（798年）登进士第，但官运颇不亨通。长庆元年（821年），由韩愈荐为国子博士，翌年迁水部员外郎，世称"张水部"。大和二年（828年）升为国子司业，故又世称"张司业"。他是中唐乐府诗运动的骨干，与王建并号"张王"，北宋王安石《题张司业诗》对他倍加赞赏："苏州司业诗名老，乐府皆言妙入神。看似寻常最奇崛，成如容易却艰辛。"唐人常以曾祖父以下兄弟的排行来称呼对方，张籍在兄弟辈中排行十八，故韩愈以"张十八"称之。"水部"，隋唐至宋皆以水部为工部四司之一，掌有关水利水道之事宜和政令。"员外"，即员外郎，官名，简称外郎或员外，为各司之次官，相当于今日中央司局级干部。

韩愈此时在京任兵部侍郎，与张籍既是同僚，更是关系密切的诗友，所以他们颇多唱和。"李杜文章在，光焰万丈长。不知群儿愚，那用故谤伤。蚍蜉撼大树，可笑不自量。伊我生其后，举颈遥相望"，如上高度肯定李白、杜甫的名句，就是韩愈《调张籍》一诗的开篇。"调"，读为tiáo，戏谑调弄之意。韩愈还有一首七绝，可以和《早春呈水部张十八员外》一诗互参，其诗题为《同水部张员外籍曲江春游寄白二十二舍人》："漠漠轻阴晚自开，青天白日映楼台。曲江水满花千树，有底忙时不肯来？"这两首诗，均写于长庆三年（823年）春天，后者写于前一首诗之后，韩愈与张籍一起在春花满树的好时光同游长安近郊的名胜曲江，而官拜中书舍人的白居易因故而未至。前一首诗的关键词是"早春"，"春"而云"早"，极难下笔，我们且看灵心慧眼而颇具才情的韩愈，如何写出"早春"所独有的特征与神韵。

诗人集中笔力抒写的，是早春时节刚刚萌芽的似有若无的"草色"，以此表现出早春之"早"。"天街"，即御街，也就是京城长安的街道。"酥"，新鲜的奶酪，这是恰切的比喻，比喻"好雨知时节，当春乃发生"而"润物细无声"的小雨，也谐音严冬之后早春来时万物复苏的"苏"。在如此铺垫之后，诗人继之以"草色遥看近却无"，表现与传达早春之神。细雨迷蒙中，大地上远看有嫩绿嫩绿的一片草光照眼，近前细察，草芽星星点点，那朦胧的绿色却似有如无。宋人胡仔在《苕溪渔隐丛话》中评论说："'天街小雨润如苏酥……'此退之早春诗也。'荷尽已无擎雨盖，菊残犹有傲霜枝。一年好景君须记，最是橙黄橘绿时'，此子瞻初冬诗也。二诗意思颇同而词殊，皆曲尽其妙。"清人黄叔灿也说："'草色遥看近却无'，写照工甚，如画家设色，在有意无意之间。"（《唐诗笺注》）我要特别拈出和赞赏的，却是诗的后两句所蕴含的似无实有的哲理。"绝胜"（此处读 shēng，不读如某些选本所注音之 shèng），绝对、远远超过之意。诗人认为如此早春景象，远胜烟柳繁盛的晚春，我则以为诗的意象可以启悟我们对美好景物的欣赏，最美好的是其将生、已生但还未生或未全盛之际。同样，对美好事物的创造，最美的也是初始的时期，因为一切都还充满了美的悬念和期待。宋代理学家兼诗人邵雍，其《安乐窝中吟》有句是"美酒饮教微醉后，好花看到半开时"，大约也就是这种意蕴吧。

清新，空灵，深远，这就是韩愈的早春之歌！

多义与哲理
——《大林寺桃花》

人间四月芳菲尽，山寺桃花始盛开。
长恨春归无觅处，不知转入此中来！

　　白居易的《大林寺桃花》，所咏的桃花是桃花中别开的一枝，而在所有咏桃花的诗作里，他的这首诗则又可以说是一枝别开。

　　根据诗的题材与体裁的不同，诗可以分成许多不同的门类。主要是以大自然的景物作为抒写对象的，名为写景诗，或称写景抒情诗或风景抒情诗。风景诗大略又有两种类型：一种是纯粹描写风景，只要作者具有审美的眼光与情怀，加之手中握的是一支妙笔或彩笔，自然便是佳作，如李白的名闻天下的《望庐山瀑布》，如杜甫的组诗《江畔独步寻花七绝句》；另一种则是虽系写景而却有或明或暗的寄托，或隐或显的哲理，如王之涣的千古名篇《登鹳雀楼》，如苏东坡味之不尽的《题西林壁》。白居易的《大林寺桃花》属于后者，而且应在写景而有所寄寓的风景诗大会中于前列就座。

　　庐山的大林寺有三处，分别以上、中、下冠名。上大林寺在庐山之西大林峰南、香炉峰顶，为晋代所建的佛教著名寺院。元和十二年（817 年），白居易 45 岁，被贬为江州司马已经四年。这年春天，他在庐山香炉峰、遗爱寺之间建有草堂以供游憩。四月九日，他偕好友元集虚等十七人聚会于此，复同游并投宿于大林寺。他同时写有一篇《游大林寺序》，记叙了自己偕友前来的游踪，以及寺内外的景况，并说"山高地深，时节绝晚，于时孟夏，如正二月天。山桃始华，涧草犹短，人物风候，与平地聚落不同。初到恍然若别造一世界者"。诗人触景生情，因口号绝句云：

> 人间四月芳菲尽，山寺桃花始盛开。
>
> 长恨春归无觅处，不知转入此中来！

在古人的诗歌创作中，"口号"与"口占"大致同义。作为诗的标题用语，意为未经起草，随口吟成。遥想千余年前已经颇著诗名的白大诗人在大林寺当场口占此诗时，他的多位同游的朋友，当然都会洗耳恭听，并且应该纷纷即席发表赞颂与评论之词，有如一个临时的小小而热闹的作品研讨会。可惜那一切都已风流云散，未曾留下片言只语，只留下白大诗人的大作让千年后的我们前来评点。

"桃之夭夭，灼灼其华"，亮丽多彩的桃花，早在两千多年前的《诗经》的《周南·桃夭》篇中就闪亮登场了，以后历代许多诗人文士都少不了替桃花写照传神，为后世读者留下不少名篇俊句。在白居易之前，李白就有"犬吠水声中，桃花带露浓"（《访戴天山道士不遇》）之句，张旭也有"桃花尽日随流水，洞在清溪何处边"（《桃花溪》）之词，而杜甫的"黄师塔前江水东，春光懒困倚微风。桃花一簇开无主，可爱深红爱浅红"（《江畔独步寻花七绝句·其五》），则更是歌咏桃花的名篇。白居易接踵而来，其《大林寺桃花》一诗，空间上以广阔的"人间"作背景，以狭小的"山寺"为画面的主体，并点明题目中的"大林寺"。人间四月繁花似锦的景象以"尽"极而言之，而山寺的"桃花"不仅补足题目，"始"字与"尽"字又构成强烈的两极对比，"盛开"则描状其夭夭灼灼的盛况，也就是说，人间包括桃花在内的百花都已经凋谢，山中的桃花才开始举行盛大花展的开幕典礼。如此铺垫之后，诗人才感慨系之，以"恨"与"转"和"无觅处"与"此中来"，表现以前春归无觅的怅恨，以及如今在山寺又乍逢春色的惊诧与喜悦。这首别开生面的咏桃花之诗，虽是纪实之作，却构思新颖，别有情趣，表现了诗人审美的喜悦与惊讶，意境深远；但我以为，从诗的多义性的角度而言，它还蕴含了见于言外令人味之不尽的哲理。

义有多解，多义而非单义，是诗歌语言或者说是诗歌语言的弹性美的特征之一。一般说来，诗的语言应该讲求确定性，如果没有确定性，无从索解，诗就会变成云雾充塞的雾霾之地，或是晦涩难明的不解谜团；然而，诗也常常要求不确定性，即模糊性，也就是义有多解，而不是只有一种明确固定解释的单解。这种明确与模糊的统一，意义与多义的统一，确定性与不确定性的统一，有助于一中见万，在有限中见无限，刺激读者的联想和想象。语言的多义性与多解性，这虽然是西方现代文学批评术语，但我国的刘勰的《文心雕龙·隐秀》篇早就提出过"重旨"与"复意"，唐代诗僧皎然的《诗式》，也有过"两重意以上，皆文外之旨"的观点。在我国的诗歌史上，李贺与李商隐的某些诗作，就具有多义性的特色，白居易的《大林寺桃花》，我们不也是可以作如是观吗？

《大林寺桃花》一诗，除了赏读者所阐释的种种内蕴与艺术表现上的特色，从多义性的角度而言，全诗似乎又蕴含了某种哲理。欣赏者依据诗所提供的联想的线索，可以有多种美的探寻与体会，可以做出多样而合理的解释：它是说事物是复杂的，不能简单化地一刀切？是说普遍性中还有特殊性？是说看问题要以时间、地点、条件为转移？是说世上的事物发展与转化有多种多样的解释？诗无达诂，读者不妨仁者见仁，智者见智。

有一年早春时节，学生邀我去梅溪湖畔赏春。我已垂垂老矣，春天却正年轻，有动于衷的我以《春游梅溪湖》写了四首绝句，其中之一是："半世流光去绝踪，白头长忆少年红。春华已逝藏何处？都在桃腮柳眼中！"美景令人沉醉，人生感慨良多，读者朋友，我的诗尤其是最后那两句说的是什么呢？

杰出诗人的起点
——《观刈麦》

田家少闲月，五月人倍忙。

夜来南风起，小麦覆陇黄。

妇姑荷箪食，童稚携壶浆，

相随饷田去，丁壮在南冈。

足蒸暑土气，背灼炎天光，

力尽不知热，但惜夏日长。

复有贫妇人，抱子在其旁，

右手秉遗穗，左臂悬敝筐。

听其相顾言，闻者为悲伤。

家田输税尽，拾此充饥肠。

今我何功德，曾不事农桑。

吏禄三百石，岁晏有余粮。

念此私自愧，尽日不能忘。

　　生活在中唐的白居易，是唐代乃至中国古典诗歌史上最杰出的诗人之一。在唐代诗歌的巅峰上，并肩而立的是李白与杜甫，站在稍后位置上的，就应该是白居易。而他的《观刈麦》和《长恨歌》，则是他作为杰出诗人的起点，有如田径国手与他最初一战成名的赛场。

　　白居易，字乐天，晚年号香山居士。祖籍太原（今山西太原），生于新郑（今河南新郑）。他五六岁便善为诗，十五六岁至长安，以诗文谒当时的文坛盟主顾况，顾况读其《赋得古原草送别》之"野火烧不尽，春风吹又生"，赞赏不已。贞元十六年（800年），白居易29岁时登进士第，后又登书判拔萃科，授秘书省校书郎。元和元年（806年）中"才识兼茂，明于体用科"，授盩厔（音 zhōu zhì，今陕西周至县）尉，时年35岁。他任盩厔尉一年有余，其间最重要的作品就是《长恨歌》与《观刈麦》。前者表现了他不同凡响的诗之才华，尤其是叙事诗的才华，十年以后所写的《琵琶行》与之堪称双璧，它们同为中国诗史上不多见的优秀叙事诗。而《观刈麦》表现了他"文章合为时而著，歌诗合为事而作"的"惟歌生民病"的创作主张，是他所倡导的新乐府运动的先声，也是他以后《新乐府》五十首、《秦中吟》十首的前奏。

盩厔县在长安西南一百三十里，属京兆府管辖，设县尉二人，正九品下，职务是"分判众曹，收率课调"。前者就是分管功曹、仓曹、户曹、兵曹、法曹、士曹等公务，"曹"为古时各科办事的官署；后者就是向百姓征讨赋税，如欠缴不纳则用刑具拷打。诗人高适曾任河南封丘县尉，他在《封丘作》一诗中就曾说"拜迎长官心欲碎，鞭挞黎庶令人悲"，有良心的正直的诗人都十分厌恶这种"公务员"职务。白居易同样不安于位，但因为这种基层职务可以接触和了解底层群众特别是劳苦农民的生活，所以他才写出了《观刈麦》这样的早期名作。

这首五言古诗可以分为三个部分。第一部分为开篇四句，第二部分为中间十六句，第三部分为最后六句。

第一部分写夏日麦熟，正是农家的大忙季节。"夜来"本义为昨夜或昨天，在此处泛指最近的几天。少"闲"而倍"忙"，"闲"与"忙"这两个反义词对应成文，领起全篇，以下便用主要的笔墨抒写夏收之忙碌，稼穑之艰难，农民之辛苦。

第二部分写农民劳动的辛苦和生活的痛苦，又可以分为四个层次。首先是妇女和孩子的饷田。司马彪《续汉书》："桓帝时童谣曰：'小麦青青大麦枯，谁当获者妇与姑。丈夫何在西击胡。'""妇姑"即用此典故，泛指妇女。"荷"，用肩扛物；"箪食"，苇草所编圆形器皿所盛的食物；"壶浆"，用壶盛的汤水。"饷田"，即向田地里的劳作者送饮食。其次写在"南冈"劳动的丁壮和他们的心理。"丁壮"，泛指成年或壮年的劳动力，他们"足蒸"而"背灼"，即今日所说的"面朝黄土背朝天"，这是他们劳动的外在情景。"力尽不知热，但惜夏日长"，"但惜"为只爱惜之意，这是写他们的深层心理：他们不是不知道夏日可畏，只是希望在长长的夏日抓紧劳作，能得到多一点的收成——这与作者日后所写《卖炭翁》中的"可怜身上衣正单，心忧炭贱愿天寒"同为描写深层心理的笔墨，在相反相成的艺术表现上也是同一机杼。再次是特写一位贫困妇人的形象。"丁壮"是群体素描，"贫妇人"是个体点染。"秉"，本义为以手执禾，引申为拿；"遗穗"，田里遗落的麦穗；"敝筐"，破旧之筐。这位贫穷的妇人穷到拾麦穗度日，筐子也破旧不堪，还要抱持照看年幼的孩子。最后写贫妇人的自诉。她何以至此？她说因为自己田里的出产交租税之后颗粒无存，只好拾取遗落的一星半点的麦穗来充饥。由此可见赋税之苛重，民生之多艰。

　　第三部分承上而下，写诗人自己的自责自愧之情。由人及己，由农人的辛勤却贫困联想到自己不稼不穑而坐享俸禄，作者不由感到愧怍。"曾（音céng）不"，乃不，却不；"吏禄"，唐制，从九品，禄粟三百石。此诗之可贵，不仅在于表现了广大农民劳动的艰辛、生活的困苦，更在于表现了作为政府官员的作者负疚的心理、自省的态度。芸芸官员，几人能够如此？

　　《观刈麦》在白居易现存三千首诗作中，不愧为最闪亮的珍珠之一！

早而又好的西湖诗
——《钱塘湖春行》

孤山寺北贾亭西，水面初平云脚低。

几处早莺争暖树，谁家新燕啄春泥。

乱花渐欲迷人眼，浅草才能没马蹄。

最爱湖东行不足，绿杨阴里白沙堤。

有东海的涛声日夜伴奏的杭州，是中国的八大古都之一。它是历史名城，先属越，后属吴，秦朝于此设钱塘县，隋代改名为杭州；它是山水佳区，如同处子的西子湖秀美在它的西面，好像壮士的钱塘江奔腾于它的东边；它同时又是人文胜地，英雄们在其间金戈铁马，诗人们于其间放声歌吟，写下了许多令江山生色也令今日的我们齿颊生香的诗篇。

在历代诗人组成的西湖合唱队中，那位"欲把西湖比西子"的苏东坡，当然是杰出的歌手，但是，中唐的白居易应该是出场最早也最为出色的一位。他于长庆二年（822 年）担任杭州刺史，前后三年之久。他是一位亲民勤政的官员，兴筑了从钱塘门北的石函桥至武林门的湖堤，这是有利于农田灌溉的惠民工程。他同时也是一位热爱佳山好水的诗人，公务之余也写了许多讴歌杭州和杭州西湖的诗章，如"望海楼明照曙霞，护江堤白踏晴沙。涛声夜入伍员庙，柳色春藏苏小家。红袖织绫夸柿蒂，青旗沽酒趁梨花。谁开湖寺西南路，草绿裙腰一道斜"（《杭州春望》），如"湖上春来似画图，乱峰围绕水平铺。松排山面千重翠，月点波心一颗珠。碧毯线头抽早稻，青罗裙带展新蒲。未能抛得杭州去，一半勾留是此湖"（《春题湖上》）。人在此地不忍离去，离去后又忆念不已。"江南忆，最忆是杭州。山寺月中寻桂子，郡亭枕上看潮头。何日更重游？"这首《江南忆》是人所熟知的了。"自别钱塘山水后，不多饮酒懒吟诗。欲将此意凭回棹，报与西湖风月知"，题为《杭州回舫》的这首绝句，写的也是诗人对西湖山水的相思病吧？

西湖在杭州城之西，旧名钱塘湖。《钱塘湖春行》是白居易咏西湖山水众多佳作中的一篇，也是他春日沿湖而行即景抒怀之作。孤山，在西湖的后湖与外湖之间，孤峰耸翠，山上有建于南朝陈代的孤山寺。贾亭，唐贞元（785年—805年）时贾全任杭州刺史，于西湖建亭，人名之"贾亭"，又称"贾公亭"。"孤山寺北贾亭西，水面初平云脚低"，首联交代诗人春行的出发点以及纵目所见的湖阔云低的景象，在构图上是点面结合，孤山寺是立足与出发的点，水面与云脚是鸟瞰与四顾的面。颔联从听觉意象的角度，描绘湖上湖边的早春气象，蓬勃生意。主角是"莺"与"燕"，而且是"早莺"与"新燕"，而且是"几处"而非"处处"，是"谁家"而非"家家"，可见此时正是乍暖还寒的早春时节。莺"争"暖树，燕"啄"春泥，其间的动词用得十分准确和传神，今日听众的耳边仿佛还有莺声嘀呖，燕语呢喃，虽然那已是一千多年前的莺歌燕语了。

接下来的"乱花渐欲迷人眼，浅草才能没马蹄"，则是从视觉意象的角度，抒写春行途中所见的初春景色。在众多的春景之中，诗人只选取了"花"与"草"，因为它们最能代表和传递春的消息。花为"乱"花，"乱"者，缤纷也，无秩序也，那正是大自然的随意而非人工的刻意安排。草系"浅草"，"浅"者，嫩也，不深也，诗人下笔时紧扣时令，遣字可谓一字不移。时间是流逝的，生命是运动的，不消多少时日，江南的景色就会像南朝梁代丘迟的《与陈伯之书》所写的那样，"暮春三月，江南草长，杂花生树，群莺乱飞"。但现在，花光还只是"渐欲"迷人之眼，草色还只是"才能"

没马之蹄，可见诗人察物之细，体物之工，用词之切，因为他写的是早春或者说是初春，而不是仲春，更不是晚春或者暮春。唐代没有汽车，即使能驾着汽车沿湖而游，恐怕也会少了许多情味雅趣，甚至有可能大煞风景。古人游览，不是千里之行始于足下，就是骑马。唐代于西湖边骑马赏春的风俗盛行，除了王公贵族，家境殷实的平民百姓乃至一般的歌姬舞女，也都喜欢以马代步。此诗的尾联为"最爱湖东行不足，绿杨阴里白沙堤"，白沙堤，又称"断桥堤"，亦名"白堤"（后人以为此堤乃白居易所筑，误）。它位于湖东，于此可总览全湖胜境，全诗正是于收束处，点明"春行"的终点，有始有终，首尾环合，留给读者回味不尽的余地。

西湖虽然古老，却光景常新。白居易虽然不能再来，但后辈的新诗人却接踵而至，他们创造性地继承和发扬前人的传统，吟唱着时代的新篇。艾青写西湖，曾有"桃花如人面，是彩色缤纷的记忆"的妙句；著名诗人洛夫也曾作《杭州纸扇》与《西湖二题》，其中有"早餐是一窗的云／外带一壶虎跑泉水泡的钟声"的奇语。白居易如果有知，会不会惊叹后生可畏呢？

秋之颂
——《秋词·其一》

自古逢秋悲寂寥，我言秋日胜春朝。
晴空一鹤排云上，便引诗情到碧霄！

唐代的朗州即今日湖南洞庭湖之西的常德市，已然是一个现代化的都会。大道纵横，车水马龙，白天市声嚣嚣，夜晚华灯灼灼。沅水傍城而过，凭堤而建的是长达四千米的中国常德诗墙，镌刻古今诗人的作品于其上，临水而歌，宛如阵容超豪华的合唱队。领唱的当然是文章为百代之祖的屈原了，唱至中唐，刘禹锡也以他的《秋词》加盟，让五湖四海的游人观赏江城胜景，也倾听他清刚豪放的千古歌声。

在中唐的名诗人中，元稹是鲜卑人的后裔，白居易是龟兹人的后代，刘禹锡则是匈奴人的远支。祖籍河南洛阳的刘禹锡，出身于诗礼簪缨之族，家学渊源、名师指点加之刻苦自励，他成长为一位胸怀鸿鹄之志的青年才俊。贞元九年（793年），22岁的他通过礼部考试进士及第，接着通过"博学鸿词科"这一皇帝亲自制举的特别考试，随后于贞元十一年（795年）登吏部取士科，也就是通过了吏部举行的选拔考试，较杜牧两登科第后自诩的"两枝仙桂一时芳"还多出一枝。安史之乱后的中唐，藩镇割据，宦官专权，朝政腐败，民生凋敝，唐帝国如日中天已成往事，现况是江河日下、弊病丛生。永贞元年（805年）唐顺宗李诵即位，锐意革新，王叔文、王伾、刘禹锡、柳宗元成了革新集团的核心人物，共同拉开了"永贞革新"的生机勃勃的序幕。然而，这场政治革新不及半年便黯然落幕，原因是革新的对立面拼死反对。顺宗先则因病内禅，随后突然崩逝。暗箱操作上台的宪宗李纯登上权力顶峰刚过三日，对革新派的打击就如雷电骤至：王叔文贬为渝州（今重庆）司户，翌年赐死；王伾贬为开州（今重庆开州）司马，不久病逝于贬所；其他被宋代王安石誉为"都是天下奇才"的八位骨干分子无一幸免，均被贬为远州司马，史称"八司马"。刚过而立之年的刘禹锡，官阶由正四品上的朝廷大员，独当经济财政方面之任的屯田员外郎与判度支盐铁案，直线降黜为从六品下无职无权且非正式干部编制的"朗州司马员外置同正员"，如扬波击浪的征帆突然被风暴掀翻，如振翅长飞的鹰隼突然被暗箭射落；而朗州的山山水水呢，则有幸陪伴了不幸的诗人整整十年艰难岁月，冰火两重天。

苦难，对于有志之士是磨刀石，也是试金石。朗州十年，刘禹锡创作了两百多首诗词和三十余篇文赋，不仅占他全部作品的四分之一强，而且有不少佳篇胜构，蔚为他创作的第一个高潮。《秋词》就是这一阶段的代表之作。《秋词》一共两首，中学语文课本选的是其中一首，另一首如下：

山明水净夜来霜，数树深红出浅黄。
试上高楼清入骨，岂如春色嗾人狂？

在第一首诗中，"自古"与"我言"对举成文，相反见意，是中国古典诗论所谓的"矛盾逆折"，西方现代文论称之为"矛盾法""抵触法"或"反证法"。悲秋，不分族别也不分国界，是普遍的共有的人性人情。19世纪法国象征派诗人马拉美的散文《秋》，将孤独寂寞的悲秋之情，写得哀婉之至；美国现代名诗人弗罗斯特在《我的客人，十一月》中，也说秋天是"秋雨绵绵的晦日"。在中国，秋天，特别是深秋的萧条肃杀，总是引起多愁善感的文人的愁苦之情，而许多文人往往命运多舛，于是"悲秋"便成了古代诗文的一个母题，也成了中国文人诗歌的一个源远流长的传统。早在屈原的《九章》中，凛冽的秋风至少就有三处起于纸上，"欸秋冬之绪风""悲秋风之动容兮""悲回风之摇蕙兮，心冤结而内伤"。因为宋玉《九辩》有"悲哉，秋之为气也！萧瑟兮草木摇落而变衰"之句，历来宋玉就被认为是中国诗文的"悲秋之祖"，实在是后人上错了香火。直至刘禹锡之前，文人们的咏秋之作无非天下一统、舆论一律地悲秋，总得有人出来抬抬杠、唱唱反调，尽管众士诺诺，终于一士谔谔，"我言秋日胜春朝"，这位唱反调的持不同诗见者，就是被白居易赞誉为"诗豪"的刘禹锡。

刘禹锡有足够的资格与充分的理由悲秋。他从风云际会的政治舞台的中心长安，沦落到朗州这一僻远荒凉的下州小郡（只辖武陵、龙阳两县，仅有 9360 户，人口不足 4.5 万人），而且是一贬长达十年，其间结婚不久的妻子薛氏因病早逝，婴儿嗷嗷待哺，他自己不仅内心郁闷痛苦，而且因不服水土而多疾相侵，缠绵病榻。然而，他却以《秋词》一以歌秋日晴空，一以颂秋日山野，空间由天上而地下，焦点由白鹤而红叶，色彩明亮热烈，境界开阔深邃，秋色使人神清气爽而胸怀高远，远胜春色之令人意乱神迷，表现了他乐观顽强的生命品格，也显示了他倔强的永不向恶势力屈服的人格力量。和他以后的许多作品一样，《秋词》既是诗人的自白自励，也是对迫害者的示傲示威。

"长堤谁与上？长记秋晴望。"每回我捧读《秋词》，尤其是实地在常德诗墙前吟诵这一诗章，刘禹锡诗中的那一只白鹤啊，仍然高翔在千年后的碧霄之上和我的心上！

字字如珠玉
——《江雪》

千山鸟飞绝，万径人踪灭。

孤舟蓑笠翁，独钓寒江雪！

　　如果说，盛唐时代诗国的天空星汉灿烂，光辉照人，后来者没有飞光耀彩的才华就会相形之下而黯然失色，那么，柳宗元就确实不愧是盛唐之后升起的一颗闪亮的新星。

　　柳宗元（773 年—819 年），字子厚，河东解县（今山西运城）人，故世称"柳河东"，他的诗文集名《柳河东集》。他被贬永州司马后迁柳州刺史，卒于任所，故又称"柳柳州"。他是唐代古文大家，和韩愈齐名，人称"韩柳"。而在中唐前期的诗坛上，最负盛名而为人们所并称的是"韦柳"。韦，是白居易所佩服的韦应物，苏东坡曾为此写过"乐天长短三千首，却爱韦郎五字诗"（《和孔周翰二绝·观净观堂效韦苏州诗》）。柳，即诗文俱胜的柳宗元，苏东坡曾说他的诗"在陶渊明之下，韦苏州之上"（《东坡题跋·评韩柳诗》），这一评论大体上还算是允当的。

　　805 年，柳宗元 33 岁，因为参加了以王叔文为首的主张革新的政治集团，被贬为永州（治所在湖南零陵县，今湖南永州）司马，在那里度过了十年流放岁月。他的诗文创作活动，主要是在永州时期进行的。作为"唐宋八大家"之一，他早期写的《梓人传》《种树郭橐驼传》，显示了他在散文创作方面的才华，到永州后更创作了《捕蛇者说》《永州八记》等名篇。

至于他流传至今的一百六十三首诗章，永州之作就有一百零三首。他最善五言，七言也流畅隽妙。苏东坡《书黄子思诗集后》说他的诗"发纤秾于简古，寄至味于澹泊"，明人胡应麟《诗薮》说"柳子厚清而峭"，这都是对他的诗风的精当评论。这里，我们且看他的五言绝唱《江雪》：

千山鸟飞绝，万径人踪灭。

孤舟蓑笠翁，独钓寒江雪！

这首仄韵古绝先俪后散，诗人先以对句勾画环境，渲染气氛。一句写山，从远处和高处仰观莽莽群山，与山相依的飞鸟已经绝迹；一句写径，从低处由近及远俯察茫茫万径，路和路上的行人也全然不见影踪。寥寥十个字，描绘了群山与原野所构成的阔大而凄清的环境，渲染了萧索悲凉的氛围，虽无一字正面写雪，实际上却字字写雪，使人感到雪光满纸，寒意袭人。这是十分高明的背面敷粉的笔法。清人李瑛《诗法易简录》就说："前二句不沾着'雪'字，而确是雪景，可称空灵，末句一点便足。"这首诗的题目是《江雪》，但通篇都用暗写笔法，诗人在前面的层层描绘之后，于全诗的最后一字才将诗题自然点出，手法极为巧妙。

诗人兼学者杨牧在《唐诗欣赏举例》中曾赞扬这首诗由大向小的反三角形的取景法，并认为"柳宗元写出的渔翁诗不同于其他人，端在乎他出手着力处真正异于旁人"（《传统的与现代的》，台湾志文出版社，1974年）。在优秀的抒情诗中，"一切景语，皆情语也"（田同之《西圃词说》），写景即是写人，这首诗的环境描写也是这样。在粉砌银装、周天寒彻的世界中，却偏偏有孤舟一叶，却偏偏有一位老翁在寒江中垂钓。如果三、四两句中的"孤"字和"独"字，正面点染出表面是蓑笠翁实际上是诗人自己的孤独形象，那么，前面的环境描写，就起着衬托他那不与俗世同流合污的风骨的作用。

从整首诗的构图而言，是由大而小，由远及近，由千山万径而及于孤舟上的钓翁，最后缩小聚焦于那一根钓竿，点明题目《江雪》。不仅如此，四句诗的第一个字连读，竟然是"千万孤独"一语！这是全诗的主旨，不也是与丑恶和不平抗争的诗人内心的写照吗？

诗人贬谪永州近十年之后，曾经写过一篇《囚山赋》。此文把四围山岭比作囚牢，悲叹自己不能振翅奋飞，这，很可以帮助我们理解这首诗的意境。"《史》洁《骚》幽并有神，柳州高咏绝嶙峋。"（姚莹《论诗绝句》）从诗中，可以感到封建社会中正直诗人对摧残他的环境的愤懑与抗议，找不到出路之苦闷与悲哀，以及他绝不妥协绝不低头的铮铮傲骨。总之，《江雪》一诗情景浑成，诗中有人，而且是特立独行孤标傲世的大写的人，所以成为千百年来传诵不衰的绝唱。

柳宗元是盛唐之后诗坛上风格卓异的歌者，也是唐人中学陶渊明而成名家的诗人。他的诗，善于以极简练峭拔之文字表现强烈的情感和丰富的内容，具有清峭峻洁的特色。诗歌，是最精练的语言艺术，是十分讲求语言与内涵的"密度"的艺术，它要求以最简约的文字包含尽可能丰富的社会生活和思想感情的内容，文字向内凝缩，意义向外延展，激发读者发现和获得尽可能丰富的美感，而最忌讳拖泥带水，语多意少，意已尽而语不绝。宋代张戒在《岁寒堂诗话》中说："柳柳州诗，字字如珠玉。"他的落落二十字的《江雪》，确实可以说富于密度，字字珠玑。

清诗人王士禛有《雪后怀家兄西樵》一首："竹林上斜照，陌巷无车辙。千里暮相思，独对空庭雪。"这位提倡"神韵"说而七绝写作颇见才华的诗人，似乎是有意模仿柳宗元的诗，但东施捧心，就难免贻笑大方了。当代著名诗人洛夫近年以《唐诗解构》为总题，创作了一系列有关唐诗的新诗，如对柳宗元的《江雪》，他就这样写道："翻开唐诗／当的一声掉下一把钥匙／以一根绳索系着，想必是／用来开启封冻了的江水／千山有鸟没有翅膀／万径有人没有足印／那垂钓的老者瞪我一眼／瞪什么瞪／反正饲养在我心中的那尾鱼／决不许上你的钩／至于江中的雪／在它化为春水之前／你要钓就钓吧。"不论你对这首诗的感受与评价如何，它至少也是继承和发展并重新阐释古典诗歌的一种尝试吧？无独有偶，另一位名诗人余光中也有一组近作总题名为《唐诗神游》，其中一首也题为《江雪》，同样是古诗新写："这能充水墨画么／绝而且灭／独而且孤／就凭那一缕钓丝／由真入幻，由实入虚／能接通鱼的心事？／太紧，未免会泄密／太松，又恐像钓名／王维说，磨墨吧／管它好不好画／都不妨试试。"在我的《万遍千回梦里惊——唐诗之旅》一书中，也有多年前所作的一文写永州的柳宗元，题目就是《独钓寒江雪》，结尾是："一千多年时间的漫漫风沙吹刮过去，物换人非，多少帝王将相恶棍小人早已杳无踪迹，多少庙堂文学多少无关民生痛痒的游戏文章早已化为土灰，但二十个字的《江雪》却连一个字也没有磨损。我后于柳子已一千多年，在我之后千年的游人如果再来永州，也仍然会看到柳宗元还正襟危坐在他的绝句中，独钓那中唐的满天风雪。"

寄情于物　托物言志
——《马诗二十三首·其四》

李贺

此马非凡马，房星是本星。

向前敲瘦骨，犹自带铜声！

中唐的诗人李贺，和英国的雪莱与俄国的莱蒙托夫一样，都只活了短短的二十几岁。生命短促的他们，仿佛是匆匆划过天空的流星，然而，他们却同是各自国度的杰出诗人，在诗国的群星灿烂的天穹，他们都有属于自己的永恒的星座。《马诗二十三首》，就是李贺这一颗诗国星斗所闪耀的一缕光辉。

"萧萧马鸣，悠悠旆旌"，在中国，战马的嘶鸣之声早就响彻在《诗经》的《小雅·车攻》篇中了。唐代写马的诗人比前代更多，杜甫就是其中突出的一位。他年轻时即写有《咏房兵曹胡马》，安史之乱期间作有《瘦马行》，漂泊西南时也仍有《病马》之篇。他专题咏马之作共十余首，质量之高自不待言，但仅从数量而论，李贺现存诗约二百四十首，他专题咏马和提及马的诗作竟有八十余首之多，占全部作品的三分之一。何以如此？这真是一个令人饶有兴味追索探寻的问题。《马诗二十三首》，是李贺的大型咏马组诗，其中的第四首如下：

此马非凡马，房星是本星。

向前敲瘦骨，犹自带铜声！

　　组诗是交响乐，一首诗犹如单弦琴。在这一篇小文里，我们只能去听单弦琴的独奏。

　　李贺（790年—816年），字长吉，郡望陇西（今属甘肃），福昌（今河南宜阳）人，家居福昌之昌谷，故世称"李昌谷"。他是唐宗室大郑王李亮之后裔，父名晋肃，曾官陕县令，早卒。李贺是中唐时极具艺术个性的杰出诗人，其作品以幽奇瑰丽寒峭凄清的特色，在中国诗歌史上独标新帜，前无古人，后少来者，宋人严羽《沧浪诗话》称为"李长吉体"。我们要领略上述咏马之诗的奥秘，还是要结合李贺的生平和他所处的时代，先行理解他为什么会对马情有独钟而写出了那么多的咏马之作。

　　马，是使人猛然见到即豪情陡生的动物，它既堪役使，复见用于交通，更可策之于征战。经过多年繁衍，内蒙古的"三河马"，甘、青的"河曲马"与新疆的伊犁马，乃我国并驾齐驱的三大名马。唐代战事频繁，除民间畜养之外，唐代的官马就多达七百万匹。李贺生于贞元六年（790年），这一年岁名庚午，在十二生肖中属于马年，李贺生肖属马，马年即是他的本命年，他这位多愁多病的书生，怎不对自己的生肖情深一往？何况古人认为超凡的人或马与星宿相应，而房星为星宿之名，古时象征天马。前文提到，李贺的远祖是大郑王李亮，他是唐高祖李渊的叔父，李贺虽已是没落贵族子弟，毕竟是皇家宗室，用今日的语言就是根正苗红的"红×代"，其潜意识中当然以此为荣。同时他又绝非纨绔子弟，7岁时即能写诗作文，18岁时携诗稿去东都洛阳拜谒国学博士韩愈，这位文坛祭酒读了他的"黑云压城城欲摧，甲光向日金鳞开"开篇的《雁门太守行》，惊赞不已，一年后即携学生兼诗人皇甫湜去昌谷回访，身为文青的李贺当然喜出望外，即挥笔作《高轩过》诗以记其事，笔底波澜涌动的是他年少的豪情，表现的是他青春的胜概。

元和五年（810年），21岁的李贺参加河南府试得中后，又应韩愈之信嘱去长安应进士考试。然而天有不测风云，可能他因年少成名而遭人羡慕嫉妒恨，有人举报说他父名李晋肃，"晋"与"进"同音而应回避进士举，虽然韩愈出面作《讳辩》一文为其辩解，但在众多脑残者围攻压制之下，李贺终于未能应试而绝了仕途。元和六年（811年）五月，经韩愈等大佬力荐，经吏部考核，李贺得为"奉礼郎"。这是一个从九品的芝麻微官，主要工作是为皇室的祭祀提供服务，相当于底层的勤杂人员，这与李贺的才华与抱负相去何其遥远！两年后的元和八年（813年）他称病回家，次年便辞去这一要职，及至元和十一年（816年），尚未及而立之年的他便郁郁以终。传说天上白玉楼成，天帝召他上天去书写记文，这应是众生同情他而编造的神话。一千多年后，诗人余光中还写了一篇读李贺的文章，文题即是《从象牙塔到白玉楼》。

本文所赏读的《马诗二十三首·其四》这首诗，是所谓咏物诗。咏物诗要工于体物，切于状物，要穷物之情，尽物之态，对所咏之物的特征与形象作传神的描画。此诗就是如此，首二句以对句起（《全唐诗》第二句作"房星本是星"，不好理解，且与首句末构成对仗，此处据叶葱奇《李贺诗集》改），且首句为否定句式，次句为肯定句式，强调所咏之马之卓尔不群，接下来的两句则以由触觉而听觉的通感妙用，描绘出神骏的不同凡俗，超逸绝伦。重要的是，咏物诗除了工于体物之外，更要求入乎其内，出乎其外，寄情于物，托物言志，表现出诗人对生活独到的感受与认识，以及思想品格与精神怀抱。李贺这首诗既是写马，也是他本人的自喻，他的寓托之意，读者联系他的出身生平、才华抱负与坎坷不遇，不是均可以于言外得之吗？

当代新诗写李贺最为出色的，应首推名诗人洛夫的《与李贺共饮》。

我在 20 世纪 80 年代之初撰文首介此诗，题为《想得也妙写得也妙》。全诗精彩纷呈，此处谨摘句和读者共赏："岂能因不入唐诗三百首而相对发愁／从九品奉礼郎是个什么官？／这都不必去管它／当年你还不是在大醉后／把诗句呕吐在豪门的玉阶上！"

李贺有知，会不会欣然一笑？

以画笔为诗笔

——《山行》

远上寒山石径斜，白云生处有人家。

停车坐爱枫林晚，霜叶红于二月花。

在我国诗歌史上，苏东坡称道王维"诗中有画"，千百年来传为美谈，并成了评论诗歌的重要美学原则之一。其实，力避抽象的概念和枯燥的说教，捕捉和熔铸鲜明动人的意象，将现实生活和思想感情图画化，不仅是王维同时也是唐代其他优秀与杰出诗人的基本艺术手段。

前人曾赞美杜甫的作品"总得画法经营位置之妙"（王嗣奭《杜臆》），欣赏白居易的诗作"工致入画"（杨慎《升庵诗话》）。我以为，杜牧的许多诗章也可以得到这种荣誉，如他的名作《山行》：

远上寒山石径斜，白云生处有人家。

停车坐爱枫林晚，霜叶红于二月花。

杜牧（803年—约852年），字牧之，号樊川，京兆万年（今陕西西安）人。其祖父杜佑，是中唐时期有名的宰相与史学家。他诗、赋、古文均擅，书、画亦精。其《樊川诗集注》以及外集、别集中共存诗四百余首。在晚唐的诗坛上，他是蔚然大家而与李商隐齐名的诗人。清人刘熙载《艺概》

曾说："杜樊川诗雄姿英发，李樊南诗深情绵邈。"因为有李白在前，人称李商隐为小李；有杜甫在前，人称杜牧为小杜，与李商隐合称"小李杜"。其诗风英爽俊逸，擅长七言律诗和七言绝句，而尤以绝句为佳。杜牧的七绝今日约存一百六七十首，以"咏史"与"写景"两类为最胜。如《过华清宫绝句三首》《江南春绝句》《赤壁》《泊秦淮》《清明》等，都是或风华秀发或情韵深长的名篇。《山行》一诗，也是他绝句中的上品。诗人25岁时曾游湖南澧县，虽不能断言这首诗写于长沙，但岳麓山上闻名遐迩的爱晚亭却因此得名。

丹青吟咏，妙处相资。杜牧擅画，其画今日虽已不存，但宋代的书画大家米芾尚曾见到，在其所著的《画史》中称赞为"精彩照人"。杜牧诗笔而兼画笔，他借鉴了绘画艺术中构图与色彩等方面的重要艺术手段，使得其诗宛如大画家挥洒成的一幅出色的《枫林秋晚图》。清代《李调元诗话》说："杜牧之诗，轻倩秀艳，在唐贤中另是一种笔意，故学诗者不读小杜诗必不韵。"这种"轻倩秀艳"的风致，从《山行》一诗中也宛然可掬。

这首诗从整体构图来看，颇见诗人经营方位的匠心：前两句勾画的是高远的背景，即仰视的远景，远处寒山萧索，一条石径盘旋而上，白云缭绕的山林深处，竹篱茅舍炊烟袅袅的农家隐约可见。"白云生处有人家"，有版本"生"作"深"，我以为作"生"为佳，更富动感，即西方经典文艺美学名著《拉奥孔》（莱辛著）中所谓之"化美为媚"。"媚"，即动态之美。后两句渲染的是一幅平视的近景："坐"，"因为"之意，近处的山路旁，夕照中的枫林分外红艳，诗中人物不禁为之停车驻足，流连欣赏而不忍离去。总之，诗人笔下，远景与近景结合，层次分明而中心突出。

杜牧对于色彩的感受力本来就特别敏锐与强烈，他的诗差不多每一首都有色彩字，而如同李贺喜用"白"字，温庭筠喜用"红"字一样，杜牧最喜欢用"碧"字，他的全部诗作用碧色绘彩的至少有六十处以上，而《山行》的画笔点染却又另具一格。此诗特别引人瞩目之处除构图之外，就是色彩美。杜牧驱遣的是诉之于读者想象的文字，不是画家的直接诉之于观者视觉的线条和色彩。但是，他却充分利用了我国文字便于虚摹引人联想的长处，在他语言的调色板上显示了他高明的诗艺：前二句中灰色的寒山、灰白的石径、白色的云彩，在绘画术语中都称之为"冷色"，由这些色彩构成的情调称为"冷调子"，给人以肃杀凄清的感受；后两句笔墨顿变，以深红重彩渲染火一般燃烧的枫林，让这种"暖色"统御整个画面。如同清人刘邦彦《唐诗归折衷》中所说："妙在冷落中寻出佳景。"这样，全诗不仅色彩鲜明，历历如绘，而且冷暖色调相反相成的对比与衬托，使得如火枫林在画面上显得十分突出，宛如一帧明丽的水彩，令人过目不忘。清代何焯《唐三体诗评》认为："'白云'即是炊烟，已起'晚'字；'白''红'二字，又相映发。'有人家'三字下反接'停车'，'爱'字方有力。"他也约略看到了此中讯息。

我国的诗论强调"诗中有画"，我国的画论则强调"画中有诗"，并且以"气韵生动"作为绘画的准则。由此可见，任何艺术都必须有"诗"——鲜明独特的意象之中，包蕴着令人动情动心之美好强烈的情感和新颖深刻的思想，何况是诗歌本身呢？清代黄生《唐诗摘抄》评杜牧此诗说："诗中有画，此秋山行旅图也。"黄叔灿《唐诗笺注》更进一步指出："'霜叶红于二月花'，真名句。诗写山行，景色幽邃，而致也豪荡。"因此，一首诗如果一味铺金敷粉，只顾刻翠雕红，尽管形象鲜明，也不过是纸花一朵。杜牧这首诗不仅"诗中有画"，而且高怀逸致，豪兴飞扬，从"霜叶红于二月花"这不凡的警句中，强烈地感受到那昂扬向上的情绪和青春奋发的生机，我们不是可以得到许多关于人生的智慧与启示吗？

清人洪亮吉《北江诗话》中说"小杜最喜琢制奇语"，这话固然不错，但我以为奇语里必须以"奇情"作内涵。沈德潜在《唐诗别裁》中特地指出"牧之绝句，远韵远神"，杜牧在《献诗启》中也自许"某苦心为诗，本求高绝"。我想，如果《山行》中没有寄寓美好高远的情思，那也绝不会至今传唱不衰。唐人咏枫之诗，如初唐崔信明的残句兼名句"枫落吴江冷"，如宋之问的"林暗交枫叶，园香覆橘花"（《过蛮洞》），如白居易的"林间暖酒烧红叶，石上题诗扫绿苔"（《送王十八归山寄题仙游寺》），如张继的"月落乌啼霜满天，江枫渔火对愁眠"（《寒山寺》），均不及杜牧之作的蓬勃热烈生机奋发，用今日的语言，他的这一作品充满了"正能量"。杜牧之后，历代同以《山行》为题的诗不少，如清诗人施闰章有"野寺分晴树，山亭过晚霞。春深无客到，一路落松花"，吴承泰有"苍峰落日寒，万壑秋声起。白日逐云归，行人犹未已"，李柏有"漫道桃源路不通，溪行十里道心空。鸟啼流水落花外，人在春山暮雨中"，朱定基有"白云深处树霏微，树里村居尽掩扉。最是山风好相谑，乱飘红叶点征衣"，岂止均未能后来居上，简直是每况愈下了。倒是康熙年间官桐庐知县的陈苌，其《雪川诗稿》中的《山行》还颇有新意，值得一读："山行风暖落花轻，雨过田间野水鸣。自笑微官如布谷，年年三月劝春耕。"

杜牧《山行》诗的思想与艺术之美是永恒的，虽然只是绝句的小小殿堂，千年之后也总有诗国的朝圣者前往进香。历经坎坷的老诗人丁芒在《菩萨蛮·赠诗人》中说："白发映朝霞，鲜于二月花。壮心犹未已，笔透千层纸！"化陈为新，别开新局，抒写的是他不老的诗心与壮心！"秋日寻诗去，山深石径斜。独行无向导，一路问黄花。"至于当代诗人刘章的《山行》，清新俊秀，味之不尽，远绍的也正是杜牧之作的一脉心香。燕赵之地的诗人浪波，与刘章一样也是新旧体诗兼擅，他有《重九山行》一首："碧涧轻烟绕，重阳胜早春。疏林红叶俏，野径白云深。拄杖登高岭，行歌逐水滨。人生无再少，不老是童心！"诗中传扬的，也仍然有杜牧诗的芬芳，但结尾的精警议论，却是浪波不老的诗心所开放的花朵。

这本书稿的二校样寄到之日，内子段缇萦于当日凌晨睡梦中驾鹤仙游。裂肺撕心之伤，莫过如此也！我们同学少年时曾数游爱晚亭。内子并曾在爱晚亭畔之桥头留影。追忆旧梦前尘，作一绝以记恸而附于此文之尾："美如昨日枫红艳，摇落今朝忽作尘。花落不能重上树，世间何处再逢君？"

语言的弹性美
——《清明》

清明时节雨纷纷，路上行人欲断魂。
借问酒家何处有？牧童遥指杏花村。

　　人世间有的人常常言而无信，但自然界的节气却一诺千金，从不爽约。即如国人所看重的清明节，大约从中古的唐朝以来，年年的阳历四月五日左右，它不在斜风细雨里就定会于晴天丽日中如期而至。

　　在中国的农历二十四节气中，唯有"清明"得天独厚，一身而二任，不单指节气，而且与元宵、端午、中秋和重阳联手而为我国五大传统节日。节气，其意就是气候晴和明朗，是植树造林和春耕春种的好时光。"清明前后，种瓜种豆。种瓜得瓜，种豆得豆"，"清明谷雨两相连，浸种耕田莫迟延"，这些世世代代相传的俗语农谚，就是一年一度永不改版的春耕开幕词；而"植树造林，莫过清明"，也说明春风风人，春雨雨物，植树与清明签订的是彼此合作愉快的契约。节日呢，清明节的由来虽然众说纷纭，但清明扫墓追念先人早已始于唐而盛于元明，流风余韵而至于今日。

　　古代诗人歌咏清明，留下了许多各体皆备的佳篇名句，但它们的知名度与影响力，似乎都不及杜牧的七绝《清明》一诗。但即以咏清明的七绝而言，在杜牧之前，白居易有"好风胧月清明夜，碧砌红轩刺史家。独绕回廊行复歇，遥听弦管暗看花"（《清明夜》），张继有"耕夫召募爱楼船，春草青青万顷田。试上吴门窥郡郭，清明几处有新烟"（《阊门即事》）；在杜牧之后，宋人王禹偁有"无花无酒过清明，兴味萧然似野僧。昨日邻家乞新火，晓窗分与读书灯"（《清明》），明人唐寅（伯虎）有"燕子归来杏子花，红桥低影绿池斜。清明时节斜阳里，个个行人问酒家"（《杏林春燕》）。上述诗作虽各有千秋，但名头都还是没有杜牧之作响亮，而明代那位声名远播的画家与书法家唐伯虎之作，其结句还有如杜牧诗的遥远的回声。

杜牧于大和二年（828 年）中进士，乃晚唐之文学大家，诗、文、赋各体皆工，亦擅书法。其诗为晚唐重镇，在唐诗史上与李商隐并称"小李杜"，因为李商隐与杜牧之诗在整体成就上虽然不及李白与杜甫，但也直追他们的背影。杜牧的绝句人称"最多风调，味永趣长"（清人贺裳《载酒园诗话》），《清明》就是其中的一首：

　　　　清明时节雨纷纷，路上行人欲断魂。
　　　　借问酒家何处有？牧童遥指杏花村。

杜牧此诗，有人因不见清人冯集梧《樊川诗集注》与清编《全唐诗》而怀疑非他所作，但它始见于南宋刘克庄所编《后村千家诗》，随后谢枋得亦据以收入其所编之《千家诗》，而宋初乐史《太平寰宇记》也曾说："杏花村在（江宁）县理西，相传为杜牧之沽酒处。"加之传诵千年，约定俗成，我们也不必再为署名权而多生枝节吧。此诗之妙，当然可多角度多方位品评，如语言轻浅而意蕴深长的白描，如结尾的意在言外的暗示，如"行人""身份"与"断魂"所指的多义性，如形式上的问答体，等等。但我以为也可以从语言的弹性窥探它的变化多方之妙，领略汉语言文字之美。

杜牧之诗如果另行断句，竟可以摇身一变而为一首小词：

清明时节雨，纷纷路上行人。欲断魂。借问酒家何处？有牧童，
遥指杏花村！

如果用另一种断句之法，将原来的语序重新解构组合一番，再加标点，
此诗又可像川剧的绝活"变脸"一样，再变为一则散文小品：

清明时节雨，纷纷路上。行人欲断魂："借问酒家何
处？""有！"牧童遥指："杏花村！"

戏剧的要素是时间、地点、场景、人物、情景和台词，而我国的古典
抒情诗常常有人物也有单纯的情节，如崔颢的《长干行》，如王维和杜甫的《少
年行》。杜牧此诗以上要素俱备，它竟然还可再变而为一出微型或袖珍的
独幕剧：

清明时节：雨纷纷。
路上行人（欲断魂）。
"借问——酒家何处有？"
牧童（遥指）："杏花村！"

假如导演十分高明而富于想象力，他根据以上虽是颇为简略的脚本，
也一定可以拍出一部既有社会效益也有经济效益的电视剧来。如果在清明
时节举行首映式，并能有幸请到杜牧不远千年前来剪彩，那票房价值与轰
动效应如何，自是不待我哓哓多言的了。

弹性美，是飘扬在中国的诗歌语言美领地上的一面旗帜。在拙著《诗
美学》（修订本，人民文学出版社 2016 年版）中，专门辟有《语言的炼金

术——论诗的语言美》一章，其中就详细地论说了诗语言的弹性美。要而言之，弹性美是指语言的伸缩自如与变化多方，文字的意象经营为弹力结构式，有极大的伸缩性与延展性，意象有大量可供读者联想与想象的空白。如杜甫《旅夜书怀》中的"星垂平野阔，月涌大江流"一联，上下联的文字就分别可有多种不同的排列组合，而小杜（牧）《清明》诗的语言，正是延承了老杜（甫）的一脉心香。

精光四射的隋侯之珠
——《赤壁》

折戟沉沙铁未销，自将磨洗认前朝。

东风不与周郎便，铜雀春深锁二乔。

中国军事史上赫赫有名的"赤壁之战"，又称"赤壁鏖兵"，其熊熊的火光不仅照亮了许多雄姿英发的人物，改写了三国时代豪强纷争的历史，而且催生了不少怀今吊古的诗篇。晚唐时号称"小杜"（杜甫被尊称为"老杜"）的杰出诗人杜牧的《赤壁》，就是其中极出色的一首。

赤壁，即赤壁山，在今湖北赤壁市西北长江之南岸。建安十三年（208年）秋，曹操在消灭袁绍统一北方之后，率号称八十万（实际为二十余万）的大军挥戈南下，于长江横槊赋诗，意图统一全国。东吴之孙权派大将周瑜等率兵三万与刘备联合，共同抗曹，与曹军相遇于赤壁。屯兵江北的曹操将战舰以铁索连接起来，孙刘联军用周瑜部将黄盖的诈降而火攻之策，趁东南风起大破曹军，曹操从此再也无力南下，三国鼎立之势于焉形成。

从唐代以至于清代，咏唱赤壁及赤壁之战的诗作颇多。天纵英才的李白，也曾经一试身手，他的《赤壁歌送别》是："二龙争战决雌雄，赤壁楼船扫地空。烈火张天照云海，周瑜于此破曹公。君去沧江望澄碧，鲸鲵唐突留馀迹。——书来报故人，我欲因之壮心魄。"这首诗发挥失常，应该是李白"不在状态"之作，如同最优秀的运动员也不能时时处于巅峰。明代以来，就有人怀疑它不是"诗仙"的手笔。在杜牧稍后专写咏史诗多达一百余首的诗人胡曾，也有一首《赤壁》："烈火西焚魏帝旗，周郎开国虎争时。交兵不假挥长剑，已挫英雄百万师。"此作就事论事，没有闪光点，也缺少诗味，如果要评委亮分，只能勉强及格，前提还是评委宽大为怀。有比较才有鉴别，在众多咏叹赤壁之战的诗作中，杜牧的《赤壁》缘何一枝独秀与特秀，千百年来传唱人口，就是事出有因诗出也有因了。

杜牧的《赤壁》是所谓"咏叹诗"。咏叹诗，是中国古典诗歌中的一个门类或者说一个品种。东汉的史学家班固以西汉少女缇萦救父的史实所作的《咏史》，是我国咏史诗的开山之作。西晋诗人左思的代表作为《咏史八首》，他是一代咏史诗名家。时至唐代，咏史诗空前繁荣，如果说唐代以前的咏史诗多出以五言古风，唐代则多出以五七言绝句和律诗，除李白、王维的有关作品外，杜甫的《蜀相》《咏怀古迹五首》等均为名篇。中晚唐时期，盛唐的盛况已经不再，诗人们抚今追昔，反思历史，寄寓感慨，出现了刘禹锡、许浑、杜牧、李商隐、罗隐、韦庄等许多名家，他们虽不专于咏史，却写出了许多咏史名篇，其中以"小李杜"最为杰出。杜牧的《赤壁》就是名篇中的名篇。

咏史诗，是以历史事件、历史人物、历史现象为题材，抒写诗人感慨感悟的诗作。咏史诗的上乘之篇，必然具有精幽的"史识史见"与隽永的"诗情诗味"，杜牧的《赤壁》一诗，正是二美并具。

《赤壁》诗的二美并具，有赖于构思的大中取小、小中见大。赤壁鏖兵是一场大战，写法上一味求大，就会流于浮泛空疏，大而无当。杜牧巧妙地从一支"折戟"着笔。"戟"，原是盛行于东周的将戈、矛合成一体的古代兵器，既可直刺亦可横击，战国时改为铁制。赤壁山下，长江岸边，一支沉埋在泥沙中尚未完全锈烂的铁戟令诗人浮想联翩。"将"，为拾起、捡起之意；"认"，系辨识、回想之意。磨洗、把玩这一支断戟，令人回忆起东汉末年的战乱时代，以及发生于斯时斯地的那一场战争。小的是"折载"，大的是"前朝"，大中取小而小中见大，意象具体鲜明而时空邈远辽阔，激发出读者无尽的审美期待。

《赤壁》诗的二美并具，还得力于构思的逆向思维、翻叠见意。一般人写赤壁之战都是从周瑜的胜利着眼，而好为翻案之法的杜牧却反其道而行之，从假想中的周瑜的失败着笔。"与"，给予之意，"不与"即"若不与"，是一个假设性的否定句；周瑜在赤壁大战十年前拜将时年方二十四，吴中百姓均称他为"周郎"。此句以反说作全诗的拗折与翻叠。"铜雀"指铜雀台，为曹操所建之休闲行乐之处，故址在今河北临漳县；"二乔"实为"二桥"，系桥公之大小千金，天姿国色。孙策纳大乔，"小乔初嫁了"周瑜。后二句意云若不是东风给予周瑜便利，二乔已是曹操的英雄爱美人的战利品了。果若如此，孙、刘两方的家国不保，自己可想而知。宋人许彦周在《彦周诗话》中批评杜牧"社稷存亡，生灵涂炭都不问，只恐捉了二乔，可见措大不识好恶"，如此解诗，真是一个不懂诗为何物的书呆子。

杜牧的《赤壁》，是中国古典咏史诗中的一颗隋侯之珠，至今仍精光四射。

亡国之思　警世之语
——《泊秦淮》

烟笼寒水月笼沙，夜泊秦淮近酒家。

商女不知亡国恨，隔江犹唱后庭花。

　　中国历史上的大唐王朝，在如日中天的盛唐之后，便是历经安史之乱的重创而疮痍满目、力图恢复的中唐；又过七八十年，便是夕阳无限好而只是近黄昏的晚唐了。在晚唐的渐次苍茫的暮色中，杜牧，是一面迎风而舞、拯救危亡的旗帜。在晚唐的文坛与诗坛，杜牧是领袖，也是唐代的最后一座高峰。

　　杜牧出身于书香门第、世代簪缨之族。高祖杜崇悫、曾祖杜希望均为一代名臣，祖父杜佑任顺宗、宪宗两朝宰相，封岐国公，又是撰写了《通典》这一历史著作的史学家。杜牧的父亲杜从郁虽然早逝，也曾官至驾部员外郎。生长在如此高门大族、官宦人家，有的人会成为百无一用的纨绔子弟，但杜牧年轻时即继承家学，博览群书，发扬家风。他胸怀大志，不仅具有出色的文才和诗才，而且于"治乱兴亡之迹，财赋兵甲之事，地形之险易远近，古人之长短得失"（《上李中丞书》）尤为留意，还曾重新注释《孙子兵法》十三篇。大和二年（828 年）杜牧进士及第，又登贤良方正直言极谏科，授弘文馆校书郎，以后历经仕宦，任黄州、池州、睦州、湖州等外郡刺史，最后官居中书舍人。杜牧虽具政治家与军事家的宏才伟抱，却郁郁不得志——原因是在——在旷日持久的牛（牛僧孺）李（李德裕）党争中，他屡受权相李德裕的排挤，加之他任性率真，热情豪放，本质上不是一个政客而是一位诗人。

杜牧为晚唐大家，诗、赋、古文均系一时之选，书画亦精。其手书《张好好诗》现存故宫博物院。其名作《阿房宫赋》写于他刚过弱冠未中进士以前，史识与文采齐飞也齐辉，当时就传诵人口，今日仍让人百读不厌。其写诗，崇尚李白、杜甫、韩愈、柳宗元，众体皆擅，诗风豪迈高华，英爽俊拔。今日之读者特别是年轻人，大都只知道他的那些风流浪漫之作，如《赠别》之"娉娉袅袅十三余，豆蔻梢头二月初。春风十里扬州路，卷上珠帘总不如"，如《寄扬州韩绰判官》之"青山隐隐水迢迢，秋尽江南草未凋。二十四桥明月夜，玉人何处教吹箫"。但这些只是"冰山一角"而已，他的更多的诗作，介入时代，反思历史，针砭现实，表现了世风日下中古代优秀读书人的道义与胆略，显示了在藩镇割据、外侮频繁中维护国家一统的正义立场与坚定信念。他晚年曾将自己的许多诗文付之一炬，今日存留的只占当时的十之二三，由其外甥裴延翰手编为《樊川文集》二十卷，从这些焚后余灰中，我们仍可读到一位忧国忧民文采飞扬的杜牧。"长安回望绣成堆，山顶千门次第开。一骑红尘妃子笑，无人知是荔枝来。"人所熟知的《过华清宫》，不就是反思与针砭的诗证与实证吗？

杜牧的《泊秦淮》一诗，自被选入蘅塘退士孙洙所编的《唐诗三百首》之后，便成了该著名选本最著名的诗篇之一，以后层见叠出的名家选本都不敢将它遗忘。这首诗，大约作于会昌六年（846 年）。当时杜牧由池州刺史转任睦州刺史，秋冬之际途经金陵（今江苏南京），泊舟秦淮而赋此名篇。

"秦淮"，即秦淮河，源出自溧水、句容二地，穿过南京市西城流入长江。相传秦始皇南巡，有方士说五百年后金陵有王者气，秦始皇为断王气故命工民凿运河，疏通淮水，故名秦淮。金陵是六朝古都，秦淮河两岸更是酒家成市，歌楼林立，历来是豪门贵族和官僚士大夫纸醉金迷之地，时至晚唐依然如故。"烟笼寒水月笼沙",首句描绘的是秋日秦淮的夜景,空间是天上的明月、地上的寒水与白沙。这种修辞句式称为"互文",与王昌龄《出塞》首句的"秦时明月汉时关"相同,意为"烟月轻笼着寒水也轻笼着河沙",其迷离朦胧的意境的创造,因两个"笼"字音韵谐婉的连用与恰如其分的妙用而完成。次句"夜泊秦淮近酒家",点明时间与题目,并且交代"酒家",此为诗人眼中所见,水到渠成地引发下文。"商女"有三解:一为温柔婉淑之女,一为商人之妇,一为以卖唱为生的歌女。根据诗中的"酒家"背景,应以指歌女为是。"后庭花"即《玉树后庭花》,是前代亡国之君陈后主陈叔宝所作歌曲,有"玉树后庭花,花开不复久"之句,被视为亡国之音。时近三百年后,秦淮河畔的商女竟然仍在酒家歌唱此靡靡之曲,此为诗人耳中听闻。第三句以"不知"陡转,正言反说,第四句以"犹唱"逆接,将历史的亡国之恨与现实的醉生梦死交织在一起,表现了诗人对国事日非、国运江河日下的深沉忧虑,也表现了诗人对享乐至上、娱乐至死的权贵们的犀利批判。

亡国之思,警世之语,这就是《泊秦淮》的价值与光芒。现代作家郁达夫1913年所作《金陵怀古》有云,"登尽江南寺寺楼,平桥烟柳晚笼愁。可怜灯火秦淮市,曾照降幡出石头",不就是对杜牧诗歌价值的再造与光芒的延长吗?

怀人念远的回旋曲
——《夜雨寄北》

君问归期未有期，巴山夜雨涨秋池。

何当共剪西窗烛，却话巴山夜雨时。

1987 年 5 月，海峡两岸行将开放而尚未开放，离乡旅居台湾近四十年的湖南衡阳籍名诗人洛夫，给我寄来了他的新作《湖南大雪——赠长沙李元洛》。在引用《诗经·小雅·采薇》篇的"昔我往矣，杨柳依依。今我来思，雨雪霏霏"作为诗前小序之后，这首长达一百二十余行的抒情长诗的开篇即是："君问归期／归期早已写在晚唐的雨中／巴山的雨中／而载我渡我的雨啊／奔腾了两千年才凝成这场大雪／落在洞庭湖上／落在岳麓山上／落在你未眠的窗前。"往事越千年，当代诗人洛夫从唐代诗人李商隐《夜雨寄北》中汲取了诗的灵感，让自己歌喉乍启即不同凡响。

李商隐（约 813 年—约 858 年），字义山，号玉谿生，怀州河内（今河南沁阳）人，自祖父起迁居荥阳（今属河南郑州）。开成二年（837 年）进士，授秘书省校书郎，补弘农尉。当时牛（僧孺）、李（德裕）党争激烈，李商隐娶属于李党的泾原节度使王茂元之女为妻，为牛党所憎，卷入政治斗争旋涡之中，一生沉浮不定，仕途坎坷。罢官后闲居郑州，郁郁而终，时年仅四十多岁，尚在大有可为的壮年。

李商隐是晚唐诗之重镇，与杜牧齐名，时称"小李杜"，又与温庭筠并称"温李"。除以诗名世之外，李商隐复擅骈文，他与也以骈文著名的温庭筠、段成式皆排行第十六（如李白在同族兄弟中"排行"第十二，故世称"李十二"），所以他们的骈文时号"三十六体"。李商隐最优秀的诗作，是借古讽今的咏史诗和缠绵悱恻的爱情诗。从今日的流行歌曲《昨夜星辰》里，都可以听到他《无题》诗中的"昨夜星辰昨夜风"的遥远的回声。他的部分作品因寄托太深、多用典故而不免流于晦涩，但多数作品构思精巧，想象丰富，语言优美，情韵悠长。他的绝句深细绵邈，克服了中唐一些绝句平直浅露的弊病。他的律诗典丽精工，是继杜甫之后在律诗特别是七律创作方面成就最大者。在他现存的二百五十余首绝句中，有许多咏史、怀古、写景以及抒写爱情主题的名作，如"北湖南埭水漫漫，一片降旗百尺竿。三百年间同晓梦，钟山何处有龙盘"（《咏史》）；"宣室求贤访逐臣，贾生才调更无伦。可怜夜半虚前席，不问苍生问鬼神"（《贾生》）；"竹坞无尘水槛清，相思迢递隔重城。秋阴不散霜飞晚，留得枯荷听雨声"（《宿骆氏亭寄怀崔雍崔衮》）；"楼上黄昏欲望休，玉梯横绝月如钩。芭蕉不展丁香结，同向春风各自愁"（《代赠》）。

《夜雨寄北》一诗，更是李商隐众多珍珠般的绝句中最晶莹的一颗。此诗约写于大中二年（848 年）左右，李商隐其时流寓巴蜀，在剑南东川节度使府做幕僚，他的夫人王氏留居长安，所以此诗题目一作《夜雨寄内》。有人也认为此诗是写给长安的友人的，但从全诗的意境与别题"寄内"而言，还是认定写给妻子为佳。这首诗，抒情情深意远，构思婉曲回环，借用音乐的术语，是一阕情切切而意绵绵的"回旋曲"。诗人以当下的情境"巴山夜雨涨秋池"为抒情的中心。首句"君问归期未有期"，空间上从远在长安的对方写起，可见双方忆念之深，相聚之难。次句回到诗人写诗的此时此地，空间是巴蜀，时间是撩人愁思的淫雨霏霏的秋夜，这样既表现了诗人当下的羁留景况与相忆之情，也补足申说了"未有期"的原因。如果说，前两句主要是从空间上分写对方与此地，那么，后两句则主要是从时间上合写未来与现在。"何当",系"何时"之意。"剪烛",烛心因久燃而结成穗状的烛花,剪去则烛光明亮。"何当共剪西窗烛",相见无由,一个"共"字写出的是诗人对未来的希望。他日"夜阑更秉烛,相对如梦寐"(杜甫句)时谈些什么呢?"却话"为"再说""还说"之意,"却话巴山夜雨时",意即未来重聚之日,我们再来互相倾诉此时此夜的相忆之情吧。全诗就是这样一笔从未来荡回到现在,构成了一个首尾呼应婉曲回环的艺术整体,前人曾美其名曰"水精如意玉连环"。产生这种章法与音调上曲折多姿回环往复的艺术效果,除了构思巧妙之外,还因为李商隐喜欢在诗中重复某些字句,如"昨夜星辰昨夜风"(《无题》),"刻意伤春复伤别"(《杜司勋》),"地险悠悠天险长"(《南朝》),等等。而在《夜雨寄北》一诗中,"期"字两见,"巴山夜雨"更是四字重出。绝句本来一般应力避重字,李商隐却偏偏犯难冒险而取得成功,说明他在夕阳西下的晚唐,确实是才情并茂的诗林高手,才识无双的诗国大家。

杰出的作品有如一面高扬的旗帜,总是使人望风来归。北宋王安石有《与宝觉宿龙华院》:"与公京口水云间,问月何时照我还?邂逅我还还问月,何时照我宿金山?"南宋杨万里有《听雨》:"归舟昔岁宿严陵,雨打疏篷听到明。昨夜茅檐疏雨作,梦中唤作打篷声。"如果谁能有缘前去宋代,并面询他们是否受到过李商隐诗的影响,王安石与杨万里虽均为一代大家,但肯定都会含笑承认。

诗的舞蹈
——《商山早行》

晨起动征铎，客行悲故乡。

鸡声茅店月，人迹板桥霜。

槲叶落山路，枳花明驿墙。

因思杜陵梦，凫雁满回塘。

一

在中国古典诗歌意象艺术中，有一种极为高明的同时也是富于民族艺术传统特色的诗艺，那就是清代方东树在《昭昧詹言》中所说的"语不接而意接"，西方诗论所说的"意象脱节"。

倡导"脱节"译法的，是美国加利福尼亚大学华裔学者、诗人叶维廉。在他的《中国诗学》中，他从比较诗学的角度，举述了许多中国古典诗例，论证了中国古典诗与英美现代诗美学的汇通。他认为杜审言《和晋陵陆丞早春游望》中的"云霞出海曙，梅柳渡江春"，可以有两种译法，一是"云和雾在黎明时走向大海，梅和柳在春天越过了大江"，一是"云和雾 / 向大海 / 黎明 / 梅和柳 / 渡过江 / 春"，他认为后一种译法较前一种译法为佳，因为他觉得"缺失的环节一补足，诗就散文化了"。

意象派是现代西方诗歌和美学流派之一，产生于 20 世纪初，盛行于 20 世纪上半叶，主要代表人物是美国的庞德、洛威尔和英国的阿尔丁顿等人。

开创意象脱节的翻译法先例的，是西方意象派的领军人物庞德。对于李白《古风》其六与其十四中的"惊沙乱海日"和"荒城空大漠"两句，他是这样翻译的："惊奇。沙漠的混乱。大海的太阳。""荒凉的城堡。天空。广袤的沙漠。"庞德从翻译中见识了我们的唐诗之后，从中领悟到意象脱节这样一种奇妙的技巧，并化用到他的创作之中去，如《诗章》第四十九："雨；空旷的河，一个旅人。秋月；山临湖而起。"而他的名作《地铁站台》初稿是三十六行，最后压缩为两行，发表时是如此分行排列的，有如飘逸的舞步：

> 人群中　出现的　那些脸庞
> 潮湿黝黑　树枝上的　花瓣

　　对于他的这一作品，论者认为他是在自觉地追求中国方块字的意象脱节的艺术效果。西方的碧眼黄髯儿尚且漂洋过海来朝拜我们的唐诗，我们的当代诗人难道还可以"藏金于室而自甘冻饿"吗？

　　这里，且让我们越过一千多年的时间长河，去看看晚唐诗人温庭筠在清晨商山道上的且歌且舞，那就是他的名作《商山早行》：

> 晨起动征铎，客行悲故乡。
> 鸡声茅店月，人迹板桥霜。
> 槲叶落山路，枳花明驿墙。
> 因思杜陵梦，凫雁满回塘。

　　商山，在今陕西省东南部的商洛市商州区之南，原名楚山，旁有楚水，今名刘家峪水，流入丹江。从山水之名，也可证明这里是楚国的发祥地和势力范围之一。温庭筠这首诗从整体来看固然不错，但它之所以声名远扬，主要还是由于第二联："鸡声茅店月，人迹板桥霜。"关于这一联，除了清代颇有见地的诗评家薛雪在《一瓢诗话》中一时失手，竟然批评它是"村店门前对子"之外，曾得到许多论者的赞赏。例如一代文宗欧阳修，不仅在《六一诗话》中誉之为"道路辛苦，羁旅愁思，岂不见于言外乎"，而且还仿作了并没有出蓝之美的两句："鸟声梅店雨，野色柳桥春。"（《过张至秘校庄》）明代李东阳的评论则不但是从诗的意象着眼，同时还初步接触到了温诗意象组合诗艺的特色，比欧阳修大大深入了一步，他说："'鸡声茅店月，人迹板桥霜'，人但知其能道羁愁野况于言意之表，不知二句中不用一二闲字，止提掇出紧关物色字样，而音韵铿锵，意象具足，始为难得。"（《麓堂诗话》）温庭筠这一联，只是生活和他的心灵交会时所发出的诗之光亮，他也许并没有自觉地意识到他是运用了何种技巧，然而，这并不妨碍诗论家们上升到理论的高度，称之为"语不接而意接"，或曰"意象脱节"。

意象脱节的诗艺特征，就是根据汉字的象形和一字一意的特点，在诗句的组织构造上，努力省略介词、连词、语气词等虚词，而只让实词特别是其中的名词组合在一起构成诗的意象。这是语法标记十分明确的印欧系语言所无法做到的，因为在汉语言文字里，关系词的有无可以有很大的伸缩性，而印欧语系有关系词的地方则不能省略。在温庭筠之前，杜甫已经探索了此种诗艺的奥妙，他曾经点化庾信的"终封三尺剑，长卷一戎衣"为"风尘三尺剑，社稷一戎衣"（《重经昭陵》）。他在湖南衡阳送人去广州的诗中，也有"日月笼中鸟，乾坤水上萍"（《衡州送李大夫七丈勉赴广州》）之句。此外，"西山白雪三城戍，南浦清江万里桥"（《野望》），"水落鱼龙夜，山空鸟鼠秋"（《秦州杂诗》），"风烟巫峡远，台榭楚宫虚"（《赠李八秘书别三十韵》），"白狗黄牛峡，朝云暮雨祠"（《奉使崔都水翁下峡》），"细草微风岸，危樯独夜舟"（《旅夜书怀》），"水阔苍梧野，天高白帝秋"

（《暮秋将归秦，留别湖南幕府亲友》），等等，都是意象脱节的范例。

早在宋代，吴沆在《环溪诗话》中就曾引张右丞的话，论及老杜的这种诗艺，他说："杜诗妙处人罕能知。凡人作诗，一句只说得一件物事，多说得两件。杜诗一句能说得三件、四件、五件物事。……且如'重露成涓滴，稀星乍有无'，也是好句，然'露'与'星'只是一件事。如'孤城返照红将敛，近市浮烟翠且重'，亦是好句，然有'孤城'，也有'返照'，即是两件事。又如'鼍吼风奔浪，鱼跳日映沙'，有'鼍'也，'风'也，'浪'也，即是一句说三件事。如'绝壁过云开锦绣，疏松夹水奏笙簧'，即是一句说了四件事。至如'旌旗日暖龙蛇动，宫殿风微燕雀高'，即是一句说五件事。惟其实，是以健；若一字虚，即一字弱矣。"到了清代，黄生在《杜诗说》中谈到杜甫《更题》中"直怕巫山雨，真伤白帝秋。群公苍玉佩，天子翠云裘"这两联时说："下联句中不用虚字，谓之实装句。苍玉佩，翠云裘，点簇浓至，与三四寥落之景反照，此古文中写照传神之妙。"温庭筠继承了老杜的"实装句"的诗艺，"鸡声茅店月，人迹板桥霜"每句全是用三个实体性的名词组合，省略了其中关联词语，意象极为鲜明突出。从这里，可以看到意象脱节的诗艺遣词造句的特点。

意象脱节的诗艺，能极大地增强诗的意象密度，以及诗句的劲健的张力。同时，因为意象与意象之间省略了那些关联的成分，语虽不接而意蕴若断若续，所以就提供了广阔的让读者联想和想象的天地。在温庭筠的诗中，"鸡声茅店月，人迹板桥霜"十个字表六件事物，密度极高，力度极强，写他乡郊野的旅况，时间是从五更时分到天色微明，景物是听觉形象与视觉形象相交织，人物的内心情感完全交融在所描绘的周遭景色之中。六个名词，像六盏聚光灯照耀，具有极为强烈集中的效果；又像江上流云掩映的数座青峰，让人们去遐想和补充峰峦之间的空白。与温庭筠同时的诗人李商隐经过湖南长沙时，在他的《潭州》诗中也有"陶公战舰空滩雨，贾傅承尘破庙风"之句。在温庭筠之后，宋人黄庭坚《次元明韵寄子由》中的"春风春雨花经眼，江北江南水拍天"，《寄黄几复》中的"桃李春风一杯酒，江湖夜雨十年灯"，陆游《书愤》中的"楼船夜雪瓜洲渡，铁马秋风大散关"，金元之交的诗人元遗山《甲辰秋留别丹阳》中的"严城钟鼓月清晓，老马风沙人白头"，元人马致远《天净沙·秋思》中的"枯藤老树昏鸦，小桥流水人家，古道西风瘦马"，元人虞集《风入松·寄柯敬仲》中的"报道先生归也，杏花春雨江南"，都是出自同样的机杼和诗心。在当代新诗与旧体诗创作中，这一诗艺还没有得到足够的重视与运用。早在 20 世纪 30 年代之初，中国新诗的开拓者臧克家就写出了他的代表作之一的《三代》："孩子，在土里洗澡 / 爸爸，在土里流汗 / 爷爷，在土里葬埋。"贺敬之 20 世纪 50 年代中期所作《放声歌唱》中的"春风。秋雨。晨雾。夕阳。……轰轰的车轮声。嗒嗒的脚步响"，以及"五月——麦浪。八月——海浪。桃花——南方。雪花——北方"，继承和发扬的就正是古典诗歌中"意象脱节"诗艺的一脉心香。但后继乏人，他们的上述探索至今似乎仍是空谷足音。

诗重比喻，诗论何莫不然？清初诗论家吴乔在《围炉诗话》中对诗文有一著名比喻："意喻之米，饭与酒所同出。文喻之炊而为饭，诗喻之酿而为酒。"斯言妙哉！无独有偶，中外同心，法国 20 世纪象征主义名诗人瓦雷里为了说明诗歌与散文的不同，曾在《诗》一文中说："散文是走路，诗歌是跳舞。"妙哉斯言！诗不是规行矩步的散步，而是风吹仙袂飘飘举的舞蹈。让我们欣赏那"意象脱节"或者说"语不接而意接"的舞姿而如饮纯醪醺然欲醉吧！

二

遥忆 20 世纪的 1956 年，我这个中师学生由于命运的眷顾，在毕业之时，就将自己的名字写入了北京师范大学中文系的花名册。入学不久，系里请来贺敬之座谈并演讲。其时他年方而立，但早已以歌剧《白毛女》的作者身份闻名于世，而且以新作长篇抒情诗《放声歌唱》而名噪一时。犹记他自诵时，如下诗句给我留下了深刻的印象，如鲜花之开。半个世纪后，怒放有如昨日。"五月——麦浪。八月——海浪。桃花——南方。雪花——北方。"许多年之后，我才知道这种诗艺在中国古典诗歌中称为"列锦法"，在现代新诗中名为"意象并列"，贺敬之远承的，正是包括温庭筠《商山早行》在内的古典诗歌的一脉心香。

温庭筠（约801年—约866年），本名岐，字飞卿，在兄弟中排行十六，太原（今山西太原）人。贞观年间宰相温彦博之裔孙。他才思敏捷，通晓音律，下笔万言，每入试，叉手八次即成八韵，时人号称"温八叉"或"温八吟"。他的诗与李商隐齐名，时称"温李"。又与李商隐、段成式以骈文绮丽名世，因三人皆排行十六，故曰"三十六体"。除诗与文之外，他是民间词向文人词过渡的关键人物，其词为晚唐至五代的"花间词派"的鼻祖。温庭筠虽才华横溢，但相貌奇丑，人称"温钟馗"。他性格耿直恃才傲物，又好针砭时弊讥讽权贵，加之生活放荡不羁，故为执政者所恶，屡举进士不第，身为高官后裔而沉沦下僚。大中十三年（859年）出任隋县（约相当于今湖北随县）尉；咸通七年（866年），任国子助教，故人亦称"温助教"，冬，贬方城尉。才人命薄，不久就去世了。

人在人情在，大约是先辈的福泽已经不能润及自身，加之性格倨傲、生活放浪，所以温庭筠命运多舛。他不仅留下了许多绝妙好词，也留下了不少名标诗史的好诗，这已经足以补偿他怀才不遇之不幸而有余了，那些排挤打击他的权柄在握的执政者，今日早已成了渺无痕迹的历史烟云。今天，我们且读温庭筠的名作之一：《商山早行》。

这首诗，大约写于大中十三年（859年），温庭筠被贬为隋县尉，遂离开长安南下，至襄阳，留任山南东道节度使徐商幕府。此诗即作于途经商山时。这是一幅山野早行图，一阕旅人怀乡曲。"商山"，又称商阪、楚山、地肺山，在今陕西商洛东南，唐诗人戎昱《过商山》诗曾有"雨暗商山过客稀，路傍孤店闭柴扉"之句。诗的首联"晨起"点明题目中"早行"之"早"，"客行"则抒发漂泊在外怀念故乡之情。"铎"，系在马颈上的铜铃，黎明时准备远行的车马铃声响起，这是视觉意象兼听觉意象，一派忙碌的早行情景。颔联一写仰观之"月"，重点在诉之听觉的"鸡声"，一写俯视之"霜"，重点在诉之视觉的"人迹"，二者仍然扣紧"早行"之题目。颈联续写早行路上的情景，"槲叶"一本作"檞（jiě）"叶，二者均为落叶乔木，山路上落满了槲树的枯叶，说明时令已是深秋，而且"山路"也表明诗人是行于丛山之中，从而照应题目。"驿"，为古代信使或官吏暂住和换马的处所。上句写叶，下句写花。"枳"，一种落叶灌木，"明"为形容词作动词，枳花明亮鲜艳在驿墙之上，既是路边所见，也表行行复行行，天色已经由微明而大亮，此所谓一石二鸟之笔。"杜陵"，在长安城南，因系汉宣帝刘询陵墓所在而得名，诗人久住长安，他已经将长安当作他的第二故乡了。山行途中，他不禁回想起昨夜的梦境。"凫"，野鸭；"回塘"，弯曲的池塘。家乡的曲折池塘里野鸭戏水，那情景是多么亲切温馨而令漂泊的旅人怀想啊；结句照应开篇之"悲故乡"，首尾环合，全诗构成了一个完美的艺术整体。温庭筠还有一首《碧涧驿晓思》，也是一首行旅诗，可以互参："香灯伴残梦，楚国在天涯。月落子规歇，满庭山杏花。"

《商山早行》一诗，最大的亮点就是"鸡声茅店月，人迹板桥霜"一联，如果全诗是一幅锦绣，这一联就是锦上所添之花。后人对此联均表示激赏，大文豪欧阳修甚至模仿这一联，在《过张至秘校庄》一诗中写下"鸟声梅店雨，野色柳桥春"之句。此联十个字分别写了六种景物：鸡声、茅店、月、人迹、板桥、霜，六个名词并列组合在一起，中间没有任何关联之词连接，意象鲜明，引人联想，这在古典诗艺中称为"列锦法"，在现代诗学中名之曰"意象并列"。当然，这并非温庭筠的首创，杜甫早有"水落鱼龙夜，山空鸟鼠秋"（《秦州杂诗》）、"白狗黄牛峡，朝云暮雨祠"（《奉使崔都水翁下峡》）等诗句了，但似不及温诗人这一联有名。后来陆游《书愤》中的"楼船夜雪瓜洲渡，铁马秋风大散关"，元代马致远《天净沙·秋思》中的"枯藤老树昏鸦，小桥流水人家，古道西风瘦马"，虞集《风入松·寄柯敬仲》中的"凭谁寄，银字泥缄。报道先生归也，杏花春雨江南"，似乎都和温庭筠的上述名句有某种关联。

本文开篇就提到《放声歌唱》，古今一脉，古为今用，温庭筠的"庙宇"虽不很大，但我怀疑贺敬之年轻时也曾前去"进香"。

宋词史上最早的大家
——《雨霖铃》

寒蝉凄切，对长亭晚，骤雨初歇。都门帐饮无绪，留恋处，兰舟催发。执手相看泪眼，竟无语凝咽。念去去，千里烟波，暮霭沉沉楚天阔。

多情自古伤离别，更那堪，冷落清秋节。今宵酒醒何处？杨柳岸，晓风残月。此去经年，应是良辰好景虚设。便纵有千种风情，更与何人说？

王国维是晚清的大学者，他在其名著《人间词话》中有如下名言："古今之成大事业、大学问者，必经过三种之境界。"他以晏殊《蝶恋花》中的"昨夜西风凋碧树，独上高楼，望断天涯路"为第一境，以柳永《凤栖梧》中的"衣带渐宽终不悔，为伊消得人憔悴"为第二境，辛弃疾《青玉案·元夕》中的"众里寻他千百度，蓦然回首，那人却在，灯火阑珊处"为第三境。王国维最后强调的是："此等语皆非大词人不能道。"柳永何幸，他抒写情爱的名句被近代大学问家引用并赋予新义，而且与晏殊、辛弃疾一起相提并论，被定位为大词人。生时坎坷不遇且被晏殊轻蔑奚落过的柳永有知，只怕会高兴得笑出声来吧？

柳永（约987年—约1053年），崇安（今福建武夷山）人，原名柳三变，字景庄，与兄弟柳三复、柳三接齐名，号称"柳氏三绝"。他在兄弟中排行第七，故又称"柳七"，约在中年以后易名为柳永，字耆卿。他登进士后曾官屯田员外郎，故世称"柳屯田"，有《乐章集》刊行于世。柳永出身于官宦书香世家，其父柳宜任南唐之监察御史，入宋后于宋太宗时登进士第，官至从三品之工部侍郎，其长兄柳三复也早登进士第，时在天禧三年（1019年）。柳永最初当然也热衷于像父兄一样科举入仕，但他在宋真宗时首次应试就名落孙山，怀才不遇的他愤而转向舞榭歌楼烟花巷陌，以通俗而优美的歌词挥洒天生的才华，寻求青春的寄托与安慰，正如同他的《鹤冲天》词所唱："青春都一饷，忍把浮名，换了浅斟低唱。"在市民阶层中也在士大夫中声名鹊起。他毕竟于浮名不能忘情，于是第二次应举。据说临放榜之时，仁宗问询："得非填词柳三变乎？"大臣答"是"，仁宗的最高指示却是："且去填词！"再次被黜之后的柳永于是更加放浪江湖，自称"奉旨填词柳三变"。此说见于吴曾《能改斋漫录》，其真实性当代学者曾表示怀疑，但柳永却确实遭到过位极人臣的宰相晏殊的奚落。稍后的诗人张舜民《画墁录》记载，柳永无奈之下去干谒晏殊，晏殊问其作曲（词）否，他恭谨地回答也像相公一样作曲，晏殊冷然而对：我虽作曲，但未像你写过"彩线慵拈伴伊坐"。当时占领词坛主流的大臣词人，他们尚未能跳出官体诗词的雍容华贵的窠臼，对另类而大受民间欢迎的柳词羡慕嫉妒恨，而柳词的活色生香传播民间的特色也于斯可见。南宋叶梦得《避暑录话》中说："余仕丹徒，尝见一西夏归朝官云，'凡有井水处，即能歌柳词。'"可见其词在宋代流播之广，如同现在的最热门的流行歌曲。

我说柳永是"宋词史上最早的大家"，是基于如下的理由：他创作于真宗与仁宗朝的三十余年间，宋代开国不久，之前和之后相当长的时间中，词坛几乎无人可与他比并；他是北宋第一个专业作词的词人，今存词二百一十二首，开拓了词的题材领域，开创了慢词即长调词的体式，开启了俗中有雅的通俗歌词流派，开辟了五代之后词创作的新局面和新道路。以上的特色和成就，从《雨霖铃》一词也可以由一斑而窥全豹。

寒蝉凄切，对长亭晚，骤雨初歇。都门帐饮无绪，留恋处，兰舟催发。执手相看泪眼，竟无语凝咽。念去去，千里烟波，暮霭沉沉楚天阔。

多情自古伤离别，更那堪，冷落清秋节。今宵酒醒何处？杨柳岸，晓风残月。此去经年，应是良辰好景虚设。便纵有千种风情，更与何人说？

柳永之词以题材论，大体可分为三类：都市风光词，如"东南形胜，三吴都会，钱塘自古繁华"（《望海潮》）；歌妓情爱词，如"结前期，美人才子，合是相知"（《玉蝴蝶》）；羁旅别离词，如上述这首《雨霖铃》，这首词是柳永的代表作之一，也是宋词中的经典作品。六十字以下的小令，是唐五代文人词的基本形式，九十字左右的长调（慢词），在柳永词中约有七十余调，词约一百余首，可以说，词中长调起源于北宋，开创之功属于柳永。此词分上下两阕，尽显柳永慢词空灵而有序的铺叙之功及严整而自由的结构之美。上阕诉诸实写，记叙与恋人依依惜别的情景，景中有情；下阕见于想象，设想与恋人别后无法排遣的相思之苦，情中有景。全词由现实空间写起，"寒蝉"点明节令，"长亭"与"都门"点明地点，"兰舟"点明行旅之具，"执手相看"点明主客两方。词笔有"点染"之法，前面几句是"点"，"念去去"三句则是"染"，以思念中的空间渲染过渡到下阕。下阕起首三句紧承上文的秋日别离，"多情自古伤离别，更那堪，冷落清秋节"，这是千古传唱的言情名句，这三句也是"点"；下面同为好句的"今宵酒醒何处？杨柳岸，晓风残月"则是渲染之"染"。王勃在《滕王阁序》中所说的"四美具"之四美，就是所谓"良辰美景赏心乐事"，柳永此词结尾处向恋人表明心迹：别后他乡的自然界仍会有"良辰好景"，但却形同"虚设"，因为纵有"千种"柔情蜜意的"风情"，也没有像你这样的人可以诉说啊！全词层层铺叙，开合动宕，章法谨严，一丝不走，真是言情的名篇，慢词创作的示范。

柳永第三次应试终于得中进士，时在景祐元年（1034 年），此时他已近 50 岁矣。我们今日看重的并非他的这一头衔，而是他不愧为宋词史上最早的大家，由于他多方面的开创之功，宋词在不久后迎来了姹紫嫣红的三春盛景。

可怜薄命作君王
——《虞美人》

春花秋月何时了，往事知多少。小楼昨夜又东风，故国不堪回首月明中。雕栏玉砌应犹在，只是朱颜改。问君能有几多愁？恰似一江春水向东流！

　　对于亡国之君兼词中之帝李煜其人其词的评说，从宋代以后而至今天，片言只语的品评专题论说的文章以及分节分章的研究著作，林林总总已不知多少。最令我动心的，是乾嘉之间的布衣诗人郭麐（lín，麟之异体字）的《南唐杂咏》："我思昧昧最神伤，予季归来更断肠。作个才人真绝代，可怜薄命作君王。"怀才不遇的郭麐科举落第之后绝意功名，其弟郭凤醉心诗词创作而兄弟同病相怜。此诗既抒自己心中的不平，也对李煜的结局深致同情，尤其是后两句有识有见，情文双胜，我就径取其结句做了这篇小文的题目。

　　李煜（937年—978年），徐州（今江苏徐州）人。初名从嘉，字重光，南唐中主李璟之第六子。建隆二年（961年）六月即南唐国主之位时，根据汉代扬雄《太玄经》中"日以煜乎昼，月以煜乎夜"之语，改名为"煜"。作为第六子，他本来没有可能位登大宝，但李璟次子到第五子均早亡，李煜因此事实上成为次子意外地接近权力中心。其长兄、皇太子李弘冀"为人猜忌严刻"，李煜主动表示自己无心大位，故意放情山水纵情声色，自号"钟山隐士""钟峰隐者"。然而，俗语说"命里有时终须有"，又说"是祸躲不脱"，因为李璟即位时曾表示兄终弟及，李弘冀为消除后患杀死叔父李景遂，然而不料机关算尽，反误了卿卿性命，不久后他竟然暴卒。于是，本不想当帝王的李煜事出意外地在金陵登基，成为南唐国主。

李煜才华绝代，属于罕见的天才型人物，他于诗、词、文、书法、绘画、音乐、佛学无不涉猎，也无不精通，在中国源远流长的文学艺术史上，这种全才堪称珍宝，而其词更是超一流，前人称美他为词领域的"南面王""词中之帝"，虽不无溢美，但也绝非离谱。他虽没有出色的治国才能，在行政上亦有昏庸失误之举，然而也非一无是处。他的亡国悲剧先天注定了，强大的宋王就在其北虎视鹰瞵，宋太祖早说过卧榻之旁岂容他人酣睡。南唐局促于江南一隅，地窄财薄，如同重量级拳击手之于轻量级拳击手，尚未对阵即胜负已判。李煜在位十五年，虽时作挣扎反抗却又不得不低首臣服。莎士比亚曾说，"弱者，你的名字是女人"。我们也可以仿言，"弱者，你的名字是李煜"。

开宝七年（974 年）十一月宋军大举南攻，南唐抵抗了整整一年之久，次年十二月金陵城破，后主肉袒出降，随即于开宝九年（976 年）正月被押送至宋朝京城汴梁（今河南开封）。离开金陵时，40 岁的亡国之君写有肝肠寸断的《渡中江望石头城泣下》一诗："江南江北旧家乡，三十年来梦一场。吴苑宫闱今冷落，广陵台殿已荒凉。云笼远岫愁千片，雨打归舟泪万行。兄弟四人三百口，不堪闲坐细思量！"以此为分界线，李煜现存三十余首词作，就自然地分为亡国前后两个部分：前期词作摒弃了五代花间词浓艳柔靡的缺点，开拓了词的领域，清新明丽，使人读来口舌生香；后期词作以血泪写成，视野扩大，感喟遥深，成就更远在前期之上，使人读来百感丛生而扼腕叹息。

所谓后期，即李煜从幽囚到横死，实际也只是短促的两年零七个月。许多千古绝唱都出于此时，如"往事已成空，还如一梦中"（《子夜歌》），"车如流水马如龙，花月正春风"（《望江南》），"往事只堪哀，对景难排"（《浪淘沙》），"独自莫凭栏，无限江山，别时容易见时难"（《浪淘沙令》），"剪不断，理还乱，是离愁。别是一番滋味在心头"（《相见欢》），等等皆是。又如字字血声声泪的《虞美人》：

春花秋月何时了，往事知多少。小楼昨夜又东风，故国不堪回首月明中。

雕栏玉砌应犹在，只是朱颜改。问君能有几多愁？恰似一江春水向东流！

在艺术结构上，此词以设问领起全篇，又以设问结束全词：首尾呼应，构成的是一个完整而且是完美的艺术整体。在情景设置上，此词不是一般习见的情景交融，而是笔走偏锋的"以丽景写哀情"，以愈见其哀。"春花秋月""故国月明""雕栏玉砌"等等，这都是过去的良辰美景，作者愈是描绘和渲染它们，愈是反衬出内心无尽的哀怨。前面几句乃直描式的直陈，最后却出之以前人写愁情均未如此写过的比喻，以至成为千古传诵的名句。不过，李煜的愁恨真正是一江春水向东流而无止无休了，继宋太祖之位的宋太宗赵光义本一介武夫，出于种种原因必欲除李煜以后快，太平兴国三年（978年）七月七日李煜生日之夜，令其服死状惨烈的牵机药而亡，而上述这首词，也就成了一代杰出才人的"天鹅之歌"。

自李煜之后的千余年中，亡国之君不少，包括艺术全才的宋徽宗赵佶，但未有一人得到过众生对李煜那样的追怀与礼敬。这是因为：他是一位初心无意于此而被命运推上其位的君王，他在位时既非庸君更非暴君，而算是体恤民情的仁义之君，失位后遭各种凌辱，连妻子小周后都无法保护，在未尽其绝代诗才的英年惨遭虐杀，当时的百姓及后来的众生当然对他深表惋惜与同情；李煜是世所罕见的天才诗人，他的词作尤其是后期之作，超越了帝王一家一姓的局限，他从国破家亡归为臣虏的个人独特的感受出发，以巨大的艺术概括的笔力，表现人生与生命的沧桑感与悲剧感，提炼和创造出具有普遍性的高明艺术情境，超越时空而传扬后世，其作品成为千古不磨的经典。

回到本文的题目，李煜固然是一代才人，但他如果不是如此薄命的君王，历经人生的深创剧痛，彻悟生命的无常悲剧，恐怕也难以写出如此不朽的词章吧？幸耶还是不幸？借用唐诗人罗隐《黄河》中的诗句，真是"此中天意固难明"了！

豪放词的首唱
——《渔家傲》

塞下秋来风景异，衡阳雁去无留意。四面边声连角起。千嶂里，长烟落日孤城闭。

浊酒一杯家万里，燕然未勒归无计。羌管悠悠霜满地。人不寐，将军白发征夫泪！

一九九九年秋高八月，著名诗人兼散文家余光中首度应邀访湘，我陪同全程作半月之游。在杜甫吟过范仲淹也咏过的岳阳楼头，余光中题赠给名楼的短诗是："昔闻洞庭水，今上岳阳楼／依然三层，却高过唐宋的日月／在透明的秋晴里，排开楚云湘雨／容我尽一日之乐，后古人而乐／怀千古之忧，老杜与范公之忧。"他顶礼的"范公"，就是千古名贤范仲淹，他致敬的"范公之忧"，就是千古名文《岳阳楼记》中的先忧后乐的名句，和名句所表现的博大精神与崇高风范。

范仲淹（989年—1052年），字希文，苏州吴县（今江苏苏州）人，北宋著名思想家、政治家、军事家和文学家。幼年丧父，家境岔寒而发奋攻读。他大中祥符八年（1015年）进士，康定元年（1040年）为龙图阁直学士，并为陕西经略安抚副使，兼知延州（今陕西延安），与名相韩琦一道防御崛起于西之西夏。庆历三年（1043年）任枢密副使、参知政事（副宰相），推行史称"庆历新政"的改革，一年后即因既得利益集团的保守派反对而失败，出贬外州，卒谥"文正"，世称"范文正公"。

范仲淹工于诗词散文，他的《岳阳楼记》是罢去参知政事出为地方官员的第三年，即庆历六年（1046 年）应同年进士被诬谪守巴陵郡的滕子京之请而作，文中的"先忧后乐"的名句，不仅是他的人生信念，也表现了他在屡遭贬逐之后的"宁鸣而死，不默而生"（《灵乌赋》）的人格精神。其词传世至今的只有五首，如"碧云天，黄叶地，秋色连波，波上寒烟翠"（《苏幕遮》），如"愁肠已断无由醉，酒未到，先成泪"的《御街行》，都是可圈可点的名作，但最出色且流传千古的，还是出守西部边陲时所作的《渔家傲》：

> 塞下秋来风景异，衡阳雁去无留意。四面边声连角起。千嶂里，长烟落日孤城闭。
>
> 浊酒一杯家万里，燕然未勒归无计。羌管悠悠霜满地。人不寐，将军白发征夫泪！

"渔家傲"词牌不见于唐、五代之词作，据云因晏殊词中有"神仙一曲渔家傲"而得名。双调六十二字，上下片各四个七字句、一个三字句，平仄相同，每句均用仄韵。这首词的主要价值有三，一是突破了唐末五代以来花间词多写男女恋情与艳情的樊篱，为词创作开拓了新的题材与新的境界；二是它不仅为宋代边塞词的开创之作，而且是宋代豪放词的首唱，给北宋苏轼、南宋辛弃疾的豪放派词风以深远的影响；三是不同于唐代边塞诗的刚健昂扬高唱入云，而是豪迈中不乏沉郁苍凉，表现了边塞戎马生涯的艰苦性和将士的感情之多样性与丰富性。

这首词的自然地理背景是西北边地，时代背景是宋朝与西夏的战争对峙，抒写的中心是作者的也是戍边将士的感受与心声。古老的党项族是西夏的主体民族，他们在南北朝末期开始崛起，历经大唐而至宋初，至 1038

年李元昊称帝，国号西夏，定都兴庆府（今宁夏银川），其国土方圆二万余里，东尽黄河，西界玉门，南接萧关，北控大漠，拥有宁夏全境和甘肃大部，以及陕西北部与青海、内蒙古部分地区，而宋朝开国即遵行崇文经武、守内虚外的国策，积贫积弱，对外只有招架之功。于是西夏更乘虚屡犯延州等边境地区，宋军一败于三川口（今陕西延安西北），二败于好水川（今宁夏隆德西北），再败于定川寨（今宁夏固原西北）。危难之际，范仲淹奉命镇边，负责防务，当地遂流传"军中有一韩，西贼闻之心骨寒；军中有一范，西贼闻之惊破胆"的民谣，而敌人也有"小范老子胸中有数万甲兵"之语。范仲淹与韩琦虽然守边有方，但我怀疑这仍不免有史家与文人的夸张，范仲淹词中对战局的真实描写，应该是有力的旁证。

《渔家傲》这首词上片主景，景中有情，下片主情，情中有景，而在情景相生之中，时空意象的大小变化与巨细反衬，也颇具艺术的匠心。上片首两句点明地点、季节和景物，突出风景之"异"，边地的景色不仅与中原不同，而且与作者出生的江南苏州更大异其趣。"衡阳雁去"为"雁去衡阳"（湖南衡阳市南有回雁峰，相传北雁南飞，至此而止）的倒装，"雁无留意"，也反衬征人之久戍不归。"边声"为马嘶风号胡笳金鼓的边地声音，在托名李陵的《答苏武书》中早已有"胡笳互动，牧马悲鸣，吟啸成群，边声四起"之句。边声与号角之声是听觉意象，千山万岭与长烟落日、孤城紧闭则是视觉意象，而孤城之小与千嶂之大，又在视听交织之中，构成了巨细反衬的图景。以上的种种描绘，是可见边地景物的独特之"异"，而苍凉悲壮之景，引发的则是词之下片所表现的将士们的悲壮情怀。浊酒之"一杯"与家山之"万里"，构成了小与大的强烈反照。"燕然"，即今蒙古国境内之杭爱山，东汉窦宪追击匈奴，至此刻石记功而返，如今边患未平，自然是有家而归不得。羌管悠悠与秋霜满地是声色并作的图画，也是全词最后人物出场的背景。总之，前面描绘的图景由大而小，由远而近，最后突出的是将军的"白发"与征夫的"眼泪"两个特写镜头,壮中有悲,悲中有壮,壮而不空,悲而不伤,让读者吟诵之余,味之不尽。

范仲淹的《渔家傲》,豪迈而悲凉,是宋代边塞词的首创,也是宋代豪放词的首唱。

无价的璧玉
——《浣溪沙》

晏
殊

一曲新词酒一杯，去年天气旧亭台。夕阳西下几时回？

无可奈何花落去，似曾相识燕归来。小园香径独徘徊。

诗人艾青在他的《诗论》一书中早就说过："一首诗的胜利，不仅是它所表现的思想的胜利，同时也是它的美学的胜利。"诗的"美学的胜利"，对于一首诗而言，不仅要在整体上是佳篇，而且要有突出的佳句；佳篇与佳句共存，相得益彰，那就会如无价的璧玉。北宋词人晏殊的名作《浣溪沙》就是如此。

晏殊（991年—1055年），字同叔，抚州临川（今江西抚州）人。景德元年（1004年）他14岁时，真宗召试诗赋，赐殊同进士出身，授秘书省正字。晏殊后来官至宰相，十分重视荐举人才，范仲淹、富弼、欧阳修、韩琦、张先等，都出自他的门下。这些人均为一代英才，晏殊可谓慧眼识珠。他同时又是北宋初期的重要词家，深受南唐词人冯延巳的影响，多抒写悠闲富贵的诗酒生涯、别绪离愁与珍惜年华的传统主题，雍容华贵是其作品的主要风格。存有《珠玉词》一百多首，其中不乏佳作，如："一向年光有限身，等闲离别易销魂。酒筵歌席莫辞频。满目山河空念远，落花风雨更伤春。不如怜取眼前人"（《浣溪沙》）；"绿杨芳草长亭路，年少抛人容易去。楼头残梦五更钟，花底离愁三月雨。无情不似多情苦，一寸还成千万缕。天涯地角有穷时，只有相思无尽处"（《玉楼春》）。其幼子晏几道词作与父齐名，时称"二晏"，真可谓"有其父必有其子"的文坛佳话。

"浣溪沙"，唐教坊曲名，得名自春秋时期越国美人西施浣纱于若耶溪的故事，后用为词牌。此词牌另有"浣沙溪""减字浣溪沙"等二十余种别名，在唐宋词中运用率极高，仅《全宋词》里就达七万零七十五次。这一词牌的曲调婉转轻逸，结构整饬之中而有变化，词中对偶具画龙点睛、灵光四射之美。这种特点，在晏殊此词中得到了充分而完美的表现。

词的上片，写自己与众人登亭台而持酒听曲。"一曲新词酒一杯"，化用唐朝诗人白居易《长安道》中的诗句"花枝缺处青楼开，艳歌一曲酒一杯"。以"新词"易"艳歌"，内涵自是不同，而且见出才华秀发的抒情主人公之诗酒联欢，风流自赏。晚唐诗人郑谷《和知己秋日伤怀》："流水歌声共不回，去年天气旧亭台。梁尘寂寞燕归去，黄蜀葵花一朵开。"此诗作于唐朝灭亡之后，其家国兴亡不胜今昔之感打动了晏殊的感时伤逝之心，他不但承继了诗中"燕"的意象，化"燕归去"而作"燕归来"，而且直接将"去年天气旧亭台"一语移植于自己的词中，连借条也未开具一张。然而，亭台依旧，人事已非，何况"夕阳西下几时回"，良辰美景转瞬之间成为往事，时光一去不返，徒然留下无限的惆怅。追昔忆往的惆怅之情，正是天下众生所普遍具有的感情体验，晏殊之词抒写了这一普遍性的情感，所以才能扣人心弦。

词的下片，紧承上片所抒发的时光流逝、盛筵难再的感慨，写自己独步小园所体悟的人生哲理。"香径"，小园中的落花飘香的小路。词人在小径上独自徘徊，是感慨韶光一去不返？是感喟美景不能长留久驻？是感怀生命短促人生易老？纷至沓来的思绪凝成了佳篇中的佳句。"无可奈何花落去，似曾相识燕归来。"这是晏殊招牌式名句，也是情致缠绵的工对。"无可"对"似曾"，虚字两两相对；"奈何"对"相识"，动词两两相对；"花落去"对"燕归来"，"去"与"来"之语义一正一反，两个短语又是所谓的"主谓短语"相对。如此妙手天成，难怪得到历代评论家的盛赞。此联不仅对仗绝佳，更因为其中蕴含了对宇宙、人生的一种哲理性的思考与探索，启悟着今日的我们：岁月更替而人生无常，这是不以人的意志为转移的自然规律，但我们还是要以乐观的态度对待时间和生命，百倍珍惜稍纵即逝的时光，创造和享受生命的"正能量"。

　　关于这首词中的这一千古妙对，还有不得不补充申说的故事。据说晏殊早就有"无可奈何花落去"一语在心，并且书之于壁，只是久久想不出合适而佳妙的对句。宋仁宗天圣（1023年—1032年）初年，身为宰辅的他因事路过扬州，认识了颇有才学的江都（扬州的别称）尉王琪，王琪答之以"似曾相识燕归来"。晏殊大喜，对其十分赏识，回京之后还举荐王琪入朝，授其馆阁校勘之职。清人陆以湉《冷庐杂识》说："王之才固足称，元献（晏殊之谥号）服善之雅，亦何可及耶！"天圣五年（1027年），晏殊罢相出知南京应天府（今河南商丘），城东是梁苑旧址，他曾作一诗给官为校勘的王琪与官为寺丞的张先："元巳清明假未开，小园幽径独徘徊。春寒不定斑斑雨，宿醉难禁滟滟杯。无可奈何花落去，似曾相识燕归来。游梁赋客多风味，莫惜青钱万选才。"（《示张寺丞王校勘》）《浣溪沙》词中的妙联在诗中原封不动地"再版"，可见晏殊对其多么珍爱！

悲欣交集的二重奏
——《生查子》

去年元夜时，花市灯如昼。月上柳梢头，人约黄昏后。

今年元夜时，月与灯依旧。不见去年人，泪满春衫袖！

　　大唐的文学艺术的金黄色帷幕轰然降下之后，时至文运昌隆的宋代，那金色的帷幕复又徐徐升起。继王禹偁、林逋、范仲淹、柳永、张先、晏殊、宋祁、梅尧臣等人先后走上前台，一代文宗欧阳修终于从江西吉州跋山涉水而来，他在台中站定，宣告一个新的诗与散文的时代于焉开始。

　　欧阳修（1007年—1072年），字永叔，自号醉翁，又号六一居士，吉州吉水（今属江西）人，天圣八年（1030年）进士，历任枢密副使、参知政事、谥"文忠"。他在散文、诗、词、诗话等领域内都有卓越的成就，是宋代文坛乃至中国古典文学史上全面发展的颇具美誉的大匠。其文章为天下冠，是"唐宋八大家"之一，如《醉翁亭记》《秋声赋》等，都是脍炙人口的散文名篇。其词集名《六一词》，"泪眼问花花不语，乱红飞过秋千去"（《蝶恋花》），"弄笔偎人久，描花试手初。等闲妨了绣功夫，笑问鸳鸯双字怎生书？"（《南歌子》），风格以流丽而隽永取胜。他是宋诗革新运动的领袖，反对宋初西昆体浮华绮靡的诗风，其作品清俊奇纵处似李白，苍劲雄健处如韩愈，有所师承而自成一家，"雪消门外千山绿，花发江边二月晴"（《春日西湖寄谢法曹歌》），"百啭千声随意移，山花红紫树高低。始知锁向金笼听，不及林间自在啼"（《画眉鸟》），都是其诗作的名篇俊句。

他的《六一诗话》，对"诗话"这一中国所独具的文学评论体裁，则有导夫先路的开创之功，以后继起的诗话、词话、剧话、文话均得其余泽而络绎不绝。至于他之热心提携晚辈奖掖后进，更是传为千古之佳话美谈，如"三苏"、曾巩、王安石等人均出自他的门下，而"出人头地"这一成语，正是从他对苏轼的奖誉和期许而来。总之，并非上级指定或同仁吹捧，欧阳修以他的道德与文章，当之无愧地成为一代文宗，众望所归地成为文坛领袖。

宋代没有唐代那样多元而开放，"理学"或者说"道学"兴盛，所以宋诗中的爱情诗颇为歉收，佳作尤少，陆游写沈园与唐婉的爱情诗因此而更加名重一时。所谓"词为诗之余"，爱情不宜在"诗言志"的正统的诗中得到应有的表现，于是作者纷纷走私到另类的词的领域，以至令人意夺魂消的抒写儿女之情的佳作，多见于宋词。欧阳修作为风骨峻肃的朝廷大臣，领袖群伦之文坛盟主，他也有数量相当可观的风情旖旎之作，如颇具民歌风的抒写采莲少女恋情的《渔家傲》："近日门前溪水涨，郎船几度偷相访。船小难开红斗帐，无计向，合欢影里空惆怅。　愿妾身为红菡萏，年年生在秋江上。重愿郎为花底浪，无隔障，随风逐雨长来往。"又如抒写城市元夜张灯，儿女爱情的《生查子》：

　　去年元夜时，花市灯如昼。月上柳梢头，人约黄昏后。
　　今年元夜时，月与灯依旧。不见去年人，泪满春衫袖！

这首词，有人以为是朱淑真作。清代王士禛《池北偶谈》云："今世所传女郎朱淑真'去年元夜时，花市灯如昼'（《生查子》词），见《欧阳文忠公集》一百三十一卷，不知何以讹为朱氏之作。世遂因此词，疑淑真失妇德，纪载不可不慎也。"陆以湉《冷庐杂识》也认为："'去年元夜'一词，本欧阳公作，后人误编入《断肠集》。"后继的在词学理论与词集编选上颇具功力的叶申芗，在他仿作孟棨《本事诗》而作的《本事词》一书中，也明确指出："此六一居士词。"

"生查子"，唐教坊曲，后为词牌名。双调，四十字，上下阕各四句，格式相同，各两仄韵。元夜，即农历正月十五元宵之夜。从唐朝开始，民间即有观灯逛花市闹元宵的风俗，而北宋则从十四至十六开宵禁三日，不但全民狂欢，年轻男女尤其是深闺少女宅家禁闭之余，更有了终年不遇的幽期密约的良机。柳永《迎新春》说"更阑烛影花阴下，少年人，往往奇遇"，辛弃疾《青玉案》说"众里寻他千百度，蓦然回首，那人却在灯火阑珊处"，那光景，有点像今日的情人节。欧阳修此词，正是以元宵游赏写青春情爱。在艺术结构上，它以抒情主人公为中心（性别若何，似不必坐实，留有想象余地为佳），以同一空间不同时间的景况对比结撰成章。"去年元夜"与"今年元夜"是不同时间，分别引起上下两阕，花市、彩灯、明月、柳梢是同一空间的相同景物，而同中却有关键之异：去年是人约黄昏后，乐何如之？今年则不见去年人矣，伤之如何？此外，作者不仅讲究章法，也讲究句法与字法，在短短的如斯小令中，他为我们留下了"月上柳梢头，人约黄昏后"的千古名句，提前为后世许许多多热恋中人布景；而字法呢，作者又运用了一字多次出现的"同字"艺术，如"去年""今年""花""灯""月""人"等等，反之复之，它们既突出了全词的诗意诗情，又加强了诗的和谐悦耳的旋律美，让读者如同倾听优美而不无感伤的乐曲的演奏。

悲欣交集的二重奏，欧阳修的《生查子》啊！

诗不厌改
——《念奴娇·赤壁怀古》

苏轼

大江东去，浪淘尽，千古风流人物。故垒西边，人道是，三国周郎赤壁。乱石穿空，惊涛拍岸，卷起千堆雪。江山如画，一时多少豪杰！

遥想公瑾当年，小乔初嫁了，雄姿英发。羽扇纶巾，谈笑间，樯橹灰飞烟灭。故国神游，多情应笑我，早生华发。人生如梦，一樽还酹江月！

在中国诗歌史上，一挥而就文不加点的优秀作品虽然并不罕见，但更多的出色篇章是旬锻月炼再三熔铸而成的。诗的修改，就像铁匠在铁砧上锤打刚从炉膛里出来的坯件，去掉它的杂质；就像工艺美术家挥动他的雕刀，在一块玉石一方木料上舍弃多余的部分，雕镂出完美的艺术品。

古典诗史记载着许多诗人修改作品的佳话。一种是转益多师，虚心听取别人的意见或请别人修改自己的作品。韩愈与贾岛"推敲"的典故，是人所熟知的了。又如"一字师"的故事，最早恐出自元人辛文房所著《唐才子传》，据载唐诗僧齐己听取诗人郑谷的意见，修改自己的诗句"自封修药院，别下著僧床"为"自封修药院，别扫著僧床"，此书还记叙了下述有名的例子："齐己携诗卷来袁（袁州，今江西宜春——引者注）谒谷，《早梅》云：'前村深雪里，昨夜数枝开。'谷曰：'数枝非早也，未若一枝佳。'己不觉投拜，曰：'我一字师也。'"关于元代诗人萨都剌，也有类似的故事。

清人施闰章《蠖斋诗话》载："元萨天锡诗'地湿厌闻天竺雨，月明来听景阳钟'，脍炙于时，山东一叟鄙之，萨往问故，曰：'此联固善，"闻""听"二字一合耳。'萨问：'当易以何字？'叟徐曰：'看天竺雨。'萨疑'看'字所出，叟曰：'唐人有"林下老僧来看雨"。'萨俯首，拜为一字师"。

另一种情况则是以高度的责任感，精心地反复修改自己的诗作。宋代诗人张耒就"尝于洛中一士人家，见白公（指白居易——引者注）诗草数纸，点窜涂抹，及其成篇，殆与初作不侔"（《诗人玉屑》卷八）。宋代吕本中所撰《吕氏童蒙训》，也记载欧阳修作诗时，先将草稿贴在壁上，时常加以修改，"有终篇不留一字者"。黄庭坚也常在多年后改定自己以前的作品，至于王安石的名句"春风又绿江南岸"的改成，则更是为读者所熟知而不须赘述的范例与佳话了。

苏东坡，这位文学史上多才多艺的大家，在词国开疆拓土高举革新大旗的人物，正如他自己所说的"已分酒杯欺浅懦，敢将诗律斗深严"（《谢人见和前篇二首》），创作态度也极为严肃。宋人何薳《春渚纪闻》就曾经记载："薳尝于文忠公（指欧阳修——引者注）诸孙望之处，得东坡先生数诗稿，其和欧叔弼诗云：'渊明为小邑。'继圈去'为'字，改作'求'字，又连涂'小邑'二字，作'县令'二字，凡三改乃成今句。至'胡椒铢两多，安用八百斛'，初云'胡椒亦安用，乃贮八百斛'。若如初语，未免后人疵议。又知虽大手笔，不以一时笔快为定而惮于屡改也。"又如他的代表作之一的《念奴娇·赤壁怀古》：

> 大江东去，浪淘尽，千古风流人物。故垒西边，人道是，三国周郎赤壁。乱石穿空，惊涛拍岸，卷起千堆雪。江山如画，一时多少豪杰！

遥想公瑾当年，小乔初嫁了，雄姿英发。羽扇纶巾，谈笑间，樯橹灰飞烟灭。故国神游，多情应笑我，早生华发。人生如梦，一樽还酹江月！

元丰二年（1079 年）十二月，苏轼因"乌台诗案"被贬为黄州团练副使，于次年二月一日到达黄州。元丰五年（1082 年）七月和十月，他两次往游附近的赤壁，写下了前后《赤壁赋》和上述这首苍凉悲壮的千古绝唱。关于这首词，南宋洪迈《容斋续笔》卷八"诗词改字"这一条目下的一段话，对我们今天的诗作者也仍不无启发，"向巨原云：元不伐家有鲁直所书东坡《念奴娇》，与今人歌不同者数处：如'浪淘尽'为'浪声沉'，'周郎赤壁'为'孙吴赤壁'，'乱石穿空'为'崩云'，'惊涛拍岸'为'掠岸'，'多情应笑我，早生华发'为'多情应是，笑我生华发'，'人生如梦'为'如寄'，不知此本今何在也。"洪迈后苏轼仅约百年，学问渊博，著述繁富，他说别人见过黄庭坚所书苏轼的《赤壁怀古》，应该可信。同时，黄庭坚不仅是苏轼的同时代人，并称"苏黄"，又和张耒、秦观、晁补之同游于苏轼之门，被称为"苏门四学士"，我想，他所书写的当是苏轼最早的未定稿，而后世流传的则是定稿。

从洪迈的记载中，可以看到后来的几处修改较之原作确有超越之处。"浪淘尽"既是写实，又是象征，既承接"大江东去"，又贯通"千古风流人物"，感慨万千，形神兼备，富于动势动感，如作"浪声沉"，就无法获得这种艺术效果。"周郎"当然也比"孙吴"为佳，因为下面写的人物主要就是周瑜，他是赤壁之战的主将，如此写来，方才切合时地与人物而不浮泛；同时，"周郎"这个专指名词也比"孙吴"一词显得风流蕴藉。"乱石穿空"写赤壁山峦的雄奇耸峙，极为传神，"乱石崩云"则不太好理解，今人刘逸生见解与文笔俱胜的《宋词小札》释为"乱石像崩坠的云"，似乎也嫌不够准确，乱石是固定的，云是流动的，乱石怎么像云，云又怎么"崩坠"呢？"拍岸"有声有形而且有势，同时也启下句之形象描绘"卷起千堆雪"（承李煜《渔父》词"浪花有意千重雪"句意而有所新创），"掠岸"自然就逊色多了。"多情应笑我，早生华发"，按语言的常态性写法应作"应笑我多情"，现在一经倒装，便觉笔力劲健，而且突出了抒情主人公"我"。最后一句的"如梦"比"如寄"的内涵要宽广深厚，它固然表现了苏轼思想中消极的因素，同时也显示了他对黑暗现实的失望与愤懑之情，表现了具有普遍意义的人生悲剧意识。

唐代诗人许浑有一首《金陵怀古》："玉树歌残王气终，景阳兵合戍楼空。松楸远近千官冢，禾黍高低六代宫。石燕拂云晴亦雨，江豚吹浪夜还风。英雄一去豪华尽，惟有青山似洛中。"前人对此诗颇为称道，更赞赏中间两联，但明代的诗论家谢榛在《四溟诗话》中却说："颔联简板对尔，颈联当赠远游者，似有戒慎意。"他的修改方案是："若删其两联，则气象雄浑，不下太白绝句。"谢榛喜欢"唐"门弄斧，对好多首他认为有疵病之唐诗予以"斧正"。我认为他对许浑此诗的手术应该说颇为成功：字数减少了整整一半，全诗呈现出净化之后的透明状态，诗质却达到饱和点，能引发欣赏者更丰富的审美联想。由此可见，当局者自己的包括旁观者他人的精心修改，所谓"有得忌轻出，微瑕须细评"（陆游《晨起偶得五字戏题稿后》），是古今中外许多名诗人登上艺术峰顶必经的石级。例如在新诗创作中，闻一多《也许》的第二节是："不许阳光拨你的眼帘，不许清风刷上你的眉，无论谁都不能惊醒你，撑一伞松荫庇护你睡。"在诗中，"拨"字原作"攒"，"能"原作"许"，第四句原作"我吩咐山灵保护你睡"。这种改动，就是新诗创作中苦心修改的范例。

杜甫有句诗云："文章千古事，得失寸心知。"（《偶题》）我们诵读千古诗文时，应好好体会作者甘苦自知的文心与诗心，对自己的作品严于推敲，年轻的诗词作者尤应如此自鉴与自砺。

"加一倍"写法
——《雨中登岳阳楼望君山二首》

其一

投荒万死鬓毛斑，生出瞿塘滟滪关。

未到江南先一笑，岳阳楼上对君山。

其二

满川风雨独凭栏，绾结湘娥十二鬟。

可惜不当湖水面，银山堆里看青山！

我国古典诗歌的艺术，有如一座远远没有得到完全开发的宝山，只要你肯去探胜寻幽，深入采掘，定然会有一些意想不到的收获。古典诗艺中的"加一倍"写法，就是这座宝山中的一块闪亮的矿石。

最早发现这"加一倍"写法的，应是清代的诗论家施补华。他在《岘佣说诗》中指出："'感时花溅泪，恨别鸟惊心''无风云出塞，不夜月临关'，是律句中'加一倍'写法。"又说："小杜'看取汉家何事业？五陵无树起秋风'，是'加一倍'写法。陵树秋风已觉凄惨，况无树耶？用意用笔甚曲。"按照一般的常情，花香鸟语，是能够引起人们的愉悦之感的，杜甫就曾有"黄四娘家花满蹊，千朵万朵压枝低。流连戏蝶时时舞，自在娇莺恰恰啼"（《江畔独步寻花七绝句·其六》）的绝句。他写花，花枝照眼；他写鸟，鸟语多情。但是，在《春望》里，诗人对春花而落泪，听鸟语而惊心，也可以说，春花因感时而落泪，鸟儿因恨别而惊心，总之不言悲痛，却更加突出地表现了诗人悲之深、痛之切，这就是"加一倍"写法。《秦州杂诗》也是如此，无风之际云也出塞，不夜之时月也临关，这就更传神地写出了边塞之地秦州地形的高峻和险要，表现了诗人对国事与边防的深切关注与隐忧。杜牧的《登乐游原》亦复如此。在施补华之前，沈德潜在《唐诗别裁》中早已概而言之："树树起秋风，已不堪回首，况于无树耶？"

北宋的黄庭坚（1045年—1105年），也善于运用这种"加一倍"写法。黄庭坚，字鲁直，自号山谷道人，晚号涪翁，洪州分宁（今江西九江修水县）人。他的书法是宋朝四大家（余为苏轼、米芾、蔡襄）之一，他的诗词更是名重一时。他虽然与秦观、晁补之和张耒一起名居"苏门四学士"之列，但诗与东坡齐名，号"苏黄"，词与秦少游比美，号"秦七黄九"。他是江西诗派这一诗歌流派的开山大师，主张取法杜甫，标榜"点铁成金"（《答洪驹父书》）、"夺胎换骨"（释惠洪《冷斋夜话》），一字一句都求其来历，坚信"随人作计终后人""文章切忌随人后"，以"生涩瘦硬、奇僻拗拙"于宋代诗坛独标一格——宋代及以后的不少诗家都受到他的影响。

前人多称道黄庭坚的古体诗和律诗，忽视他的绝句，甚至有人曾说绝句"乃山谷之玷"。然而，我觉得他的律诗和古体诗虽不乏名篇好句，如《寄黄几复》"桃李春风一杯酒，江湖夜雨十年灯"，如《登快阁》"落木千山天远大，澄江一道月分明"，等等。但有的作品常常奇峭瘦硬太过，虽说是对宋初以来以杨亿、刘筠、钱惟演为代表的专事唱和应酬堆砌辞藻典故之"西昆体"的批判，有时却未免矫枉过正。而足以代表他在艺术上之最高成就的，还是那些清新鲜活的抒情小诗，如"四顾山光接水光，凭栏十里芰荷香。清风明月无人管，并作南楼一味凉"（《鄂州南楼书事四首·其一》），"山色江声相与清，卷帘待得月华生。可怜一曲并船笛，说尽故人离别情"（《奉答李和甫代简二绝句·其一》），"闻君寺后野梅发，香蜜染成官样黄。不拟折来遮老眼，欲知春色到池塘"（《从张仲谋乞蜡梅》），等等，均如好风徐来，花光照眼。

从他的《雨中登岳阳楼望君山二首》，我们更可以领略那种高明的"加一倍"写法：

其一

投荒万死鬓毛斑，生出瞿塘滟滪关。

未到江南先一笑，岳阳楼上对君山。

其二

满川风雨独凭栏，绾结湘娥十二鬟。

可惜不当湖水面，银山堆里看青山！

在黄庭坚所处的时代，由于王安石实行新法，革新派与守旧派的斗争十分激烈。在政治与宗派斗争的旋涡中，他命运多舛，屡遭贬谪，最后于崇宁四年（1105 年）死于宜州（今广西宜州）贬所。绍圣二年（1095 年），黄庭坚贬官涪州（今重庆涪陵）别驾，于黔州（今重庆彭水）居住，后来又转徙到戎州（今四川宜宾）。这些地方在唐代都是边荒之地，他在几处贬所度过了整整六年时光。元符三年（1100 年）五月，黄庭坚得赦放还，次年正月乞知太平州（今安徽马鞍山当涂县）。崇宁二年（1103 年）正月他从荆州出发，路经巴陵，在连绵数日的阴雨中独上岳阳楼，写了上述两首诗。

第一首写远道来登岳阳楼。前两句时空交感，"万死"和"生出"，概括了为时六年的流放生涯，"投荒"和"瞿塘滟滪关"，从空间上概括了由西而东的长远行程，而今远谪和脱险归来，兴奋之情当可想见。未到江南故乡，已先一"笑"，到江南之后，欣喜当更为如何？诗人没有正面写自己的欣幸之情，更没有对将来到江南后的喜悦着一笔想象之词，他只写自己有幸登岳阳楼面对君山，而那些言外之意却尽在不言中了。

第二首写雨中登岳阳楼望君山。前两句是实写，表现了诗人在特定环境中的独特感受。前人写君山的诗很多，但黄庭坚却毫不落入窠臼：君山的山形有如十二个螺髻，诗人想象为湘娥的雾鬟云鬟，尤其在风围雨阵之中，更别有一种朦胧缥缈的意象之美。后两句又是"加一倍"写法，诗人说，可惜是淫雨霏霏在楼上居高临下地远望君山，如果是晴明之日站在湖边，正对着白浪如山的湖面，那又该是多么别有风情的景象！这种透过一层的笔墨，已经是包孕丰富令人遐想的了，加上"银山"与"青山"的色彩鲜明，具有对照之美的叠字在句中的重复，使人更觉风姿绰约，韵味无穷。

"加一倍"写法，就是诗艺上的一种进层和强调，它是和句法的烹炼分不开的。而变幻百出的琢句手法，正是黄庭坚诗的特点之一。如上述两首诗都是特意在关键的第三句上下功夫，"未到"与"可惜"，都是欲进先退，先顿挫一笔蓄势，然后淋漓酣畅地抒情，对所抒之情起了一种强调作用。金昌绪《春怨》的"啼时惊妾梦，不得到辽西"，张籍《秋思》的"复恐匆匆说不尽，行人临发又开封"，范成大《四时田园杂兴》的"无力买田聊种水，近来湖面亦收租"，陆游《沈园》的"此身行作稽山土，犹吊遗踪一泫然"，等等，均是这样。诗如此，词亦如此。欧阳修《踏莎行》的"平芜尽处是春山，行人更在春山外"，晏几道《鹧鸪天》的"相思本是无凭语，莫向花笺费泪行"，黄庭坚《清平乐·晚春》的"春无踪迹谁知？除非问取黄鹂。百啭无人能解，因风飞过蔷薇"，贺铸《捣练子》的"寄到玉关应万里，戍人犹在玉关西"，等等，都是出自同一机杼。

宋人叶梦得在《避暑录话》中，记载黄庭坚之兄黄大临（字元明）之言："鲁直旧有诗千余篇，中岁焚三之二，存者无几，故名《焦尾集》。其后稍自喜，以为可传，故复名《敝帚集》。""春风春雨花经眼，江北江南水拍天"，乃黄庭坚的名句，即出自《次元明韵寄子由》这首七律。黄庭坚在《赠陈师道》一诗中，说陈师道（字无己，号后山居士）的诗"十度欲言九度休，万人丛中一人晓"。后一句虽伤知音之稀，前一句却值得称道。从这里，也可以看到有成就的诗人，他们在创作上都严于律己。诗文毕竟是以质量取胜，并非如韩信将兵，多多益善。而最终也最权威的裁判，也并非当代热闹一时的种种奖誉，而是后世尘埃落定后的铁面无私的时间。

辞情兼胜与"超验层次"

——《踏莎行·郴州旅舍》

雾失楼台，月迷津渡，桃源望断无寻处。可堪孤馆闭春寒，杜鹃声里斜阳暮。

驿寄梅花，鱼传尺素，砌成此恨无重数。郴江幸自绕郴山，为谁流下潇湘去？

在诗歌创作中我们可以看到这样两种情况：有的诗作者很注意文辞的推敲和锤炼，在语言上表现出相当的功夫，但诗的感情却显得淡薄，总的倾向是辞胜于情，有如一朵纸花或塑料花，虽然色彩鲜艳，却没有真正的花所特有的质地与芬芳；有的诗作者有真实而强烈的情感，可是语言艺术的修养不够，不能将那种内在的审美情感通过鲜活的艺术意象表现出来，偏于抽象的直白式的抒发，人们称之为情胜于辞，有如一朵真花，虽然也有它的芬芳，却没有动人的形态和色泽。真正具有魅力的诗作，必然是辞情兼胜的，即文字优美，情感真挚，是艺术意象和思想感情完美联姻所诞生的骄子。

秦观（1049 年—1100 年）就是获得了"辞情兼胜"这一光荣冠冕的词人。他字少游，一字太虚，号淮海居士，高邮（今属江苏）人，是"苏门四学士"（余为黄庭坚、晁补之、张耒）之一，诗、词、文均成就很高，词集名《淮海词》，又名《淮海居士长短句》。在北宋词坛，自晏殊、晏几道父子至欧阳修，他们共同开创了婉约词派，而秦观的词风更是集婉约派之大成。

在词人济济高手如林的北宋，诗人陈师道说："今代词手，惟秦七、黄九（指黄庭坚——引者注）耳。"（《后山诗话》）可见时人推崇之高。因秦观《满庭芳》词中有"山抹微云，天连衰草"的名句，对他颇为赏识并以为有屈宋之才的苏东坡，曾经戏称"'山抹微云'秦学士，'露华倒影'柳屯田"，并极力向王安石推介称美，而王安石也回答说秦观词意清新，有如鲍照和谢灵运："清新妩丽，与鲍、谢似之。"（《回苏子瞻简》）清人沈雄《古今词话》引蔡伯世的评说道："子瞻辞胜乎情，耆卿（柳永字耆卿——引者注）情胜乎辞，辞情相称者，惟少游而已。"如他的《踏莎行·郴州旅舍》：

雾失楼台，月迷津渡，桃源望断无寻处。可堪孤馆闭春寒，杜鹃声里斜阳暮。

驿寄梅花，鱼传尺素，砌成此恨无重数。郴江幸自绕郴山，为谁流下潇湘去？

郴州，治所在郴县（今湖南郴州），地处湖南南部，古代是迁客骚人放逐之地。在北宋推行新法与反对新法的政治斗争中，秦观站在属于旧党的苏轼一边，因而在新党掌权之时，他在政治上屡遭贬谪。在此之前，他先贬杭州通判，再贬监处州酒税，复又被诬以罪名远贬郴州，且剥夺其官爵与俸禄，不仅彻底下岗，而且断绝了生活来源。上述这首词，就是他在绍圣四年（1097年）春三月于远徙之地郴州所作。

他的词，在未流放前和流放之后有显著不同。流放前的作品，如"莺嘴啄花红溜，燕尾点波绿皱"（《如梦令》），如"柔情似水，佳期如梦，忍顾鹊桥归路。两情若是久长时，又岂在朝朝暮暮"（《鹊桥仙》），绮丽而轻柔，词笔细腻，秀句如绣。贬谪之时，流放之后，他的清丽而幽情的琴弦上，就往往弹奏出封建社会中失意的知识分子常态性之凄婉感伤的曲调，如"韶华不为少年留。恨悠悠，几时休。飞絮落花时候，一登楼。便做春江都是泪，流不尽，许多愁"（《江城子》），如"携手处，今谁在？日边清梦断，镜里朱颜改。春去也，飞红万点愁如海"（《千秋岁》）。《踏莎行·郴州旅舍》这首词，更是辞情哀苦，词境悲凉，不胜天涯谪戍之感。

　　"雾失楼台"三句，写诗人于黄昏月出时的愁思：理想中的桃花源本来就渺茫难寻，何况雾阵如云，笼罩了眼前的楼台？又何况月色朦胧，迷失了远处的渡口？《踏莎行》开篇两句规定是对偶句，秦观此词伊始对偶成文的八个字互文见义，为"桃源望断无寻处"的更为直接的抒情作了动人的气氛烘染与意象铺垫，也成了千古名句。"可堪"两句写词人黄昏时分的内心感受：远谪他乡，理想的乐土渺焉难寻，本来已是愁情难遣，何况在春寒料峭之时独居客馆？又何况在夕阳西下，断肠人在天涯的时分？更何况这里那里传来一声声杜鹃的"不如归去"的啼声？这首词，诗人在上阕从"月"与"斜阳"两个特定的时间角度，以凄婉的文辞抒发自己被贬谪南荒的哀怨。因此，王国维在《人间词话》中说"少游词境最为凄婉。至'可堪孤馆闭春寒，杜鹃声里斜阳暮'，则变而凄厉矣"，就是有鉴于此。

　　下阕前三句由近及远：朋友们从远方寄来书信，本来是想慰藉游子的心，可是谪居远方，有家归未得，有志也难伸，只能更增加我的愁恨。在词中，一个"砌"字，一个"无重数"，化无形为有形，化抽象为具体，使得抽象的难以言喻的"恨"，转换为触觉的通感，变为触手可及的具象。最后两句，诗人遐想的翅膀由远方飞回到眼前的现实境界中来，以不自由的自己和自由的郴江对比，对郴江发出了痴情的诘问，诗句的内涵虽不很确定，具有解释的多样性，历来就众说纷纭，但总不免使人感到黯然神伤。在"苏门四学士"中，据说苏东坡"最善少游"，他也很喜欢这首词的结句，与秦观悲剧命运相同的他，"绝爱其尾两句，自书于扇曰：'少游已矣，虽万人何赎？'"（《魏庆之词话》）而清诗人王士禛（号渔洋山人）在其《花草蒙拾》中也说："高山流水之悲，千载而下，令人腹痛！"

李清照曾说秦观的词"专主情致"，《四库全书提要》也说他的词"情韵兼胜"，而他的情致或情韵，尽管有时不免偏于消极伤感，气格不高，但他却不是诉之于概念的说明，而是以清纯的词笔抒写具有一定社会意义的真挚感情，追求文字的清华和意象的超远，做到辞情兼胜，这一艺术经验和成就还是值得我们肯定的。

咸淳二年（1266 年），郴州太守邹恭将秦观此词和苏东坡"少游已矣，虽万人何赎"之跋以及米芾的书法刻于苏仙岭崖壁，并于其旁刻字说明，此即为"淮海词、东坡跋、元章笔"之"三绝碑"。八百多年过去了，"三绝碑"前游人如织，而我在多年前远游郴州时，也曾在碑前目瞻口诵。不久前和友人作家、籍贯郴州的梁瑞郴重游郴州，承他和当地作家、市文联主席王硕男的安排，有缘听到郴州的昆曲艺术家罗艳婉转清唱秦观的《踏莎行·郴州旅舍》。千年如在，余音绕梁，我们虽未能成功穿越时间隧道直达北宋，却于郴州实地重温了那仍然发烫的诗句和那并未冷却的时光。

现代艺术哲学认为，以艺术品的审美经验传达为中心，艺术品可以分为三个不同的由低至高的层次，即实在层次、经验层次与超验层次。超验层次的标高，是作者对现实、人生与世界有深切的生命体验，加之有与之相应的高明的艺术表现，方能达到。超验层次，就是作品在具体描绘的时空艺术图景中，表现了一种恢宏深远的生命意识、忧患意识、悲剧意识甚至宇宙意识，蕴含只可意会难以言传的无穷的形而上的哲理意味，从刹那间见永恒，从有限中见无限，表现和传达出超越具体时空的永恒意义与价值。歌德评论莎士比亚的作品，就以《说不尽的莎士比亚》为题，"说不尽"，即是说莎士比亚的剧作与诗达到的有无穷意味的层次与境界。在中国诗歌史上，如屈原的《离骚》与《九歌》，如张若虚的《春江花月夜》，如陈子昂的《登幽州台歌》，如李白的《将进酒》《行路难》《梦游天姥吟留别》，如杜甫的《登高》《秋兴八首》《登岳阳楼》，均是如此。秦观此词一出，近千年来传诵人口，它抒写个人的悲剧遭遇与人生感喟，却又超然远引而情味深远，具有令人寻索不尽的哲理意蕴和普遍意义。我说，它至少已经进入了艺术品的超验层次的边境。

北宋词坛的殿军
——《苏幕遮》

燎沉香，消溽暑。鸟雀呼晴，侵晓窥檐语。叶上初阳干宿
雨。水面清圆，一一风荷举。

故乡遥，何日去？家住吴门，久作长安旅。五月渔郎相忆
否？小楫轻舟，梦入芙蓉浦。

宋太祖建隆元年开国，时在 960 年，宋钦宗靖康二年（1127 年），南
侵的金人攻陷汴京，徽、钦二帝及皇室宗亲妃嫔宫女朝廷臣子数千人被掳
北去，北宋王朝宣告寿终不正之寝。北宋历时 167 年，北宋词坛在这一期
间得到了长足的发展，虽然光的强度各有不同，但也可以说星光灿烂，如
林逋、范仲淹、柳永、张先、晏殊、宋祁、欧阳修、王安石、晏几道、苏轼、
黄庭坚、秦观、贺铸、周邦彦等等。以河流为喻，柳永有如一往无前的前浪，
苏轼是飞光耀采的高潮，周邦彦就是所谓"集大成"的强劲后浪。若再以
军伍为比，柳永乃开道的先锋，苏轼为中军的主将，而在"犹未雪"的"靖
康耻"之前六年去世的周邦彦，则可说是押后的殿军了。

周邦彦（1056 年—1121 年），字美成，别号清真居士，钱塘（今浙江杭州）
人，词集名《片玉集》。他出生于诗礼簪缨之家，年轻时即"博涉百家之
书"，但"性落魄不羁""疏隽少检，不为州里所推重"，意为文人习气
较重，不太循规蹈矩，群众和领导都不大看好。宋神宗元丰二年（1079 年），

他通过考试被录取为太学生中之"外舍生"。太学为古代的国家最高学府，比今日考取清华、北大还难，可见周邦彦学业之优秀。四年后周邦彦向神宗献洋洋近八千言的《汴都赋》，神宗召见于政事堂，将其从诸生（学生）越数级而擢任太学正（主管训导学生的官员），从此他就步入仕途，宦海浮沉，宣和二年（1120 年）他 64 岁时提举南京鸿庆宫（坐食俸禄而不管事），次年病逝。值得一提的是，因为他精通音律，政和六年（1116 年）他 60 岁时，曾进徽猷阁待制提举大晟府，待制是侍从顾问之职，大晟府是皇家最高音乐机构，相当于今日的中央音乐学院，提举在此则为管理之意。周邦彦是宋代的顶级音乐专家，他创立了词中的"格律词派"，南宋的姜夔、史达祖、吴文英、王沂孙、张炎、周密等人继承发扬了他的余绪而彬彬大盛，绝非偶然。

周邦彦现存词一百八十二首，题材多为男女之间的悲欢离合及羁旅行役的别意离愁，以及山川风物的景色与历史，题材虽并无新的开拓，但却有新的审美感受与新的艺术表现。新的艺术表现主要集中在艺术形式和艺术技巧方面：推进并完成了文人词的格律化，在字句篇章与音律声调方面更加严整与统一，做到了调美、律严而字工。他和柳永一样也长于自度曲，独立新创的曲调如《瑞龙吟》《兰陵王》等即有五十多调，在南宋为词家所广为遵循。言情体物，穷极工巧，风格浑厚典重而尚雅致精工，在章法、句法、字法方面给后人留下无数法门。如"并刀如水，吴盐胜雪，纤手破新橙"的《少年游》，如"风老莺雏，雨肥梅子，午阴嘉树清圆"的《满庭芳·夏日溧水无想山作》，如檃栝刘禹锡《石头城》与《乌衣巷》及古乐府《莫愁乐》三诗而如同己出之"燕子不知何世，入寻常、巷陌人家，相对如说兴亡，斜阳里"的《西河·金陵怀古》，又如芙蓉出水，铅华洗尽的《苏幕遮·燎沉香》：

燎沉香，消溽暑。鸟雀呼晴，侵晓窥檐语。叶上初阳干宿雨。水面清圆，一一风荷举。

故乡遥，何日去？家住吴门，久作长安旅。五月渔郎相忆否？小楫轻舟，梦入芙蓉浦。

这首词清新明丽，与周邦彦许多雕金缕玉着意铺写之作大不相同，原因是大家的作品往往具有多样性，丰富而不单调，加之此作是作者初入太学不久的怀乡之篇，时方20多岁，词心与手笔都正当青春。此词上片写初夏早晨的荷塘或荷池景象。"燎"为小火煨烧之意，"沉香"一名水沉，香料之名。"呼"为声音，"窥"为动态，两个拟人化的动词生动传神，构成悦耳动听的听觉意象。继之三句描绘朝阳初上，宿雨已干，荷叶轻盈而圆润。"清圆"绘有荷叶的颜色与形态，"一一"状荷枝之多，"举"则绘其亭亭玉立之状。王国维在《人间词话》中，赞美此三句"真能得荷花之神理者"，并且认为南宋姜夔在湖南武陵（今常德）所作《念奴娇》一词，"嫣然摇动，犹有隔雾看花之恨"，我认为前赞至当，这三句确为此词锦上之花，如同一阕乐曲中的华彩乐段，但姜夔咏荷之作也应该说另有千秋，"隔雾看花"该是王国维视力而误。下阕由眼前景物而转入对故乡的回想。"故乡遥，何日去"之问句领起下文，"吴门"原指吴郡治所之苏州，周邦彦的故乡钱塘旧属吴郡，而汉唐故郡之"长安"，亦是北宋京城"汴京"的代称。"楫"为船桨，"芙蓉"乃荷花的别名，"浦"指水滨，结拍三句不写自己而写少年时的钓游侣伴，此是诗法上所谓之"从对面写来"，更显情深一往，相思无限，而"芙蓉浦"一语，又照应上阕中的主体意象"风荷"，全篇也可称结构"清圆"，天球不琢。

在周邦彦之前，唐人王昌龄已有"荷叶罗裙一色裁，芙蓉向脸两边开"（《采莲曲》）之美辞；南唐中主李璟也有"菡萏香销翠叶残，西风愁起绿波间"（《摊破浣溪沙》）之佳句；与周邦彦生卒年极为相近，可称同时期人的名词人贺铸，也有一首出色的咏荷之作《芳心苦》："杨柳回塘，鸳鸯别浦，绿萍涨断莲舟路。断无蜂蝶慕幽香，红衣脱尽芳心苦。　返照迎潮，行云带雨，依依似与骚人语。当年不肯嫁春风，无端却被秋风误。"我说周词贺词是北宋词中咏荷的双璧，读者朋友，你们的看法如何呢？

大时代与小悲欢
——《武陵春》

风住尘香花已尽，日晚倦梳头。物是人非事事休，欲语泪先流。

闻说双溪春尚好，也拟泛轻舟，只恐双溪舴艋舟，载不动许多愁。

在中国诗歌史上，那些高歌低咏甚至领一代风骚的诗人，大都是七尺须眉，他们谱成了中国诗歌的大合唱。在漫长的封建时代的重重铁幕中，纵然有少数女作者突破重围脱颖而出，也仍然只是无关大局因此也无足轻重的插曲与伴唱。然而，也有特殊的例外，如北宋与南宋之交的李清照，如清末的秋瑾，她们的纤纤素手写下许多传之后世的扛鼎之作，是不让须眉乃至压倒须眉的巾帼英豪。

李清照（1084年—约1151年），号易安居士，原籍齐州章丘（今山东济南章丘）。其父李格非为北宋礼部侍郎，又是一位博通经史的学者，母亲王氏系状元王拱辰的孙女，亦善文章。李清照18岁时嫁给比她大3岁的太学生赵明诚，赵明诚是丞相赵挺之的季子，擅长诗文，尤爱金石书画，他们是天作之合也是同好之合。先天的禀赋加上后天的熏陶，少女时代李清照的诗才，就像春天的早露，清新明丽在东方始明的天边了。

李清照的创作分为前后两期，以靖康元年（1126年）金兵攻下汴京（今河南开封），宋室南渡为分水岭。前期的词多吟咏爱情与自然景物，如"常记溪亭日暮，沉醉不知归路。兴尽晚回舟，误入藕花深处。争渡，争渡，惊起一滩鸥鹭"（《如梦令》），如"绣面芙蓉一笑开，斜飞宝鸭衬香腮。

眼波才动被人猜。一面风情深有韵，半笺娇恨寄幽怀。月移花影约重来"（《浣溪沙》），均写得清新含蓄，韵味深长。后期的词多通过对个人坎坷遭遇的抒写，表现时代的动乱与家国的兴衰，风格凄婉沉哀，境界深远，如"感月吟风多少事，如今老去无成。谁怜憔悴更凋零？试灯无意思，踏雪没心情"之《临江仙》，如"寻寻觅觅，冷冷清清，凄凄惨惨戚戚。乍暖还寒时候，最难将息。三杯两盏淡酒，怎敌他晚来风急？雁过也，正伤心，却是旧时相识"的《声声慢》。李清照现存虽然只有四五十首词和十余首诗，但却几乎无词不佳，无诗不胜。她有《漱玉词》，是词中婉约派的大家。清代词论家沈谦在《填词杂说》中首倡"词家三李"之说，将她与李白和李煜相提并论，令天下姓李的读书人都不免感到骄傲和光荣。

北宋宣告灭亡，李清照也仓皇南渡。辗转三千里，流亡近一年，终于来到当时的临安今日的杭州稍事喘息，如一叶孤帆栖止在临时的港湾。绍兴四年（1134 年）岁末，金兵入侵兵锋直指临安的警讯从淮河传来，时年50 岁的李清照只得乘船溯富春江而上，避难金华，寄居在八咏楼下地名"酒坊巷"的陈氏宅院里。她被确证写于金华的诗词，一是慨当以慷忧思难忘的七绝："千古风流八咏楼，江山留与后人愁。水通南国三千里，气压江城十四州"（《题八咏楼》），另一首就是哀怨凄绝的《武陵春》了。

抒情诗词，当然要抒写诗人对生活独特的感受和发现，并在艺术上做出独到的表现，否则就会流于缺乏个性的公式化的人云亦云；但是，诗人的个人感受也必须和社会与时代相通，否则也会如同象牙塔中的自唱自弹，流于缺乏社会意义的自怜自恋。李清照的《武陵春》，正是因为将个人的小悲欢与动乱的大时代交融在一起，才口口传诵到今天。"风住尘香花已尽"，这既是抒写自然节候景物，也是暗示个人国事遭逢。"尘香"，即后来陆游名作《卜算子》中所写的"零落成泥碾作尘，只有香如故"。连日雨横风狂，眼前春花落尽，自然界如此，个人与国家的好时光何尝不是一去不返？"日晚倦梳头"之"日晚"点明时间，可见从早到晚诗人的心情都很"郁闷"，本来早起后应"梳头"，到黄昏时仍然倦怠不梳。为什么呢？因为"物是人非事事休"啊！"事事"的叠词运用，强调所有的人事都是物是人非而乏善可陈，其大者则是国破家亡：南宋偏安东南一隅，风雨飘摇；故乡早已沦陷，一同南奔的丈夫早几年也已病逝。家事国事天下事，事事如此，怎能不令人欲说还休热泪长流？此词上片重在写内在之情，情中有景；下片重在写外在之景，景中有情。东阳江与武义江合流后投奔婺江，这一段水程称为"双溪"。诗人由室内而户外，以"闻说""也拟""只恐"三个口语构成的虚词引发下文，一波三折，曲折生情。"闻说"一折，承上片之苦闷蛰居而来；"也拟"复一折，由听闻双溪春色尚好而打算泛舟溪上聊以解忧；"只恐"再一折，逼出全词的结句也是千古名句："只恐双溪舴艋舟，载不动许多愁。""舴艋"，指一种形似蚱蜢的小船，诗人运用通感的手法，意觉通于触觉，将抽象无形之愁化为小船都承载不起的可感可触可量的重量，读者对她的"欲语泪先流"的满腹愁绪，当然就更是感同身受了。

李清照对愁绪的艺术抒写是承前而启后的。承前暂且不论，启后呢？金人董解元《西厢记诸宫调》说："休问离愁轻重，向个马儿上驮也驮不动。"元人王实甫《西厢记》说："遍人间烦恼填胸臆，量这些大小车儿如何载得起！"名诗人余光中1962年写有《碧潭》一诗，其中有两段是："十六柄桂桨敲碎青琉璃／几则罗曼史躲在阳伞下／我的，没带来的，我的罗曼史／在河的下游／如果碧潭再玻璃些／就可以照我忧伤的侧影／如果舴艋舟再舴艋些／我的忧伤就灭顶。"李清照如果有知，会不会感到后继有人而莞尔一笑？

难忘最是少年游

——《如梦令》

常记溪亭日暮，沉醉不知归路。兴尽晚回舟，误入藕花深处，争渡，争渡，惊起一滩鸥鹭。

在漫长的封建社会中，文学创作几乎是男性的一统天下，文苑与诗坛，是他们耀文或耀武之场，很少有女性敢于擅闯禁区，来此间一显身手。梁朝钟嵘《诗品》品评从汉至梁的诗人一百余人，女诗人只有寥寥四位；《全唐诗》九百卷，女性作品九卷；《宋诗纪事》一百卷，女性作品一卷。总之，人数既少，地位亦低。然而，石破天惊，也有人敢于说"不"，并且巾帼不让须眉；岂止是不让而已，甚至令许多舞文弄墨的七尺男儿瞠乎其后，只能遥望她的背影。她，就是南宋词史也是中国诗史上的杰出词人李清照。

李清照为山东济南人，"海右此亭古，济南名士多"，杜甫早在《陪李北海宴历下亭》中就发出过如此慨叹。李清照之父李格非，与廖正一、李禧、董荣一起被称为"苏门后四学士"，代表作是有名的《洛阳名园记》。其母王氏也擅文章。李清照生长于诗书官宦之家，自小就受到诗香熏染，文化熏陶，很早就诗名流播于闺房之外，为名诗人晁补之所赏识。李清照多才多艺，能诗善词，也会写散文和骈文，书法与绘画也独具风格，与她的曾作名著《金石录》的丈夫赵明诚一样，对金石也颇有研究。赵明诚在她45岁那年去世，《金石录》就是由她整理完成并流传于世的。李清照在所谓"女子无才便是德"的封建时代，却才华秀发，写作与学术双管齐下，按今天的说法，实在是难能可贵而且是名副其实的学者型作家。

李清照的诗写得很好,如"生当作人杰,死亦为鬼雄。至今思项羽,不肯过江东"(《夏日绝句》),如"千古风流八咏楼,江山留与后人愁。水通南国三千里,气压江城十四州"(《题八咏楼》),就是气概豪雄寄托深远之作。我在20世纪80年代就曾听到大诗人艾青在家中反复吟咏后一首诗,并且连声赞美"这个女人真了不起"。李清照更是一位天才的词人,清诗人王士禛称其与辛弃疾(幼安)为"济南二安",清代词论家沈谦在《填词杂说》中说"男中李后主,女中李易安,极是当行本色",加之李太白,故有"词家三李"之称。李清照的词后人辑为《漱玉词》,流传至今的可靠的只有四十首左右,但却像李后主之作一样天才俊逸,无词不佳。她虽是南宋婉约派的大家,但其词大致以建炎元年(1127年)宋室南渡为分界线,分为中原时期(即北宋时期)和江南时期(即南宋时期)。后期的作品多写失偶之伤,孀居之悲,沦落之苦,国亡之痛,以个人的遭逢感受反映了那个天崩地坼的时代。前期的作品则多讴歌自然风光,抒写离情别绪,表现少女情怀。《如梦令》就是其中的一首,而且应该是最早的一首。

这首小令,南宋黄升《花庵词选》题为"酒兴",是写她少女时代一次历久不忘的溪亭之游。"溪亭",可泛指溪水边的亭阁,但宋代济南西城确有"溪亭"其地,为济南七十二名泉之一。徐正权为北宋名医,是著名学者石介的女婿,苏辙在济南时曾有《题徐正权秀才城西溪亭》一诗。"常记",长久记忆,一本作"尝记",为曾经记得之意,亦可作"总是记得"解。张先《少年游》有"帽檐风细马蹄尘,常记探花人"之句。全词以"常记"领起,回叙游历往事,可见记忆之深与记忆之殷,而非过眼即忘的逝水流云。然后展开对畅游情境的描绘:地点是"溪亭",时间是"日暮",抒情主人公的情态是"沉醉"而且"不知归路"。这是一次心旷神怡的胜游,不然不会竟然游到了日落西山晚霞飞的时分;这是一次心醉神迷的快游,不然不会游得竟然迷失了返程的道路。从此词一题"酒兴"和词中情境看来，"沉醉"固然指心理状态，也应指生理状态。五代张泌《满宫花》说："东风悄怅欲清明，公子桥边沉醉。"晏几道《阮郎归》说："欲将沉醉换悲凉，清歌莫断肠。"李清照和游伴们面对如此良辰美景，身经如此赏心乐事，焉有不飞觞劝酒把盏言欢之理？都是少不更事的年轻人，沉醉就不是微醺而是酩酊大醉了。待到天色已晚兴致将尽而急于回舟时，可能是地理不明，更可能是酒精发生作用，竟然将船划进了荷花深处。"争渡"之"争"，历来有两种解释，一解为"怎么"，可见游者七嘴八舌迷茫惶惑之状，而且"争"可通"怎"，柳永《八声甘州》词有句云"争知我，倚阑干处，正恁凝愁"；一解为"奋力划行"，急于在众荷丛中找到归路。二解均可通，我个人偏向前解。人声与桨声以及水声三声并作，"惊起一滩"行将栖息的"鸥鹭"就是必然的结果了。全词至此戛然而止，没有画蛇添足地去说明归路究竟如何，他们"一路平安"与否，给读者留下的是思之不尽的余地。

淡语皆有味，浅语皆有致。这首小令以寻常语言度入音律，全用白描，词中有画，事件、景物、情感三者水乳交融，创造了如同早春时节般优美的意境，是美的礼赞，是青春的乐曲，是难忘最是少年游的回忆之歌。

登临览胜的时代悲歌
——《登岳阳楼二首·其一》

洞庭之东江水西，帘旌不动夕阳迟。

登临吴蜀横分地，徙倚湖山欲暮时。

万里来游还望远，三年多难更凭危。

白头吊古风霜里，老木沧波无限悲。

范仲淹千古名文中气象万千的巴陵郡，是岳州也即岳阳的富于诗意的别名。位于湖南北部长江南岸的岳阳，今日已是一个车如流水马如龙的现代都会，它不仅是山水俱胜的佳区，而且是历史人文的胜地。"袅袅兮秋风，洞庭波兮木叶下"，自从屈原行吟泽畔，在《湘夫人》中领衔一唱之后，历代诗人便纷纷先后登场。他们对巴陵胜状各具怀抱的讴歌，汇成了一部宏大多彩的合唱，北宋与南宋之交的杰出诗人陈与义，就是其中的一位。

陈与义的祖籍为眉州青神（今四川眉山），他的曾祖陈希亮任凤翔知府时，苏轼是其僚属。后来陈希亮迁居洛阳（今属河南），后世即以洛阳为其籍，而籍贯长沙出生于洛阳的我，也有幸攀附陈与义为半个同乡了。陈与义，字去非，号简斋，少年时在家乡已有"诗俊"之名，徽宗政和三年（1113年），他以太学上舍生即优等生的资格免试进士及第，时年23岁。本以为人生道路上会铺满阳光与鲜花，却不料是阴霾与荆棘。他除了任过开德府（今河南濮阳）教授之类的冷官闲职之外，还时遭贬斥。徽宗宣和六年（1124年）更是被贬到陈留（今河南开封东南陈留镇）做了一个征收酒税的芝麻小官。

这一时期，陈与义的诗不乏清词丽句，如《和张规臣水墨梅五绝·其五》的"自读西湖处士诗，年年临水看幽姿。晴窗画出横斜影，绝胜前村夜雪时"，如《襄邑道中》的"飞花两岸照船红，百里榆堤半日风。卧看满天云不动，不知云与我俱东"。但毕竟好像小花小草的盆景，虽然可以使人获得赏心悦目的美的感受，却缺乏荡气回肠的力的震撼，而那些抒写郁闷牢骚的诗章，如"二十九年知已非，今年依旧壮心违。黄尘满面人犹去，红叶无言秋又归。万里天寒鸿雁瘦，千村岁暮鸟乌微。往来屑屑君应笑，要就南池照客衣"（《以事走郊外示友》）之类，也仍然未免局促于个人的小天地，而缺乏登高壮观天地间的大气象。

国家不幸诗家幸，时代成全和成就了诗人。靖康二年（1127年）正月，金人攻下汴京开封，徽钦二帝被掳。在狼烟阵中马蹄声里，长达167年的北宋王朝寿终不正之寝，而苟延残喘152年的南宋，则在君臣与百姓的仓皇南渡与南奔中拉开了序幕。这是一个铁与血的时代，这是一个天崩地坼的时代，这是一个壮士挥戈英雄抗敌而昏君当道奸相弄权的时代，这是一个志士仁人黎民百姓心存中兴希望而实际上是一个江河日下的绝望的时代。陈与义从陈留避难南行，前后三年，几经辗转，艰苦备尝，家国之恨与身世之愁齐来眼底与心头。虽然还不到40岁却已早生华发。建炎二年（1128年）早秋时节，他终于来到岳阳，次年秋日离开，先去广东后奉诏赴南宋朝廷所在地浙江绍兴。在岳阳的一年多中，本来就崇尚杜甫的陈与义，其诗风发生了很大的变化，由个人而时代社会，由小我而天下苍生，意境宏阔深远，音调苍凉悲壮，留下了许多可圈可点可咏可歌的篇章，这篇《登岳阳楼二首·其一》便是代表。

洞庭之东江水西，帘旌不动夕阳迟。

登临吴蜀横分地，徙倚湖山欲暮时。

万里来游还望远，三年多难更凭危。

白头吊古风霜里，老木沧波无限悲。

　　在萧瑟的秋风声中，在西下的夕阳影里，漂流湖湘的诗人登上了风光依旧的岳阳楼。江山形胜如故，但国事已非，心情有异，前人说此诗"远诣老杜"，他确实是承续传扬了杜甫的香火。"登临""徙倚"之句已使我们想起杜甫《登岳阳楼》的"吴楚东南坼，乾坤日夜浮"了，"万里""三年"之词，更使我们忆起杜甫《登高》的"万里悲秋常作客，百年多病独登台"。至于"风霜"，既是指节候，恐怕也寓指当时的严峻形势，而"老木沧波"则既是眼前的景物，也可视为憔悴早衰、悲从中来不可断绝的诗人的自画像吧。

　　同一株树上没有两片完全相同的叶子，同一根枝上没有两朵完全相同的花蕾，何况是杰出诗人笔下的作品。陈与义还有两首题材主题相同却别开天地之作，可以与上述之诗互参。其一是《巴丘书事》："三分书里识巴丘，临老避胡初一游。晚木声醋洞庭野，晴天影抱岳阳楼。四年风露侵游子，十月江湖吐乱洲。未必上流须鲁肃，腐儒空白九分头。"其一是《再登岳阳楼感慨赋诗》："岳阳壮观天下传，楼阴背日堤绵绵。草木相连南服内，江湖异态栏干前。乾坤万事集双鬓，臣子一谪今五年。欲题文字吊古昔，风壮浪涌心茫然。"

　　古老的岳阳楼早已重修。近日在岳阳楼之侧洞庭湖之滨，更建成了长达一公里有余、占地三十万平方米的"岳阳楼新景区"。沿湖刻诗于石，贯以铁链，市民游客既可凭眺湖光山色，也可观赏诵读自屈原以来包括陈与义在内的历代吟咏巴陵胜状的优秀诗章。因我在岳阳工作多年，主事者嘱我赋诗以刻石，我三谢不能，只得作《咏洞庭》以报："范相文章北斗高，杜公诗得凤凰毛。洞庭借我新台砚，好写胸中万古潮！"湖山虽然依旧，景观已与时俱新。陈与义如果再来，我愿意陪他重游故地，听他咳唾珠玉，看他由悲而喜，笔舞龙蛇，也笔舞全新的诗篇。

一曲高歌说到今
——《满江红》

怒发冲冠，凭栏处、潇潇雨歇。抬望眼，仰天长啸，壮怀激烈。三十功名尘与土，八千里路云和月。莫等闲，白了少年头，空悲切。

靖康耻，犹未雪；臣子恨，何时灭？驾长车，踏破贺兰山缺。壮志饥餐胡虏肉，笑谈渴饮匈奴血。待从头，收拾旧山河，朝天阙！

岳武穆壮怀激烈的《满江红》，是一曲豪气干云的英雄颂，一阕哀声动地的悲怆曲，也是一道时间的风沙永远无法侵蚀的诗之丰碑。长期以来，它不知曾使多少懦夫立志、壮士起舞，乃至成了爱国精神和民族意志的一种象征。

然而，时至近世，这首名词的作者究竟是谁，竟然引起了一场众说纷纭的争论。这场争论旷日持久，双方对簿公堂，唇枪舌剑，却没有一位极具权威的大法官拍案定谳。

对岳飞《满江红》词首先提出怀疑者，是近代学者余锡嘉。他在《四库提要辨证》卷二三"岳武穆遗文"条下，提出两点理由，一是此词最早见于明代嘉靖十五年（1536年）徐阶所编之《岳武穆遗文》，徐编据弘治年间浙江提学副使赵宽所书岳坟词碑收入，赵宽未说明来龙去脉。总之，此词现身于明代中叶，在宋、元人的记载与题咏中无迹可寻；二是岳飞之子岳霖与孙岳珂，穷两代之力搜访父祖遗稿，岳珂编成并曾重刊《金陀粹编》一书，却未曾收录此词。"余说"一出，本来无可怀疑的变成了有疑可怀，许多人也就将疑将信。20世纪60年代之初，词学大家夏承焘发表《岳飞〈满江红〉词考辨》一文，不但重申"余言"，而且自倡新论，例如他说，"以地理常识说，岳飞伐金要直捣金国上京的黄龙府，黄龙府在今吉林境，而贺兰山在今西北甘肃、河套之西，南宋时属西夏，并非金国地区。这首词若真出岳飞之手，不应方向乖背如此！"他由此推断，此词可能是明代弘治年间王越一辈有文学修养的边防将帅或幕府文士的假托。与夏承焘此呼彼应的重量级人物，有红学家兼词学家的俞平伯，他在所编《唐宋词选》中说："审词意似岳飞一生的总结，疑后人即据飞本传而为之。"众士诺诺，在夏与俞的倡说之下，某些论者自然也就如影相随了。

不过，持不同"词见"的也大有人在，其代表人物是同为词学大家的唐圭璋，和著名历史学家、《岳飞传》的作者邓广铭。唐圭璋的《读词续记》与其针锋相对。他说，宋词不见于宋元载籍而见于明清载籍者颇多，不独以岳词为然，即以岳词而论，他的另一首《满江红·登黄鹤楼有感》，岳珂等人之书亦不见收录。此词手迹在岳飞遇难后即为人珍藏，其上有1195年中进士的南宋诗人魏了翁以及元代谢升孙、明代文徵明等人的题跋，今日尚有拓片传世，见于近人徐用仪所编而于1932年出版之《五千年来中华民族爱国魂》一书。邓广铭则连续发表《岳飞的〈满江红〉不是伪作》及《再论岳飞的〈满江红〉词不是伪作》二文，对质疑者的论点逐一辩驳。如他指出岳飞的七绝《题青泥市萧寺壁》也不曾收入岳珂的《鄂王家集》，王熙于天顺二年（1458年）写河南汤阴岳庙《满江红》词碑，比杭州岳庙刻石最少早四十年，比徐阶所编之《岳武穆遗文》之刊行则早达八十年。其后，更有好"词"之徒考证指出，词中的"贺兰山"并非泛指，而是实指今日河北磁县境内之贺兰山，该山地当南北要冲，为兵家必争之地，抗金名将宗泽驻守磁州时即以贺兰山为防线，而岳飞从戎之初，也曾六过贺兰山，磁县至今仍有岳城镇，父老相传岳飞曾于此厉兵秣马，县志亦云岳飞"驻兵于此"，由此可见在岳飞的心目与计划中，贺兰山是他的必复之区与决战要地。这样，质疑岳词乃伪作的一个重要论点，也就一攻而破了。

如同无意中在山野之中拾得一颗价值连城的钻石，照亮而且照花了我们的眼睛，近年在浙江江山市发现的《须江郎峰祝氏族谱》，竟然载有岳飞的《满江红·与祝允哲述怀》，令我们喜出望外，原词如下：

怒发冲冠，想当日，身亲行列。实能是，南征北战，军声激烈。
百里河山归掌握，一统士卒捣巢穴。莫等闲，白了少年头，励臣节。
靖康耻，犹未雪；臣子恨，何时灭？驾长车，踏破金城门阙。
本欲饥餐胡虏肉，常怀渴饮匈奴血。偕君行，依旧莫家邦，解郁结。

祝氏族谱中，祝允哲也有一首词存录至今，题为《满江红·和岳元帅述怀》，不仅是与岳飞的唱和之作，而且步岳词的原韵：

仗尔雄威，鼓劲气，震惊胡羯。披金甲，鹰扬虎奋，耿忠秉节。
五国城中迎二帝，雁门关外捉金兀。恨我生，年无缚鸡力，徒劳说。
伤往事，心难歇；念异日，情应竭。握神矛，闯入贺兰山窟。
万世功名归河汉，半生心志付云月。望将军，扫荡登金銮，朝天阙！

江山古名须江，郎峰祝氏是唐宋时代当地的世家大族。北宋绍圣年间，祝允哲之父亲为兵部尚书、太子少保、都督征讨大元帅、上柱国宣国公。徽宗御驾亲征时，祝允哲曾随侍在侧。靖康元年（1126 年），钦宗敕授祝允哲大制参，督理江广粮饷，提督荆襄军务。岳飞被捕后，朝廷大员们或三缄其口，或见风使舵，或落井下石，如同当代冤案中许多人的表演一样，真是古今同概。其时，除了韩世忠发出过"'莫须有'三字何以服天下"的不平之鸣以外， 就只有祝允哲范难冒死，上书高宗，愿以阖家七十余口担保岳飞。然而，不愿徽、钦南返而自己可长踞帝座的高宗，已和先被金人俘获后负特殊使命而南归的秦桧结成了"神圣同盟"，于是时人目睹的是旷代奇冤，后人读到的是千古悲剧。上述岳词与传诵至今的字句上有些出入，前者应为未定之草，而今日我们高唱的《满江红》，则是经过岳飞修改，也许还加上后人润色的作品了。

　　虽然不能发一封请柬送到八百年前南宋的临安，请岳飞前来现身说法，但我坚信《满江红》是出自岳飞宝剑在握之手，史迹与词踪班班可考，这还用得着怀疑吗？

警句之美

——《游山西村》

莫笑农家腊酒浑，丰年留客足鸡豚。

山重水复疑无路，柳暗花明又一村。

箫鼓追随春社近，衣冠简朴古风存。

从今若许闲乘月，拄杖无时夜叩门。

　　诗歌，是讲究炼句的。动心的起句如骤然鸣响的爆竹，言尽意不绝的结句如绕梁三日的余音。丽句绚烂如红玫瑰，秀句清雅如水仙花，豪句如江海翻腾的怒涛，奇句如拔地而起的山岳。那么，言简意赅的警句呢？是使人热血沸腾的军号，是令人心魄激荡的洪钟！

　　写诗必须炼句。无论是丽句、秀句、豪句，还是奇句、警句，当然都可以笼统地归纳到"佳句"这面旗帜之下，即杜甫所说的"词人取佳句""为人性僻耽佳句"之"佳句"是也。一首还说得过去的诗，如果尚有一二佳句，当然就可吟可诵，如唐代诗人许浑的《咸阳城东楼》，一般读者也许不能记诵全诗，但"山雨欲来风满楼"流传至今，人们在行文时或生活中还经常引用。如果一首诗从整体而言已经不错，同时又有一两句佳句，当然是锦上添花，可以使全诗倍增光彩。陆游的《游山西村》一诗便是如此。

　　陆游（1125年—1210年），字务观，号放翁，越州山阴（今浙江绍兴）人。绍兴二十三年（1153年），临安省试陆游名列第一，因触怒欲让其孙子秦埙参试而内定状元及第的奸相秦桧，第二年殿试陆游被黜，直至隆兴初，孝宗才赐其进士出身。他是民族矛盾尖锐、国势风雨飘摇之南宋的杰出爱国诗人，坚持抗击北方女真贵族统治集团南侵的爱国主义精神，鞭笞苟安偷生的南宋投降派，是其诗作思想内容的核心。陆游存诗结集名《剑南诗稿》，有近万首之多，风格豪迈，尤工七律，在中国文学史上占有很高的地位。梁启超有《读陆放翁集·四首》，其中两首是："诗界千年靡靡风，兵魂销尽国魂空。集中什九从军乐，亘古男儿一放翁。""辜负胸中十万兵，百无聊赖以诗鸣。谁怜爱国千行泪？说到胡尘意不平。"可见其遗风余烈，泽被后世。

《游山西村》一诗，表现了陆游诗创作的丰富性与多样性。在大诗人笔下，不仅有骏马秋风冀北，也有杏花春雨江南；不仅有暴风骤雨，也有美景良辰。此诗写于乾道三年（1167年）春，诗人时年42岁，已是为拯救国家民族危亡而不断奔走呼号的中年。此前一年，陆游因积极支持抗战派将领张浚北伐，被掌权的投降派诬以"交结台谏，鼓唱是非，力说张浚用兵"的罪名，罢去隆兴府（府治在今江西南昌）通判之职。英雄无用武之地，他只得回到故里山阴，在镜湖（又名鉴湖）之三山闲居了四年。绍兴三十一年（1161年），陆游已有过一次被罢官回归乡里的经历，这已是他第二次去职回乡了。《游山西村》这一后世任何选本都不敢遗漏的佳作，正是写于此时。

山西村，山阴的一个村庄，在今浙江绍兴的鉴湖附近。陆游数度谪居在家，不时外出游览，附近的山村便是他的足迹常至之地。例如孝宗淳熙八年（1181年），陆游56岁时，从江西抚州被贬回乡，就作有《西村醉归》一诗："侠气峥嵘盖九州，一生常耻为身谋。酒宁剩欠寻常债，剑不虚施细碎雠（chóu）。歧路凋零白羽箭，风霜破弊黑貂裘。阳狂自是英豪事，村市归来醉跨牛。"及至嘉泰元年（1201年）夏天，诗人已经76岁了，距上一次罢归故里已经十年有余，他又作有《西村》一诗："乱山深处小桃源，往岁求浆忆叩门。高柳簇桥初转马，数家临水自成村。茂林风送幽禽语，坏壁苔侵醉墨痕。一首清诗记今夕，细云新月耿黄昏。"这两首七律均可与其早期所作的《游山西村》参照对读。

《游山西村》一诗，抒写了绍兴乡村的传统习俗、淳朴人情和诗人坚信仍会有所作为的信念。"腊酒"，指酿造于上一年腊月、用来过年的米酒。"豚"，即猪。"足鸡豚"乃"鸡豚足"之倒装，意为农家好客，又遇丰收的年成，有足够的鸡和猪肉来招待客人。"追随"，此处作一阵接着一阵解。"春社"，古代以立春后第五个戊日为春社日，家家吹箫击鼓祭社稷神以求丰年。唐诗人王驾的"鹅湖山下稻粱肥，豚栅鸡栖半掩扉。桑柘影斜春社散，家家扶得醉人归"（《社日》），早就立此存照。苏轼《蝶恋花·密州上元》也曾说："击鼓吹箫，却入农桑社。""衣冠"，衣帽，泛指服装。"闲乘月"，闲暇之时于月夜出游。"无时"，随时。颈联与尾联所抒写的，正是诗人的悠闲惬意之情，以及对古风犹存的吾土吾民的热爱。

然而，这首诗最出色的却是颔联"山重水复疑无路，柳暗花明又一村"。陆游之七律对仗精工，南宋诗人刘克庄早就说过"古人好对偶被放翁用尽"，此联亦复如此。它是珠走泉流的流水对，也是上下联相对相反的反对。更重要的是，它不仅体现了宋诗所特有的理趣，表现了陆游对前途、对国事的期冀与信心，更凝聚概括了一种乐观积极的"希望在人间"的具有普遍意义的人生哲理，成为千古不磨的一篇之警策。

激发读者惊奇的审美趣味和向上的意志，我赞美陆游诗中的警句！

发人深思的理趣
——《过松源晨炊漆公店》

莫言下岭便无难，赚得行人错喜欢。

正入万山圈子里，一山放出一山拦。

　　孔夫子在《论语·雍也》篇中早就说过："知（智）者乐水，仁者乐山。"山水，是大自然最重要的组成部分，对于中国人尤其是中国的诗人，它既是生命的依存，又是心灵的寄托。在《诗经》与《楚辞》中，早就有对山水的描写了，而曹操《步出夏门行》中的第一章《观沧海》，则是我国山水诗第一枝报春的早梅。在汉魏六朝的晋宋之际，由于陶渊明、谢灵运、谢朓等人的着意栽培，山水诗终于成了我国诗苑中风姿独具的一簇。时至唐宋，更繁茂成姹紫嫣红的景象。南宋诗人杨万里的《过松源晨炊漆公店》，便是万花丛中最鲜艳的一朵。

　　杨万里（1127 年—1206 年），字廷秀，号诚斋，吉州吉水（今江西吉安吉水县）人。绍兴二十四年（1154 年）登进士第。他历仕高宗、孝宗、光宗、宁宗四朝，为官清正，视金玉如粪土，一生刻苦简朴，其子长孺出仕后亦有乃父之风。他一生作诗两万余首，现存四千余首，因构思精巧、语言通俗、风格清新而被称为"杨诚斋体"。他不乏感怀国事之作，也多写景咏物之篇，各体皆工，尤以七绝见长，多达两千一百余首，占其全部存世作品的一半有余。在唐人绝句的前浪之后，杨万里的七绝是绝句创作的又一个高潮，也是强劲的后浪。"梅子留酸软齿牙，芭蕉分绿与窗纱。日长睡起无情思，闲看儿童捉柳花"（《闲居初夏午睡起》）；"中原父老莫空谈，逢着王人诉不堪。却是归鸿不能语，一年一度到江南"（《初入淮河四绝句·其四》）。仅从以上两首题材与主题大小不同的绝句，就可窥见后浪的声势与光彩。

绍熙元年（1190年）十一月，杨万里出任江东转运副使，时年63岁。他居金陵（今江苏南京），但因公常到下层诸郡出差，看到过去为北宋交通运输要道的淮河，今日竟成了宋金两国的分界线，不禁悲愤交集，写有《江天暮景有叹·二首》："只争一水是江淮，日暮风高云不开。白鹭倦飞波浪阔，都从淮上过江来。""一鹭南飞道偶然，忽然百百复千千。江淮总属天家管，不肯营巢向北边。"道经皖南山区，在山行道上作有《过松源晨炊漆公店》一诗，这首写景咏山之诗，不仅显示了老诗人不衰的脚力，更表现了他不老的诗心。

莫言下岭便无难，赚得行人错喜欢。
正入万山圈子里，一山放出一山拦。

中国的古典诗歌，历来就讲求"趣"与"味"。"味"暂且置之不论，"趣"细分之则有"天趣""妙趣""谐趣""机趣""理趣"，等等。所谓"理趣"，就是作者在对客观事物的审美描绘中，寄寓自己对生活与人生的哲理性思考，使作品具有一种妙不可言的诗化的哲学意味，从而避免只求形似毫无余韵的直白与浅露。杨万里此诗具有发人深思的理趣，就是因为他绝不满足于表面化地模山范水，而是移情于物，天人合一，与山对话，与山交融，感悟人生的甘苦，揭示生命的真谛，在诗的意象中自然而巧妙地表现他独到的人生体验。一诗在手，展卷而吟，读者当会有柳暗花明别开天地的领悟和喜悦。

古典诗歌中写"登山"的诗很多，如杜甫青年时的名作《望岳》的"会当凌绝顶，一览众山小"，就是写心理的登山；谭嗣同《晨登衡岳祝融峰》

的"身高殊不觉，四顾乃无峰。但有浮云度，时时一荡胸。地沉星尽没，天跃日初熔。半勺洞庭水，秋寒欲起龙"，则是咏实地的登山。杨万里，也有一些登山之作，如《过上湖岭望招贤江南北山》即是："岭下看山似伏涛，见人上岭旋争豪。一登一陟一回顾，我脚高时他更高！"在古典诗歌中，咏"下山"之作较少，佳篇更为罕见，然而，杨万里却一箭双雕，一举两得，将咏登山的佳构与写下山的名篇，都收入自己的诗囊之中。

松源与漆公店，均在今日安徽南部的山区，具体地点有待详考。一般人都以为上山艰难下山容易，与杨万里同行的人可能真也这样说过。"莫言下岭便无难"，开篇以否定句有如当头棒喝，警人亦以自警。"赚得行人错喜欢"，"赚"，即"骗"之意，是主观想象之"错"造成的自我欺骗，言外之意也包括山对行人心理的欺骗。为什么"错欢喜"呢？这既是对上句"莫言"的进一步的申说与补充，也为后面两句留下了悬念，全诗便显得曲折有致，跌宕生姿，这正是被人美称"活法"（意谓新鲜活泼的诗思诗艺）的"杨诚斋体"的看家本领。"正入万山圈子里，一山放出一山拦"的三四两句，就是承接上面的"莫道"与"错喜欢"而来，创造出一个富于情趣而别有韵味的诗的世界。将磅礴回环的"万山"形容为"圈子"已经很形象了，已经预示出下山的艰难了，更妙的是结句将万山拟人化，一"放"一"拦"两个反义动词的运用，不仅将山化静为动，化板为活，使得山富于灵性，也更表现了下山之困苦艰难。当然，此诗并非对俗语所谓"上山容易下山难"作一般性的解说，而是寄寓了深层的令人浮想联翩的人生哲理：要保持清醒的头脑，要克服纷至沓来的困难，要勇于面对逆境的挑战……

杨万里的山水诗《过松源晨炊漆公店》清新活泼，含意深长。清诗人袁枚有一首《山行杂咏》："十里崎岖半里平，一峰才送一峰迎。青山似茧将人裹，不信前头有路行。"诗也写得不错，但比起杨万里之作，就不免有些东施效颦或者说小巫见大巫了。

亮丽的水彩画
——《晓出净慈寺送林子方》

毕竟西湖六月中，风光不与四时同。

接天莲叶无穷碧，映日荷花别样红！

　　浙江杭州的西湖，是上天的恩赐，人间的杰作。她有如一位仪态万方的美人，美人之光，可以养目，才子之文，可以养心，古往今来不知有多少诗人为她折腰，向她顶礼，写出了不计其数的咏赞诗章。南宋诗人杨万里的七绝《晓出净慈寺送林子方》，就是众多赞美诗中一幅亮丽的永远保鲜的水彩画，或者说，是其中一颗名贵的永不失色的灿烂珍珠。时近九百年，它仍然可以照亮在我们观赏的眼睛，滋润熙熙攘攘在现代红尘中的我们的焦渴心灵。

　　杨万里不乏感怀家国忧心时事之作，但更多写景咏物之篇，与尤袤、范成大、陆游一起，被推崇为南宋的"中兴四大诗人"之一，他与陆游的名声更著，时人赞颂陆游近似杜甫，而美称他为"小李白"。他各体皆工，如七古《重九后二日同徐克章登万花川谷月下传觞》，就颇得李白七言古诗的神韵，堪称"小李白"的大创造。

　　我们不妨在浪花丛中撷取几朵。"一晴一雨路干湿，半淡半浓山叠重。远草平中见牛背，新秧疏处有人踪"，这是《过百家渡四绝句·其四》，清浅活泼；"泉眼无声惜细流，树阴照水爱晴柔。小荷才露尖尖角，早有蜻蜓立上头"，这是有名之作《小池》，传诵千载；"梅子留酸软齿牙，芭蕉分绿与窗纱。日长睡起无情思，闲看儿童捉柳花。"《闲居初夏午睡起》抒写生活小景，饶有诗趣；"莫言下岭便无难，赚得行人错喜欢。正入万山圈子里，一山放出一山拦。"《过松源晨炊漆公店》咏叹山行情状，富于哲理。而《晓出净慈寺送林子方》一绝呢？更是情景如画，意韵悠长：

> 毕竟西湖六月中，风光不与四时同。
> 接天莲叶无穷碧，映日荷花别样红！

荷花，是我国的十大名花之一。与梅花、桃花等姐妹花卉一起，早在近三千年前的《诗经》之中，它就已经闪亮登场了，"彼泽之陂，有蒲与荷。有美一人，伤如之何"，这就是它在《陈风·泽陂》中留下的最早的风姿倩影。自此之后的历代咏荷之诗，足可以编成一部卷帙浩繁的咏荷的专题诗集。杨万里接踵而来，他的上述咏荷之诗，为什么还会让读过许多咏荷佳作的我们仍然一见钟情？答案是：诗人敏锐地感受和发现了生活中属于自然美的荷花之美，并作了不同于他人的独特的艺术表现。

净慈寺，在杭州西湖之南，与灵隐寺同为杭州两大名寺。林子方，名枅（jī），福建莆田人。杨万里在六月一天的早晨从寺院出来，送他这位友人去福建赴转运判官之任，西湖的十里荷花让他触美景而生诗情，写下了这千古传诵的名作。这首诗之美，首先美在意象。意象，是诗歌创作构思的核心，也是诗美的基本元素，此诗集中笔力抒写描画的，就是碧绿的莲叶与火红的荷花。俗语说"红配绿，看不足"。碧叶与红花本来就相辅相成相映生辉了，作为背景，诗人还以"接天"与"无穷"来形容碧叶的高远和辽阔，作为主体，诗人还以"映日"与"别样"来突出荷花的红艳与热烈，这种具有强烈色彩感所构成的美的视觉意象，当然就使读者一见倾心了。其次，此诗还美在虚实相生的艺术结构。虚实相生，是中国诗歌最重要的美学思想与法则之一，例如就情景而言，情为虚，景为实，情中有景，景中有情，先情后景，先景后情，总之，情景交融互相生发才能创造出诗之妙境。杨万里此诗前两句主情，后两句主景，情引发景，景以传情，如此虚实相生，美妙的诗境便如在目前又令人玩味不尽。再次，此诗也美在以生机盎然的"活法"著称的杨万里的灵秀句法。此诗"毕竟"二字提于全诗之首，直贯下文，强调此地此时的风光之独异，又照应结句中的"别样"，人美称为"十四字句"。在极具进行式流动感的散句之后，后两句复出之以严整不乏变化的对偶句，其对偶中的变化，表现在它运用了"互文"这一修辞格式，即文义的交错而互见，如同王昌龄《出塞》的"秦时明月汉时关"，意为秦汉时的明月和边关，此诗的后两句意为莲叶接天荷花也接天，荷花映日莲叶也映日，阳刚之美与阴柔之美兼而有之，言约意丰而情文并美。

杨万里原诗共有两首，许多读者所不知的第一首是："出得西湖月尚残，荷花荡里柳行间。红香世界清凉国，行了南山却北山。"首唱本来也不错，无奈后出转精，后来居上，它就只好退居次席甚至幕后了。

田园风情画
——《清平乐·村居》

> 茅檐低小，溪上青青草。醉里吴音相媚好，白发谁家翁媪？
>
> 大儿锄豆溪东，中儿正织鸡笼。最喜小儿亡赖，溪头卧剥莲蓬。

中国诗歌史上的大家，他们的才华往往像多棱形的钻石一样面面生辉：除了善于表现重大的题材，还能成功地抒写多种多样的题材；除了驾驭得最为得心应手的体裁，还能驱遣多种形式；除了有鲜明突出的艺术个性，还有不拘一格的风格。小家的作品虽然也有可观，但大都比较单一与单调；大家的作品除了有他们自己的"主旋律"之外，同时也呈现出丰富多样而富于变化的特征。南宋词坛的领军人物辛弃疾的作品，便是一派大家气象。

辛弃疾（1140年—1207年），原字坦夫，改字幼安，中年后别号稼轩居士，历城（今山东济南）人。他出生时山东沦亡已有十三年，父亲早亡，在祖父辛赞的教育和影响之下，他21岁即参加耿京的抗金义军，曾率领五十骑闯入济州（今山东菏泽巨野县）五万人众的金营，生缚叛徒张安国于马上，并策反上万士兵渡淮水与长江而归南宋。辛弃疾首先是一位英雄，其次才是一位词人。作为能挽大厦之将倾的杰出军事家与政治家，在昏君与奸臣当道的南宋，他不是位沉下僚，就是投闲置散，始终英雄无用武之地，于是，他就只能将自己的热血与心潮，一一寄托于文战的词场而不是武战的沙场。他的词，不是一般文人的舞文弄墨，而是志士的热血的燃烧，国士的心潮的澎湃。

辛弃疾现存词六百二十余首，全部都是他南渡归宋之后的作品。慨当以慷，忧思难忘，英雄词人继承了苏东坡清雄高朗的词风，在南宋词坛高扬的是"豪放派"的大旗。他早期的作品《南乡子·登京口北固亭有怀》，就说"天下英雄谁敌手，曹刘。生子当如孙仲谋"；人到中年，他在《满江红·江行和杨济翁韵》中，又感叹"英雄事，曹刘敌。被西风吹尽，了无陈迹"；及至67岁的暮年，即他逝世前一年，他在《永遇乐·京口北固亭怀古》中，仍然是烈士暮年壮心不已："千古江山，英雄无觅，孙仲谋处。舞榭歌台，风流总被，雨打风吹去。"然而，在大自然中，暴风雨之后也有清明的晴日，群山万壑之中也有潺潺流泻的清溪，大海上不仅有奔腾的九级浪，也有波平如镜的风光；在社会生活中，有烈火狂飙的英雄人物，有金戈铁马的战斗生涯，同时，也有花前月下的儿女柔情，也有登山临水的闲情逸致，也有友朋之间的把酒谈心。辛弃疾除了豪语壮词，也有一些明丽清新的田园小品，他被贬谪江西闲居上饶带湖时所作的《清平乐·村居》，就是其中的一首。

　　　　茅檐低小，溪上青青草。醉里吴音相媚好，白发谁家翁媪？
　　　　大儿锄豆溪东，中儿正织鸡笼。最喜小儿亡赖，溪头卧剥莲蓬。

　　这首词，是辛弃疾农村词的代表作之一，宛如一帧优美的田园风情画。画面的背景是一椽茅屋，一条溪水，画面的中心则是一对白发公婆和他们的三个儿子。词的上片，主要写背景和老人。"茅檐低小"，出自杜甫在四川成都草堂所作的《绝句漫兴》："熟知茅斋绝低小，江上燕子故来频。"如此小小茅屋，正是当时农村的一般景象，居所低小，可见生活之艰难。"溪上青青草"又是茅屋的背景，茅屋已是词中背景了，一曲清溪两岸绿茵更是背景的背景。江西地处吴地上游、楚地下游，素有"吴头楚尾"之称，所以此地的语音也可称"吴音"。"翁媪"即老年的公公和婆婆,"醉里吴音相媚好,白发谁家翁媪",吴侬软语本来就很温柔了,何况这两位老人喝了点酒已经微醉,更何况他们老两口感情很好,彼此轻言细语絮叨家常,听起来声音更加妩媚好听。作者的笔触充满温情,他并不是粉饰太平,而是既表现了田夫野老知足常乐的淳良朴实,也抒发了自己对他们的关爱之意。

词的下片,分写儿辈。一句写大儿子:"大儿锄豆溪东。"大儿子当是家中主要劳动力,就担负在溪东豆田锄草的重担。一句写二儿子:"二儿正织鸡笼。"二儿年纪小些,但他也同样勤劳,手不停织,各尽所能。重点所在是写小儿子,用了两句:"最喜小儿亡赖,溪头卧剥莲蓬。""亡赖"即"无赖","无赖"此处为逗人、可爱之意,唐诗人徐凝七绝《忆扬州》即有"天下三分明月夜,二分无赖是扬州"的妙句。小儿子尚在幼年,无忧无虑,他"好闲"但不"游手",正躺在溪头的青草上剥食莲蓬呢。前面写两位老人,已经声发纸上令读者如闻纸上有人了,结尾写小儿更是情景如见的传神之笔,而"最喜"二字,尤可见作者的欣悦赞叹之情。汉乐府《相逢行》曾经写道:"大妇织绮罗,中妇织流黄;小妇无所为,挟瑟上高堂。"辛弃疾易三女为三男,应该是生活中的实景,但也融化了前人的句法和句意。

《清平乐·村居》宛如一幅明丽的水彩画,让我们看到多棱形钻石的另一面光辉。

田园闲趣　泥土芬芳
——《西江月·夜行黄沙道中》

明月别枝惊鹊，清风半夜鸣蝉。稻花香里说丰年，听取蛙声一片。
七八个星天外，两三点雨山前。旧时茅店社林边，路转溪头忽见。

　　在中国的历史和文学史上，诗人而兼英雄或者英雄而兼诗人的人物不多，三国时的曹操，明末的夏完淳，清末的秋瑾，他们都堪称人中之龙与诗中之杰，但是，长亭更短亭，他们之间时距很远。南宋则不然，在短短的百余年间，就有被梁启超誉为"集中什九从军乐，亘古男儿一放翁"的陆游，有"醉里挑灯看剑，梦回吹角连营"的辛弃疾，有"驾长车，踏破贺兰山缺"的岳飞，有"人生自古谁无死，留取丹心照汗青"的文天祥。他们既是无双国士、民族魂魄，也是诗中豪杰、词中俊杰；其人如银汉星斗，其诗如不废江河。

　　中国历史上的南宋，是一个仁人志士奔走呼号力挽危亡的时代，也是一个君昏臣嬉莺歌燕舞醉生梦死的时代；是一个权奸当道居庙堂之高的时代，也是一个忠良被逐处江湖之远的时代。资兼文武的辛弃疾不仅长期沉沦下僚，被权力中心边缘化而壮志未酬，而且两次被宵小之徒罗织罪名而丢官，先后在江西上饶与铅山闲居十八年之久。《西江月·夜行黄沙道中》，就是他闲居于上饶城郊带湖时的作品。

　　明月别枝惊鹊，清风半夜鸣蝉。稻花香里说丰年，听取蛙声一片。

七八个星天外，两三点雨山前。旧时茅店社林边，路转溪头忽见。

淳熙八年（1181年）冬，辛弃疾已41岁，被迫隐居带湖十年之久，直至绍熙三年（1192年）被起用为福建提点刑狱。归隐十年，他虽仍忧心国事却报国无门，只能专心于词的创作，迎来了创作果实丰硕的金秋，奠定了南宋词坛第一人的地位。除了感叹时光易老功业无成的忧国忧民也忧己之作，他还写了大量的山水田园词作，歌颂佳山好水，淳朴民情，在那些风景画与风俗画里，寻求和营造自己的精神家园。《西江月·夜行黄沙道中》，记写的就是他在乡村夜行中的所见所感，在慷当以慷忧思难忘的以豪放沉郁名世的辛词中，这是风格清新婉约别调独弹的一首。

"黄沙"，即黄沙岭，坐落在潇水支流贤水河畔之山坳。《上饶县志》说："黄沙岭在县西四十里乾元乡，高约十五丈。"辛弃疾在此建有读书堂，常于斯闲居，多有吟咏，如"句里春风正剪裁，溪山一片画图开"（《鹧鸪天·黄沙道中即事》），如"突兀趁人山石狠，朦胧避路野花羞。人家平水庙东头"（《浣溪沙·黄沙岭》）。这首词的上阕以动写静，写夏夜的乡间景象，颇有"蝉噪林逾静，鸟鸣山更幽"（南朝·梁王籍《入若耶溪》）的优美静谧的情趣。开篇以对偶句起，清风明月，蝉鸣鹊飞，有视觉，有听觉，有触觉，词人的艺术感觉极为敏锐而细腻。其中的"半夜"点明了题目中的"夜"，而"别枝惊鹊"则义有多解。一说"别枝"为"远枝""另外之枝"，曹操有云"月明星稀，乌鹊南飞。绕树三匝，无枝可依"，周邦彦有句"月皎惊乌栖不定"，苏轼有道"月明惊鹊未安枝"。辛弃疾饱读诗书，他的词应该是由上述诗词化出。"别枝"的另一解为动宾结构，即"离别树枝"，意为月光离开了树枝，惊动了已安栖的乌鹊。朱光潜先生就曾撰文认为："'别'字是动词，乌鹊对光线的感觉是极灵敏的，日蚀时它们就惊动起来，月落时也是这样。"

以上二解均可通，但开篇既为对偶句，如"别枝"之"别"作动词，则与"半夜"之"半"作形容词不免失偶。"稻花香里说丰年，听取蛙声一片"是此词的名句。"听取"为听着、听到之意，词人将"稻花香"的嗅觉意象与一片"蛙声"的听觉意象交织在一起，不仅以热闹的蛙吹衬托出夏夜乡村的静谧，而且让人读来只觉别饶情味、诗意盎然。其中的词眼就是"稻花香里"与"丰年"之间的那个"说"字。是谁在"说"呢？有人以为是守夜的农夫，那未免太过于坐实而缺乏诗意；有人以为是词人自己和一同夜行的人，那同样未免板实而缺少情韵。其实，词人在这里是移情于物，将"稻花"拟人化，是扬花的稻穗以浓郁的香气在向众生也向夜行人报道丰收的年成，如此理解便觉诗意空灵蕴藉，词人喜庆丰收之情也才洋溢于字里行间。

在词的上片描绘了一幅农村夏夜图之后，下片抒写的是夜行途中忽然发现"旧时茅店"的动人情景。"七八个星天外，两三点雨山前"，仍然是以偶句领起，而方位是上下高低互相映照，以数词为对偶，在词赋中屡见不鲜。如北周庾信《小园赋》之"一寸二寸之鱼，三竿两竿之竹"，如唐朝诗人卢延让《松寺》之"两三条电欲为雨，七八个星犹在天"。"茅店"为小酒店或小客栈，"社林"为土地庙旁边的树林，"见"为"现"。山雨欲来，夜行人不免焦急，但转过溪桥，熟悉的茅草小店忽然出现在眼前。结句用倒装句法，不仅点明了题目中的"夜行"，表现了词作者如逢故人的喜悦，行文也平中见曲，化平实为峭劲。

英雄既有金刚怒目，也有菩萨低眉；既有壮怀激烈，也有柔情似水。《西江月·夜行黄沙道中》出自英雄词人之手，不也洋溢着田园闲趣、泥土芬芳吗？

白描
——《约客》

黄梅时节家家雨，青草池塘处处蛙。

有约不来过夜半，闲敲棋子落灯花。

　　若夫淫雨霏霏，连月不开，现在正是江南的梅雨季节。虽然我身居闹市，入耳的尽是车声的隆隆，人声的嚣嚣，听不到鸟鸣的嘤嘤，蛙唱的阁阁，但在这种黄梅天里，我总不免会遁入遥远而芬芳的古典，将宋代诗人赵师秀的名篇《约客》重温。

　　赵师秀（1170年—1219年），生于南宋末世，字紫芝，号灵秀，赵宋宗室，永嘉（今浙江温州）人。绍熙元年（1190年）进士，仅任过高安推官之类的卑职小官，仕途不达而终于归隐。在宋代诗歌史上，他属于"永嘉四灵"这一诗派，除他之外，其他同为永嘉人而字号中均有"灵"字的三位是：徐照，又字灵晖；徐玑，又号灵渊；翁卷，又字灵舒。

　　北宋的黄庭坚是"江西诗派"的开山祖师，但江西诗派的末流却是从书本到书本，专以学问为诗。"永嘉四灵"的作品虽然缺乏深广的时代社会内容，但他们推许不为"江西诗派"所喜的中晚唐诗家贾岛、姚合等人，主张抒写性情，强调清新自然，着意炼字炼句，所以在写景抒情方面也不乏佳作。在"四灵"之中，赵师秀虽然排名末位，但这种座次如同现在作家作品的某些"排名榜"或"排行榜"一样，只可视为"参考消息"，他的整体成就实在高于其他三人。在他存诗一百四十一首的《清苑斋诗集》中，有于镇江北固山甘露寺多景楼感时伤世的《多景楼晚望》："落日栏干与雁平，往来疑有旧英灵。湖生海口微茫白，麦秀淮南迤逦青。远贾泊舟趋地利，老僧指瓮说州形。残风忽送吹营角，声引边愁不可听。"也有咏秋色秋光而别出心裁的《数日》："数日秋风欺病夫，尽吹黄叶下庭芜。林疏放得遥山出，又被云遮一半无。"然而，正如一种名牌产品一定有其注册商标，赵师秀在诗史上注册的作品，首先还是那首句秀意新的七绝《约客》，它是赵师秀的诗的标志。

> 黄梅时节家家雨，青草池塘处处蛙。
> 有约不来过夜半，闲敲棋子落灯花。

读《约客》一诗，令人惊叹的是它的白描。古希腊哲人亚里士多德在他的名著《修辞学》中说，比喻、对比与生动，为修辞学的三大原则，"诗与文之中，比喻之为用大矣哉"。确实，比喻是诗苑的奇葩，诗国的骄子，其他如对比、象征、通感等等，都是诗人的文库中常备的利器。但是，《约客》却一空依傍，纯用白描，显示了有如空手入白刃般的高超的诗艺。所谓"白描"，源于古代的"白画"，即用墨线勾勒物象而不着颜色或略施淡墨的画法，为中国绘画的传统技法之一。白描原是绘画的专用术语，借用到诗文创作中来，则是指不借助其他艺术手段，专以明快洗练的文字勾勒出生动传神的形象。赵师秀的《约客》，正是如此。

诗人首先着重从听觉的角度，勾画出一幅外景与大景。江南立夏之后多雨，长约四十天，之所以俗称黄梅天和黄梅雨，因为正当梅子黄时。"黄梅时节家家雨"点明时令，而"家家"的叠词则是渲染雨水多而且广，无一幸免。"青草池塘处处蛙"，前句着笔于"雨"，此句落墨于"蛙"，前句写白天，此句写晚上。南朝晋宋之交的诗人谢灵运，有"池塘生春草，园柳变鸣禽"之名句，赵师秀之"青草池塘"其源有自，但也可能是随手拈来，何况雨肥草茂，正是眼前的实景。"蛙"，本是春天与夏日的热情的歌手，尤其是入夜后它们更是倾情演出，引吭高歌。仅以宋代而论，就有许多诗人为它们的演唱做过现场记录，如黄庭坚的"蛙号池上晚来雨，鹊转南枝夜深月"（《秋怀》），范成大的"薄暮蛙声连晓闹，今年田稻十分秋"（《晚春田园杂兴》），陆游的"蛙声经雨壮，萤点避风稀"（《露坐》），曹豳（音bīn）的"林莺啼到无声处，青草池塘独听蛙"（《暮春》）。曹豳是赵师秀的同时代人，他们的咏蛙之句颇为相似，也许是作者不同而诗心相同吧。也许是其中一人借鉴了另一人，但孰后孰先呢？其间的关系总令人感到有些暧昧。"处处蛙"之"处处"，和"家家雨"之"家家"是在诗行同一位置上的叠词照应，益增语言的听觉美感，更突出了户外与野外的热闹。

接着，诗人便掉转笔锋，由外而内，由大而小，主要从视觉的角度，勾勒出一幅内景与小景。"有约不来过夜半"，至此，"有约"方才点明题目《约客》，而"过夜半"则表明时间已过午夜而客人未至，可见主人等候之久，期盼之切，而雨声与蛙声敲响的正是他内心的想望和寂寞。古代油灯中的灯芯燃烧时结成的花状之物，名"灯花"。"闲敲棋子落灯花"，客人久候不至，大约是因为梅雨连绵而不良于行吧，主人虽无可奈何但也不免怅然若失。全诗最后聚焦于主人敲棋的动作和灯花掉落这一细节，有如一个声色并作的特写镜头，言有尽而意无穷。

许多人都有过听取蛙声一片的人生经验。小时我家在乡村，少年时也曾在乡间初上中学，青蛙乐队的鼓吹曾经声声入耳。后来数十年困居于红尘闹市，蛙唱已经久违，每读赵师秀的《约客》，总是恍兮惚兮回到了遗失已久的少年和童年。

警句
——《过零丁洋》

辛苦遭逢起一经，干戈寥落四周星。

山河破碎风飘絮，身世浮沉雨打萍。

惶恐滩头说惶恐，零丁洋里叹零丁。

人生自古谁无死？留取丹心照汗青！

犹记 1959 年诗人郭小川被批判的名作《望星空》，在"星星呵，亮又亮，在浩大无比的太空里，点起万古不灭的盏盏灯光。银河呀，长又长，在没有涯际的宇宙中，架起没有尽头的桥梁"的描绘之后，继之竟然是"呵，星空，只有你，称得起万寿无疆"之句，那真是振聋发聩之洪钟，惊世骇俗之异响，至今仍令后来人对他的诗胆大于天肃然起敬！

关于炼句，古典诗人曾充分发表过他们的艺术见解，例如李白赞扬张翰："张翰黄花句，风流五百年。"（《金陵送张十一再游东吴》）白居易赞扬李白、杜甫："文场供秀句，乐府待新词。"（《读李杜诗集因题卷后》）王湾的《次北固山下》中有"海日生残夜，江春入旧年"，张说把这两句诗题于政事堂作为习文的楷式。赵嘏《长安秋望》因为有"残星几点雁横塞，长笛一声人倚楼"之句，杜牧美称他为"赵倚楼"。而诗人们自己呢？杜甫是"为人性僻耽佳句，语不惊人死不休"（《江上值水如海势聊短述》），贾岛是"两句三年得，一吟双泪流"（《题诗后》），杜荀鹤是"炼精诗句一头霜"（《维扬冬末寄幕中二从事》），陆游是"炼句未安姑弃置"（《枕上》）。如此等等，不胜枚举。

确实，有句无篇不能提倡，然而一首诗如果从整体上说已经不错，同时又有出色的佳句，那当然可以使全诗倍增光彩；而一首还说得过去的诗，如果尚有一二佳句，不是也可以失之东隅而收之桑榆吗？如许浑的《咸阳城东楼》，读者也许不一定能背诵全诗，但"山雨欲来风满楼"一句却传诵至今。可见，佳句要依存于全篇，但也还有一点相对的独立性，完全否定这种独立性，恐怕也会抹杀炼句的作用，也难以解释有些诗篇为什么有佳句可摘了。

我赞美炼句，特别是篇中炼句，而且，我更赞美篇中炼句中的警句。我所说的警句，和一般所说的佳句的含意还是有所不同。警句，是以警动人们耳目的形态，集中而深刻地表现一种生活的真谛或壮美的思想感情。它不仅能激发人们一般意义的美感，而且还能激发人们审美的惊奇感和向上的意志。陆机在《文赋》中说"立片言以居要，乃一篇之警策"，杜甫说"语不惊人死不休"，李清照说"学诗谩有惊人句"（《渔家傲》），他们指的大约都是警句的震撼之美吧？杜甫的"新松恨不高千尺，恶竹应须斩万竿"（《将赴成都草堂途中有作，先寄严郑公五首·其四》），李清照的"生当作人杰，死亦为鬼雄"（《夏日绝句》），不就是这种警策的"惊人句"吗？谈到警句，我们自然不会忘记文天祥的《过零丁洋》：

　　　　辛苦遭逢起一经，干戈寥落四周星。

　　　　山河破碎风飘絮，身世浮沉雨打萍。

　　　　惶恐滩头说惶恐，零丁洋里叹零丁。

　　　　人生自古谁无死？留取丹心照汗青！

文天祥（1236年—1283年），字履善，又字宋瑞，自号文山，吉州庐陵（今江西吉安）人，无意作诗人而成了有许多名作传世的诗人，有《文山集》。

祥兴元年（1278年）十月二十六日，文天祥在五坡岭（今广东汕尾海丰县北）兵败被俘，元军统帅张弘范追击在崖山（今广东江门新会区南海中）的幼帝赵昺，挟持文天祥同往，并派李恒元帅至文天祥船上，强迫他招降坚持海上抗敌的南宋主将张世杰。文天祥不从，"书此诗遗之，李不能强，持诗以达张"。张弘范读后，"但称：'好人！好诗！'竟不能逼"。（《文山集·过零丁洋》附记）"零丁洋"，即今广东中山南的珠江口一片布满零星岛屿的海区，当年给张弘范读的《过零丁洋》一诗，乃文天祥被挟持途中经零丁洋而作。

诗的前六句，以极为形象而概括的笔触，追述了自己自德祐元年（1275年）起兵勤王，于祥兴元年（1278年）被俘时为止历时四年的战斗历程：先是考中状元被朝廷起用，后来在四年中浴血奋战，历尽千辛万苦，但国势终于无法挽回，个人的命运也如雨中的浮萍。回忆当年在江西万安的赣江惶恐滩兵败撤退，心头是多么诚惶诚恐，眼看今日失去自由而漂泊在零丁洋里，又是何等孤苦伶仃！——在叙事中奔涌一股感人肺腑的深情与真情，毫无矫饰之处，情调悲多于壮，甚至有些"低沉"，简直就是一阕英雄末路的悲歌。但是，"人生自古谁无死，留取丹心照汗青"，慷慨赴死的南冠却吹起了最后的一道冲锋号，视死如归的阶下囚却擂动了最后的一通鼙鼓！生与死，这是古往今来芸芸众生一个现实而又形而上的命题。文天祥的这一联警句，充盈着一股多么浩然的正气，包容了多么壮美的思想感情，表现了对生命真谛的多么深刻的理解与讴歌呵！这种警句，真可以令懦夫立志，使壮士起舞！

警句，不是向壁虚构、徒事雕琢的结果，而是生活与思想的结晶，是人格美的闪光。文天祥的诗以元兵攻破临安为界，分为前后两期，由于后期生活的变化与思想的历练，作品的内容和风格与前期很不相同，如"臣心一片磁针石，不指南方不肯休"（《扬子江》），"世态便如翻覆雨，妾身元是分明月"（《满江红·和王夫人〈满江红〉韵》），"命随年欲尽，身与世俱忘"（《除夜》），"天地有正气，杂然赋流形。下则为河岳，上则为日星。于人曰'浩然'，沛乎塞苍冥"（《正气歌》），都是后期可歌可泣的传世之作。

诗中的警句，常常表现为议论或有较多的议论成分，但它必须倾注充沛的激情，附丽于生动的意象，而不能脱离抒情与意象而作抽象空洞的呐喊。"人生自古谁无死，留取丹心照汗青"纯是议论，但它却有一股磅礴山海的激情，又是在前面形象描写的基础上的升华，因而才具有如此撼动人心的美学力量。

艾青说："一首诗的胜利，不仅是它所表现的思想的胜利，同时也是它的美学的胜利。"（《诗论》）在中国，如"路漫漫其修远兮，吾将上下而求索"（屈原《离骚》），"少壮不努力，老大徒伤悲"（汉乐府《长歌行》），"朱门酒肉臭，路有冻死骨"（杜甫《自京赴奉先县咏怀五百字》），"三十功名尘与土，八千里路云和月"（岳飞《满江红》），"碎骨粉身浑不怕，要留清白在人间"（于谦《石灰吟》），"落红不是无情物，化作春泥更护花"（龚自珍《己亥杂诗》），"有的人活着，他已经死了；有的人死了，他还活着"（臧克家《有的人》），"卑鄙是卑鄙者的通行证／崇高是崇高者的墓志铭"（北岛《回答》）；在外国，如"你可以不成为诗人，但必须做一个公民"（涅克拉索夫《诗人与公民》），"我是剑，我是火焰"（海涅《颂歌》），"如果冬天来了，春天还会远吗"（雪莱《西风颂》），"当人是兽时，他比兽还坏"（泰戈尔《飞鸟集》）——读者朋友，你所熟悉的上述古今中外的诗中警句，何尝不也是如此呢？

小漂泊与大漂泊
——《天净沙·秋思》

枯藤老树昏鸦，

小桥流水人家，

古道西风瘦马。

夕阳西下，

断肠人在天涯。

悲秋，是中国古典诗歌中的一个传统母题，有如今日的同题作文竞赛，许多诗人都写出过传唱至今的名篇佳什。马致远的《天净沙·秋思》，不仅是元人小令中的极品，而且元代的周德清早就在《中原音韵·作词十法》中称誉它为"秋思之祖"。

周德清当然未免过于偏爱与夸张。楚国的宋玉自伤并伤其前辈屈原而作《九辩》，一开篇就秋声夺人，秋气满纸："悲哉，秋之为气也！萧瑟兮草木摇落而变衰"，后人遂认定宋玉为"悲秋之祖"。其实，我以为这一荣誉头衔应该归于他的老师屈原。早在《九章》之中，屈原就再三为悲秋定调了。"乘鄂渚而反顾兮，欸秋冬之绪风"（《涉江》），"悲秋风之动容兮，何回极之浮浮"（《抽思》），"悲回风之摇蕙兮，心冤结而内伤"（《悲回风》）。马致远的《天净沙·秋思》既是 13 世纪一位元曲家新的秋天的歌唱，也是屈子悲秋之一脉相承的遥远的回声。

马致远，字千里，号东篱，大都（今北京）人。他是元代著名杂剧、散曲作者，与关汉卿、白朴、郑光祖合称"元曲四大家"。颇具学问与才华的马致远，和过去绝大多数读书人一样，热衷功名利禄，渴望建功立业，但新做"中土之主"的元蒙统治者执行的不但是民族歧视政策，而且长期废止科举，断绝了读书人学而优则仕的传统前程，让他们过去的流金岁月变成了几乎颗粒无收的苦日子。马致远东奔西走，四处漂泊，曾任江浙行省务官，郁郁不得志，50岁以后终于退隐杭州郊外，啸傲于山水之间。离分仆仆于道途，形影茕茕于秋日，这首《天净沙·秋思》，大约是他退隐以前的作品。这首小令的艺术表现十分高明。前三句共用十八个字，九个名词意象并列组合在一起，三组景物的描绘由上而下、由远而近，"藤""树""鸦"分别以"枯""老""昏"形容，"道""风""马"分别以"古""西""瘦"修饰，营造了秋风萧瑟、秋意凄凉的环境和气氛。夕阳无限好，只是近黄昏，最后点明了暮色苍茫的时间，逼出了"断肠人在天涯"的结句，突出了整篇作品的"秋思"的主体，表现了作者浪迹天涯的落寞凄凉，也写尽了天下的读书人与旅人在那个艰难时世中的沧桑感与悲剧感，真是摹难状之景如在目前，含不尽之意见于言外。

悲秋，与秋日之肃杀、诗人之遭逢有关。汉字造字六法之一就是"表意"，古代中国人对秋日与忧愁的关系，不仅早有切肤之感，而且有入心之伤，所创造的表意字"愁"，即为上"秋"而下"心"，所以南宋词人吴文英在他的《唐多令》中，就有"何处合成愁？离人心上秋"的名句。从今日医学科学的角度看来，人之悲秋有其生理与病理的原因，秋天特别是无边落木萧萧下的深秋，昼短夜长，日照不足，气温下降，百卉凋零，人的情绪易于消沉抑郁，现代医学谓之"季节性情感障碍症"。悲秋形之于作品，能表现作者个人生命的坎坷，特殊节候下的心境，乃至于显示时代的面貌，如果艺术的概括与表现十分卓越成功，甚至能创造一种超越个人与时代的普遍性的永恒情境，引起不同时代读者的深远的通感共鸣，马致远这一名作中的"小漂泊"与"大漂泊"就是如此。

人生有小漂泊也有大漂泊。小漂泊，是指个人的有限之身与有限之生，在有限的时间历程中的四处流徙，在有限的空间境域中的漂泊寄寓。大漂泊，则是由个人而人类，指芸芸众生在无尽的时间与无尽的空间中本质的生存状态。"夫天地者，万物之逆旅也；光阴者，百代之过客也。而浮生若梦，为欢几何？古人秉烛夜游，良有以也"，李白对时间与生命极为敏感，他在《春夜宴诸从弟桃李园序》中对人生悲剧形而上的思考，可谓一步到位，真是一语中的。电视中的广告词说："地球已有四十五亿年的历史，人只有短短的一生。"然而，在茫茫广宇之中，地球何尝不是一位资深的来日尚称方长但毕竟有其大限的漂泊者？太空中其他星球何尝不是这样？"星际的远客，太空的浪子／一回头人间已经是七十六年后／半壁青穹是怎样的风景？／光年是长亭或是短亭？"名诗人余光中写过人间漂泊者的《乡愁》，他在《欢呼哈雷》一诗的开头不就是如此歌吟星球漂泊者吗？马致远的《天净沙·秋思》一曲所具有的超越眼前现实的宇宙感和超越个人经验的人类集体无意识，以及由此而获得的"无穷的意味"——可遇而难求的永恒意义和永恒价值，也许是作者所始料未及的，这，也许就是文学原理所谓的"形象大于思想"，作者未必然，作品未必不然，读者更未必不然吧？

美丽的西子捧心，东施尚且来效颦，何况是典范性的作品。马致远被人誉为"曲状元"，曲状元的极品小令一出，同时代与后代的作家纷纷同题拟作，如元人吴西逸的"江亭远树残霞，淡烟芳草平沙，绿柳阴中系马。夕阳西下，水村山郭人家"，如清人朱彝尊的"一行白雁清秋，数声渔笛蘋洲，几点昏鸦断柳。夕阳时候，曝衣人在高楼"，不过，那真是"每下愈况"，或者如现在所说的"每况愈下"了。

脱俗超凡 清香万里
——《墨梅》《白梅》

王冕

墨梅

我家洗砚池头树，朵朵花开淡墨痕。

不要人夸好颜色，只留清气满乾坤！

白梅

冰雪林中著此身，不同桃李混芳尘。

忽然一夜清香发，散作乾坤万里春。

　　梅花，是百花中的魁首，也是姹紫嫣红开遍的百花中的第一花。这不仅是因为它在冰天雪地中抢先报道春来的消息，与松、竹并称为"岁寒三友"，与兰、竹、菊携手列为"四君子"，也因为历代诗人对梅情有独钟，或者说情有最钟。其他许多名花虽也都得到诗人的青睐和捧场，但在历代歌咏百花的诗篇中，咏梅诗的数量却遥遥领先，居百花之冠。

　　古代诗人咏梅诗之多，不仅冠于百花，而且一些诗人的咏梅诗动辄百数。最有名者，如宋代吕浦、元代冯子振、明代于谦、清代王船山等人，先后均有咏梅百章之作。而南宋大诗人陆游，也是古代诗人中最爱梅花的诗人，而其咏梅诗乃诗人之中最多者，高达一百三十七首。宋代以后，爱梅与咏梅能和陆游一较高低的，大约要推元末的诗人王冕了，在传世的王冕的《竹斋集》中，有七绝八十三首，除一首与梅无涉之外，其余均为咏梅绝句，而除绝句之外的其他古近体诗，也另有三十多首写到梅花。王冕咏梅诗的数量虽较陆游为逊，但他同时又是大画家，其咏梅之作多为题画诗，这一特色与优胜，陆游如果有知，恐怕也会甘拜下风。

梅花诗中的梅花，它的审美象征意义是多重而非单一的。它是春天的信使。梅花育蕾于冰中，开花在雪里，是众香国里的东风第一枝，而芸芸众生无不向往欣欣向荣的春天，于是诗人也纷纷讴歌这位春天的使者。第一位领唱的是南北朝时北魏的陆凯，他引吭一唱，绕梁的余音一直缭绕到今天："折花逢驿使，寄与陇头人。江南无所有，聊赠一枝春。"（《赠范晔》）。它又是美人风韵的写照。梅花的天生丽质，使它早已获得"美人"之号与"幽谷俏佳人"之名，如元末明初的杰出诗人高启有《咏梅诗》九首，其领衔的第一首的颔联即是有名的金句："雪满山中高士卧，月明林下美人来。"曹雪芹在《红楼梦》第五回写曲调"终身误"时，就化用此联分别咏叹薛宝钗与林黛玉。它同时还是隐士高标的写真。诗人除了赞美梅花是春天使者美人化身之外，因梅花开放于残冬与早春交会之时，超绝凡俗而清寂自处，诗人们便以心观物，以物证心，赋予梅花以高洁清逸的隐士风致。"众芳摇落独暄妍，占尽风情向小园"（《山园小梅》），北宋隐逸诗人林和靖的咏梅诗，于此既有开创之功，也是他的标志性作品。除了以上三端之外，在诗人的审美观照和诗意诠释中，梅花还被赋予了君子情操与烈士怀抱的象征意蕴。同在唐代，郑述诚《华林园早梅》说"独凌寒气发，不逐众花开"，陆希声《梅花坞》云"知君有意凌寒色，羞其千花一样春"，李商隐的外甥名诗人韩偓，其《梅花》有道是"风虽强暴翻添思，雪欲侵凌更助香"。宋代陆游的许多咏梅诗，更表现了他的壮士胸襟，烈士怀抱，而元末明初的王冕的咏梅之作，传扬的正是前人的朵朵心香。

王冕（1287年—1359年），字元章，诸暨（今属浙江）人，出身农家，幼时放牛自学并习画，吴敬梓《儒林外史》第一回对此曾有精彩的描写。

他是元末明初的诗人、书法家和大画家。他绝意仕进，元朝都元帅泰不花荐以馆职，推辞不就。他爱梅成癖，携家隐居于会稽九里山中，植梅千株，自号"梅花屋主"。其咏梅之诗，最著名的是如下两首：

我家洗砚池头树，朵朵花开淡墨痕。

不要人夸好颜色，只留清气满乾坤！

——《墨梅》

冰雪林中著此身，不同桃李混芳尘。

忽然一夜清香发，散作乾坤万里春。

——《白梅》

"墨梅"，即水墨画的梅花。"淡墨"，即水墨画中对清墨、淡墨、浓墨、焦墨四种墨色的分类。"洗砚池"化用的则是晋代大书法家王羲之"临池学书，池水尽黑"的典故，至今浙江会稽山下与江西临川均有其洗砚池的遗迹。王冕与王羲之同姓，他当然以这位大同乡先贤为荣，故称"我家"以示与有荣焉。这首题于他自己所作的《墨梅图》上的题画诗，开篇两句勾画了墨梅的形象，作为抒情言志的铺垫，继之一笔宕开，顿作转折，以"不要"之否定句式与"只留"的肯定句式相摩相荡，古典诗学称为"矛盾逆折"，现代诗学谓之"张力"，由物而及人，极具冲击力地表现了自己的贞士情怀、志士标格和烈士怀抱！

黑白分明，《白梅》可说是《墨梅》的姐妹篇。《白梅》的前两句是直叙加白描，是季候的烘托与他物的对比，"著"同"着"，点明白梅所处的"冰雪林"的时令与环境。桃花与李花本来也是可观可赏之花，历代诗人也有不少赞美之词，但此诗中的超尘绝俗傲岸不谐的白梅却不屑与之为伍，王冕别有寓托，桃李不言，它们也只好受些委屈了。值得特别注意的是，两诗中有一个共同的词"乾坤",概称天地人间;有两个近义的词"清气"与"清香",既明指梅花本身的芬芳,也暗喻高洁的人格。由梅花而人间,意象是水与火的强烈对比,它不仅是诗作者的自我写照,也是对坚贞气节高尚情操的期望与讴歌。

梅花啊梅花,它得到了古代诗人的无尽礼赞,在现代诗人的笔下,它甚至成为母亲、乡土和祖国的象征,且听名诗人余光中《乡愁》的姐妹篇《乡愁四韵》的尾声:"给我一朵腊梅香啊腊梅香/母亲一样的腊梅香/母亲的芬芳/是乡土的芬芳/给我一朵腊梅香啊腊梅香!"

诗的杰思与"反常合道"
——《过洞庭》

唐
琪

　　西风吹老洞庭波，一夜湘君白发多。

　　醉后不知天在水，满船清梦压星河！

　　我们在欣赏诗歌时常常有这样的经验：有的诗，不仅以它美的内容使你感到一种心灵的喜悦，而且以它美的艺术使你一见倾心；相反，有的诗不仅不能给你以思想的启示和激情的感染，在艺术上也因为毫无特色而使你觉得味同嚼蜡。前一种诗，之所以一经入目就永志不忘，就像艺术的雕刀把那些诗句镂刻在你的心扉上，原因也许是多方面的，但一个不可缺少的重要条件就是：它有巧妙的构思。

　　唐时来华的日本僧人遍照金刚在其《文镜秘府论・论体》中说："凡作文之道，构思为先。"宋代大诗人陆游有经验之谈："诗无杰思知才尽，酒有残杯觉气衰。"（《遣兴》）明代诗论家谢榛在《四溟诗话》中指出："凡构思当于难处用工，艰涩一通，新奇迭出。"由此可见，构思是诗歌创作中极为重要的一环，甚至可以说，巧妙的构思是决定一首诗作平庸与杰出的关键。生活是五彩纷呈的，题材也千差万别，诗人的艺术个性又因人而异，因此，构思当然绝不可能有一个一成不变的模式。虽然如此，我们还是可以从优秀的诗作中，去深入探求构思的一些艺术规律，如"反常合道"。

　　苏东坡曾经提出诗应"以奇趣为宗，反常合道为趣"（魏庆之《诗人玉屑》卷十），这是深得诗家三昧之谈。"趣"就是诗趣、诗味，"奇趣"，就是出奇而不同寻常的诗的意趣与韵味。诗歌创作，就是应该着意追求那种与平庸乏味背道而驰的奇特的诗味。如果一首诗没有诗所特具的诗味，那种作品就如同淡而又淡的白开水，完全缺乏诗的素质，那将会是何等令人兴味索然！然而，怎样获得并不是所有写诗的人都能够得到的"诗趣"呢？苏东坡为我们指出了一条艺术途径："反常合道。"什么是"反常合道"？让我们看看元末明初诗人唐珙的《过洞庭》：

> 西风吹老洞庭波，一夜湘君白发多。
> 醉后不知天在水，满船清梦压星河！

今天湖南省常德市的汉寿县，古代曾名龙阳县。县境的青草湖即洞庭湖，因为洞庭湖南部水涯多青草，所以这一部分别名青草湖。青草湖，从南北朝陈代阴铿《渡青草湖》的"洞庭春溜满，平湖锦帆张"开始，历代不知有多少诗人高歌低咏。但是，唐珙这位名不见经传的诗人却不甘与他人雷同，他的《过洞庭》挥毫落笔就洗尽俗套，带给我们的审美新鲜感，有如草之始茂、花之始开的早春。

在楚国古老的传说和屈原的作品里，"湘君"是湘水之男神，从来还没有人将他与洞庭相比拟，但湘水是流入洞庭的，在诗人的出奇想象中，洞庭湖自然也可以是湘君的象征了。湖水本无所谓"老"或"不老"，但是，诗人却可以由满湖白浪而想到人的白发，由白发而想到洞庭，由洞庭而想到湘君，于是，洞庭虽然无知，西风竟然"吹老"了湖水，而西风掀动的银涛雪浪，宛如湘君的满头白发！这是奇妙的未经人道的比喻，是无理而妙的奇想，同时也是反常合道的变形描写。这正如英国名诗人雪莱在《诗辩》中所说的："诗使它触及的一切变形。"而俄国文学批评大家别林斯基在《莱蒙托夫的诗》一文中也说："诗并不依样画葫芦地描写花园里含苞怒放的玫瑰花，却舍弃它的粗俗的实体，仅仅取其芬芳馥郁的香味，奇谲变幻的色彩，用这些东西来做成一朵自己的玫瑰花，比实物的玫瑰花更好，更华美。"唐珙这首诗的前两句，传神地表现了西风洞庭的特有景象，抒写了诗人自己独特的艺术感受，也显示了这位杰出诗人的艺术才华与胆识。

在表现风日洞庭的动态美之后，诗人再写星夜洞庭静态的美，前后构成鲜明而和谐的艺术对照。耿耿星河在上，阔而且长，一叶轻舟在下，而且清梦缥缈无形，说星河居高临下地笼罩小船则合情合理，而说满船清梦"压"住了天上星河，这未免有些不合常理常情，然而，浪静风平之夜，满天星斗确实可以倒映湖中。杜甫漂泊湖南时所写的《小寒食舟中作》，不是就说过"春水船如天上坐，老年花似雾中看"吗？范仲淹在《岳阳楼记》中，不是写过洞庭湖中的明月"静影沉璧"的美景吗？何况是心灵敏感的诗人"醉后"的感受！在写这首诗以前，唐珙也许从前人如杜甫的作品中得到过艺术的启示；但是，这种似幻似真的通感性的形象，将洞庭秋色、诗人秋思和远古传说融合在一起，仍然表现了诗人对生活独至的感受和发现，包孕了一般化的形象所不可能具有的妙趣奇思。

从唐珙的这首诗可以看出，诗歌的"反常"，就是在内容上不尽符合人们习以为常的常情、常理和常事，在艺术上违反陈陈相因、人所习用的常态性的构思与表现方法，而以独特而非常态性的诗的方式表现客观的现实生活和诗人主观的情思；所谓"合道"，就是这种"反常"绝不是毫无生活与感情根据的炫奇立异，绝不是反理性主义的想入非非、胡言乱语，它虽不一定合于生活的逻辑，却一定合于感情的逻辑，能更深刻动人地表现诗作者对生活的独特感受和发现。总之，"反常合道"的诗作，能让读者产生一种艺术上的新奇之美的美感，正如 18 世纪法国启蒙思想家、哲学家、作家伏尔泰在《论美》中所说的："要用'美'这个词来称呼一件东西，这件东西就须引起你的惊赞和快乐。"

这里应该特别提到的是，《全唐诗》误唐珙为唐人，仅仅收录了他这一首诗，且诗题作《题龙阳县青草湖》，此后许多人遂以讹传讹。经当代学者陈永正教授1987年撰文考订（见《中山大学学报》1987年第1期），唐珙为元末明初诗人，字温如，会稽山阴（今浙江绍兴）人。此诗题为《过洞庭》，始见于元代浙江天台人赖良编纂之《大雅集》，以及清初钱谦益所编多收"明世之逸民"的《列朝诗集》甲前集。这一考定，已为学界所认可，中华书局出版的《中国文学家大辞典·唐五代卷》，在有关条目下即持此说。之前流落到《全唐诗》中，列为世次爵里无考的这位诗人，终于魂兮归来。

有无杰出的诗的构思，关系到一首诗的高下成败，唐珙的《过洞庭》就是力证。其他的优异诗作莫不如此，不妨从古今诗作中再各举两例。宋僧惟茂有《绝句》诗："四面峰峦翠入云，一溪流水漱山根。老僧只恐山移去，日午先教掩寺门。"清人龚自珍《梦中作四绝句·其二》："黄金华发两飘萧，六九童心尚未消。叱起海红帘底月，四厢花影怒于潮。"当代臧克家有《八十述怀》："自沐朝晖意蓊茏，休凭白发便呼翁。狂来欲碎玻璃镜，还我青春火样红！"老诗人丁芒有《咏长城》："群山锁起供磨刀，砺我中华剑气豪。枕畔千年风雨夜，城头十万马萧萧！"由此可见，对一位作家或诗人来说，重要的永远是作品的艺术质量，艺术品绝不因为多多益善而能够以量取胜。诗海的明珠，哪怕只有一颗，如唐珙的《过洞庭》，其价值也远远胜过沙滩上那成千上万的平凡贝壳！

图书在版编目（CIP）数据

千年至美莫如诗 / 李元洛著. -- 北京：中国友谊
出版公司, 2020.12
ISBN 978-7-5057-4876-7

Ⅰ. ①千… Ⅱ. ①李… Ⅲ. ①古典诗歌 – 诗歌评论 –
中国 Ⅳ. ①I207.2

中国版本图书馆CIP数据核字（2020）第219441号

书名	**千年至美莫如诗**
作者	李元洛
出版	中国友谊出版公司
发行	中国友谊出版公司
经销	北京时代华语国际传媒股份有限公司　010-83670231
印刷	北京盛通印刷股份有限公司
规格	710×960 毫米　16 开
	16 印张　150 千字
版次	2020 年 12 月第 1 版
印次	2020 年 12 月第 1 次印刷
书号	ISBN 978-7-5057-4876-7
定价	45.00 元
地址	北京市朝阳区西坝河南里 17 号楼
邮编	100028
电话	（010）64678009